中国地标之恋丛书

沈阳·在雪一方 上卷

Shenyang Zai Xue Yifang

秋 林·主编

沈阳出版社

图书在版编目（CIP）数据

沈阳·在雪一方：全2册 / 秋林主编. —沈阳：沈阳出版社，2012.3
（中国地标之恋丛书）
ISBN 978-7-5441-4926-6

Ⅰ.①沈… Ⅱ.①秋… Ⅲ.①故事—作品集—中国—当代 Ⅳ.①I247.8

中国版本图书馆CIP数据核字(2012)第 034314 号

出 版 者：	沈阳出版社
	（地址：沈阳市沈河区南翰林路10号　邮编：110011）
网　　址：	http://www.sycbs.com
印 刷 者：	沈阳市新友印刷有限公司
发 行 者：	沈阳出版社
幅面尺寸：	165mm×235mm
印　　张：	36.125
字　　数：	500千字
出版时间：	2012年4月第1版
印刷时间：	2012年4月第1次印刷
责任编辑：	沈晓辉　鲁莎莎　张　晶　杨　静
插　　图：	王小妍
装帧设计：	ice book
责任校对：	宗　和
责任监印：	杨　旭
书　　号：	ISBN 978-7-5441-4926-6
定　　价：	49.80元（上下卷）

联系电话：024-24112447　62564922
E-mail：sy24112447@163.com

出版前言

因为爱的缘故

沈晓姜

这是一本献给故乡沈阳的书。

上天留了一方叫作沈阳的山水。沈阳，她之于我们，是珍贵的财富，是精神的家园。在策划这一选题的刹那，我对故乡那沉淀已久的情愫瞬间被激活、被点燃，令我冲动不已。因为，我生于斯、长于斯、"编"于斯，我对沈阳的情愫如同对母亲的爱恋，赞美她、歌颂她，是作为儿女与生俱来的情结和亟待宣泄喷薄的情怀。

我们的故乡沈阳，是有着"一朝发祥地，两代帝王都"之称的历史文化名城，亦是中国近代史上许多重大事件的发生地，历史悠久，文化绵长。从七千年前的新乐遗址到汉代候城，从辽金沈州到清代盛京，从近代奉系首府到现代重工业基地，她留下了厚重的历史文化遗存，以及众多著名的地标；沈阳又是我们美丽的家园，"天眷盛京"，自古以来就以其优美的自然环境而闻名，可谓钟灵毓秀之地。清初著名诗人纳兰性德曾醉心于她的美丽，在《盛京》一诗中就有"拔地蛟龙宅，当关虎豹城。山连长白秀，江入混同清"的赞美。沈阳以其得天独厚的地理位置、丰饶富庶的环境资源和四通八达的枢纽交通，已经跃身为现代化的大都市；沈阳还是一座"从来都不缺少实力的城市"，更是一座充满激情、健康和浪漫的"活力城市"，是爱情发生的高烧之地。在那些知名的地标之间，邂逅钟情、风花雪月、手足亲情、友情爱情都曾真真切切或虚虚实实地——上演过。

那些饱含沈阳历史文化精髓的著名地标，有如东北人的万丈豪气和宁折不弯的脊梁。皇寺的钟鸣、故宫的春晓、北陵的松涛、万泉的烟柳、浑河的帆影、古塔的夕照、帅府的绿荫、中街的商肆……它们见证了沈阳深邃的历史和一代又一代沈阳人平凡或不平凡的生活轨迹；这些著名地标，犹如一首凝固的诗，那些在地标之间发生的故事，亦如画，诗画相映，勾勒出一个浪漫风雅的别样沈阳，同时，也赋予了那些地标以鲜活的生命。

珍惜这座城市的记忆，就该有一个载体来承载这份记忆。于是，就有了这本书。

《沈阳·在雪一方》是一部借具有沈阳历史文化意义的知名地标诠释沈阳人喜怒哀乐的情感之作，内容接近最本真的生活现场。作者们在沈阳的水土中浸润许久，他们把对故乡山水的爱恋和对故乡文化的珍视倾注于笔端，从情感发生地入笔，围绕着沈阳知名地标精心构制了十二篇原汁原味、荡气回肠的情感故事。经典和时尚穿流在细节里，故事的展开张弛有度，徐疾有序，情节曲折生动，构思独具匠心；文风则如辽菜，醇厚香浓，给人以亲切质朴的美感。这种生活的真实和故事的肌理感、画面感可以让人看得入戏，你会相信，这便是人文沈阳的美丽生活。那些或甜蜜、或凄美、或忧伤的故事，以及那些刻骨铭心的爱情，终会积淀在这些地标的灵魂之中，地标仿佛也有了心跳，顿时生动了起来。

这本书以其独特的笔触，将深浸于沈阳文化之中积极向上的人文精神浓墨重彩地一一呈现，发掘出了沈阳地标文化的精髓所在。它可以使沈阳本土的读者感知沈阳的地标之美和美之魅，感知故乡那绵厚的温情、沉甸甸的文明和亘古不变的精神；同时，也会吸引国内外读者关注的目光，使之定睛沈阳、走近沈阳，并从中发现原来所不知道的一个别样沈阳。

献给你，亲爱的沈阳。

这本书，是沈城儿女献给故乡母亲的珍贵礼物，是献给广大读者的精神盛宴。她是功德无量的作为。她弥足珍贵。

我爱我的故乡沈阳，也爱为故乡吟唱的作者亲们。

2012年元旦

序

秋林

提起《中国地标之恋丛书》这个选题，那是去年入秋时的一次作者小酌。那天在机关工作的作家柳迦柔做东，参加者还有成为我新浪微博第三千个粉丝的作家老范行军。席间我不经意提及了思考很久的创意——创作发生在城市地标下的情感故事，让本地情感故事与本地知名地标相融。这当时就引起了在座的资深出版人沈晓辉老师的认同。接着，在一系列紧张、快意的运作后，这本书诞生了。人生多少风云际会，就在不经意间必然地发生着。

《中国地标之恋丛书》被列入了沈阳出版社2012年度重点选题计划，本人也有幸承担起这份信任和责任，成为该丛书的主编。

每座城市都有自己的文化，也都有本地知名的地标，如果能将围绕着城市地标发生的本土情感故事挖掘并创作出来，让广大读者领略这座城市的外在风貌和内在风情，将是既功德又弥贵的善举。本地人读之会备生亲切和故里感，外地人读之会跃跃觅胜寻情而至。而为每座城市邀请本土作者执笔写一部这样的书，这也是一个工程。这个工程，先在沈阳完成了。

在沈老师拍板出版《中国地标之恋丛书》沈阳卷之后，我召集了八名沈阳本土作者，每人创作一篇三万字的中篇小说。随后又得到了万卷出版公司副社长尹岩、作家白晔、诗人佟雪春、网站编辑祝宏、新锐写手祝鹏、陈静等人的响应；接着电视台制片人夏万丽、资深记者郑阳也闻讯加入；又有三名做编辑工作的80后作者莉莉周、迟丽、李晶莹异军突起；还有酷爱写作常去棋盘山采风的画家王小妍、家住万泉公园河畔的MBA俊杰罗健早早动了笔……转眼作者已达十二名！

是啊，沈阳的地标岂止八处，再加八篇文也写不完。沈阳出版社睿明的田社长和大气的沈主任又一次果断拍板：出上下卷！不遗余力地为沈阳的城市文化筑起一道靓丽的风景线。

作者们心中的热情被点燃了。范军陪着王小妍去棋盘山看芦花白，夏万丽背着相机两探故宫，李晶莹三寻北市场，迟丽东大寻"林徽因"，白晔徒步量浑河，祝鹏夜宿桃仙机场，陈静来回坐地铁，莉莉周上下彩电塔……一篇篇"地标之恋"就这样诞生了。

创作期间，我们举办了两次作品研讨会，参观了画展和博物馆，集体观摩了电影，成立了文学达人社和工作室，吸收了一批文学爱好者。大家在创作中互相点评，共同提高。尤其是出版人孔宁，为图书的营销发行出谋划策。还有画家王小妍，在小说创作完成后自告奋勇承担起画插图的工作。几个月下来，作者们收获的不止是文字，还有沉甸甸的情谊。

就是这样一批有情有义、有才有德的性情男女，写出了这样一部激情之作，大家想读读他们吗？

《中国地标之恋丛书》沈阳卷出版后，我们将在国内诸多城市启动"地标之恋"的策划了。不论身居庙堂之高，还是身处江湖之远，欢迎各城市的知名作家和新锐写手友情加入。丽江、苏州、青岛、长沙、杭州、西安、武汉、温州等文化底蕴丰富的现代都市将纷纷推出自己的"地标之恋"，展示本地"爱情地图"，弘扬地域风情文化。

我们期待并努力着，在未来的几年里，"地标之恋"之花开遍祖国大江南北——写不完的江山秀丽，唱不尽的情歌恋曲。

最后还要说的是，书中不足和差距多多，还请广大读者谅解和爱护，我们会越做越好，一部更比一部强。

2012年春节

上卷 目录 CONTENTS

出版前言/因为爱的缘故

序

沈阳故宫，一生缘	夏万丽	001
大舞台，别样的风花与雪夜	老范行军	057
东北大学情未央	迟丽	109
娑婆怀远门	郑阳	157
幸福降落在桃仙机场	祝鹏	209
彩电塔，双飞翼	莉莉周	253

沈阳故宫,一生缘 夏万丽

相逢的瞬间,即使它无法捕捉、无法摘取,也会成为心底最恒久、最秘密的私语。生命中最尊贵、最美丽的真,在沈阳故宫恢弘的背景下开启——一生缘……

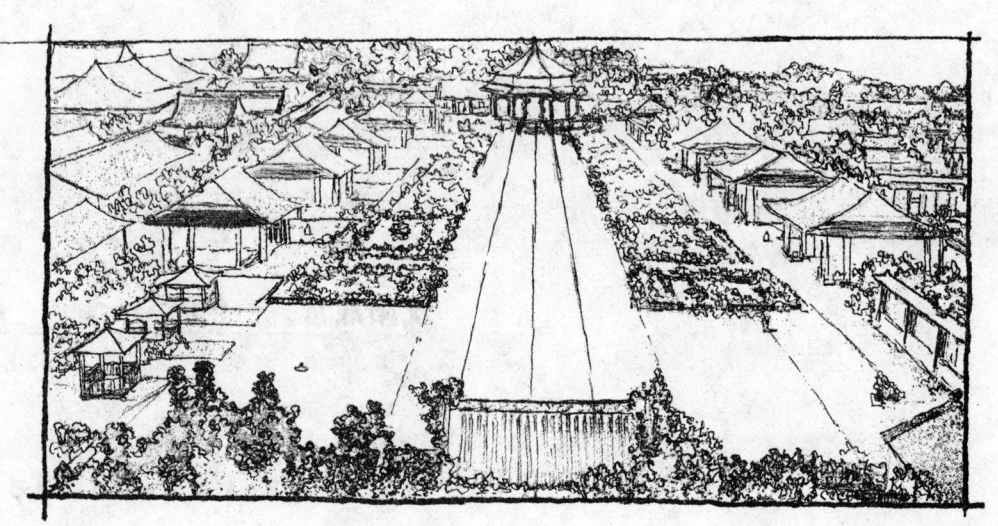

一 开 篇

这是从沈阳故宫开始的故事。

1999年6月的一天。入夜,沈阳下起了淅淅沥沥的小雨,喧嚣、吵闹的世界一下子坠入这巨大的安宁之中,露出了它祥和、温柔的侧影。街道两旁的路灯洒下一片清辉,雨珠就在这片清辉中跃动、舞蹈,然后滚落到地上,洗刷着一天的疲惫,青石板的路面上湿淋淋地泛着光泽。

凌晨2时许,整座城市已经熟睡。此时,一辆白色的奔驰轿车经抚近门向沈阳故宫方向急驶而来。白色的奔驰轿车越过了朝阳路上黄灯闪烁的十字路口一路向前,沈阳故宫高大的红色宫墙就在眼前了,文德坊华美的牌楼就在眼前了,白色的奔驰轿车毫不迟疑,没有停顿。就在即将进入沈阳故宫下马碑的路段,轿车突然一个转向,失控般疯狂地向路边一头撞去。

不远处,与之遥遥相对的怀远门,似乎也在这一刻微微战栗。

凌晨2时28分,金石相撞的巨大声响一下子把附近早已熟睡的居民从睡梦中惊醒……

凌晨2时48分。"铃铃铃……"上海市虹口区静安大厦一套小两室公寓的电话铃声急促地响起,乳白色的真丝绣花被里伸出了白皙的手臂,摸索着寻找听筒。

"喂，你好！我是边春晓。"

"边主任，你好！不好意思这么晚，噢，这么早打扰你。我是今晚的当班编辑，刚刚接到报料，沈阳故宫的国家级保护文物下马碑被撞了。"

"下马碑被撞了？什么时候发生的？"

"20分钟前。"

"现场情况怎么样，文物损坏得严重吗？"

"据说是跟一辆奔驰轿车有关。车上已有一人身亡，文物损坏的情况目前还不太清楚。据说是全国仅存的一块……噢，宫殿群下马碑，非常珍贵，全国各家媒体都已经开始关注了。"

"沈阳故宫方面有什么消息反馈没有？"

"目前没有。"

"嗯，好吧。你先帮我查一下上海到沈阳最早的航班是几点？"

"东航MU5407 4：50分、上航FM9126 5：10分，还有南航CZ6502 4：30分，南航CZ6502无经停。"

"从上海飞到沈阳大概要2小时10分钟，我要在8点前沈阳故宫方面可能召开新闻发布会的时间前赶到。请你帮我订一张南航的CZ6502到沈阳的机票。"

边春晓放下电话已经毫无睡意，在《新沪晚报》工作快10年了，作为采编部主任、首席记者，她对于这样深更半夜打来的电话早已习以为常。

边春晓很快起床，衣袂飘飘地站在窗前，望着窗外还很浓的夜色陷入沉思。虽然有人说，记者是唯恐天下不乱的一群人，这话说得有点过，但记者的职业的确已经让他们养成了处变不惊、沉着冷静的作风。不过，对于此次沈阳故宫下马碑被撞一事，边春晓还是感到莫名的紧张和忧虑，车毁人亡，文物被撞，这可不是小事件。

边春晓早年在西安碑林进行过采访，对文物的价值还有些概念。作为国家级保护文物，它是一个国家、一个民族的历史记忆，保护文物就是保护一个国家和民族的历史。而文物一旦被损坏，它的破坏性常常是不可逆转的，这不能不令人痛心。

边春晓立即在头脑中调取有关文物古迹的资料和信息，并迅速策划了采编部近期的工作方案，计划围绕沈阳故宫下马碑被撞事件，尽快展开全国对国家级文物保护工作的调查，进而掀起一个文物知识普及、历史典藏揭秘、古迹观光旅游的报道热点。

边春晓一边整理行装，一边调整着自己的心情。每次大战前，她都像即将出征的战士一样十分兴奋。

一个小时后，边春晓收拾妥当，拖着她的小型拉杆箱走向房门，又回头打量了一下布置得整洁、清雅的房间。长长的淡绿色窗帘在浦江送来的清风中飘动，不时地撞响那一串风铃。边春晓回身关了窗，目光又停留在小客厅几案上的几枝白玉兰。边春晓的客厅永远不缺少这样的玉兰花，而且是这种素色的白玉兰。玉兰花让房间总有一种若有若无的清新香气，边春晓很享受这种味道。这一走最短也要三天，边春晓思忖一下，随手将这把开放得正欢的玉兰花丢进垃圾袋，将水晶花瓶洗好控水。

边春晓不想她采访回来时，迎接她的是玉兰花衰败的模样。年过三十，她已经越来越看不得枯萎的花儿了。

边春晓此行还是第一次到东北，第一次到沈阳，不过她对沈阳一直怀有几分好奇与神秘。小时候，自己同桌的父亲就是沈阳人，同桌每年过春节都要和爸爸妈妈一起回沈阳老家，每次回来都给边春晓带几张沈阳的风景明信片。边春晓的手上至今还保留着沈阳故宫的明信片，怪不得听到沈阳故宫下马碑被撞，自己会一阵心疼。没想到，几十年后，自己也要到沈阳故宫、那个明信片所拍的地方近身采访。

边春晓这个俊俏的苏州姑娘，1985年从苏州考入中国人民大学主修新闻专业，毕业后来到繁华的大上海；从实习记者、记者一路干起，到现在成为《新沪晚报》的首席记者、采编部主任，事业可以说是顺风顺水，但情感生活乏善可陈，也不是没人爱，也不是没人追求，但还没有要把自己嫁掉的那一份甘心。而且这些年也看过太多婚姻中的欺骗与失败，她已不相信这世上还有所谓的真情。

这么些年了，边春晓一个人过得也有滋有味，靠自己的奋斗与打拼，在上海有了房子，外出采访了无牵挂，一个人潇洒得说走就走。但有时也有那种落地开机后不知要给谁报个平安、打个电话的落寞。

二 缘 起

沈阳故宫的大清门外，雨水渐渐停歇，经过几乎一夜的浸润，沈阳故宫东西两侧两座高大的木牌坊更加华美显眼。东侧为文德坊，西侧是武功坊。文德坊和武功坊都为木结构琉璃瓦顶四柱三楼式，它们既是皇宫门前的明显标志，也是进入宫廷区域的重要门户，按照大臣上朝"文东武西"的次序，矗立在宫门两侧。沈阳人习惯上称之为东华门和西华门。

文德坊、武功坊虽建于清朝入关之前，但造型和装饰都极其精美。两坊均为主间高、两次间低的形式，黄心绿边琉璃瓦顶，翔龙飞凤，海水流云，瑞树奇花，贴金敷彩，艳丽祥和。文德坊和武功坊的中间坊额蓝地金字，满、汉、蒙三体合璧，上有"崇德二年孟春吉日立"字样，可知建于1637年正月，这也是沈阳故宫唯一记有落成年代的建筑，在古代牌坊中也独树一帜。

两座精美的木牌坊在雨中静默，遥遥相对，接受着两边昏黄的路灯灯光的抚摸。

两座牌坊之间是一组与宫殿正门大清门相呼应的宫外建筑。崇政殿的东西两座奏乐亭，为四角攒尖琉璃瓦顶，建于两米多高的方台之上，为沈阳故宫隆重的大清门造势。奏乐亭后方又有东西两座朝房，是官员们入宫前候朝的地方，如今已是故宫博物院的一部分。东西朝房两侧紧邻的是一些售卖古玩书画的店铺和一些住户。这里白日里满是市井喧腾之气，入夜便显得极其庄严、肃寂。

东朝房不远处的小二楼是前清研究会的办公室，一整夜都亮着灯。青年学者尹枫林还没有睡去，他伸伸腰，又用冷水洗了把脸，让自己再精神精神。他近期着手推出的《盛京满族史研究》，已经到了给出版社交稿的关键时期了，后期的工作真是越做越多，尹枫林在研究会的办公室里已经熬了好几个通宵了。

凌晨2时28分,巨大的声响让已经伏案好几个小时的尹枫林吓了一跳,尹枫林开始还以为是地震了,但很快觉察到不对,这巨大的声响好像来自故宫文德坊方向。

尹枫林心想:不好!他随手抓起一件薄外套,迅速向楼下跑去。

尹枫林刚跑到楼下,就发现沈阳路故宫文德坊东北角已经围拢了不少人,而且有人在打电话报警。

尹枫林拨开人群看到白色的奔驰轿车已经成U型包裹住下马碑的基座,司机已经死亡,副驾驶位还有一人伤势不轻。三米多高的下马碑已经被撞成了三大截横倒在地上,散落一地的还有数不清的碎块和粉末。

尹枫林感到一阵痛心,作为一名研究清史的学者,此时,他比现场的任何一个人都了解沈阳故宫下马碑的价值。

沈阳故宫下马碑始建于清朝皇太极时期,当初是木制的。乾隆四十八年(公元1783年),乾隆皇帝第四次东巡时下了一道谕旨,将沈阳故宫东西两侧的木制下马碑改为石碑。西侧的下马碑早已毁于战火,现在是个复制品,仅留存下来东侧的这块下马碑,已经历了二百多年的沧桑岁月了。它不仅是我国古代典章制度的重要物证,而且也是我国仅存的一块皇宫下马碑,是名副其实的孤品啊。

尹枫林和周围群众一起,协助最先赶到现场的沈阳消防支队的消防官兵,一面破开车辆救助伤员,一面做好现场的保护工作。沈阳故宫唯一保存下来的这块下马碑毁于车祸,这不能不让人痛心,围观群众议论纷纷,久久不愿散去。

凌晨4:30分,疲惫不堪的尹枫林才回到他的办公室,在简易的单人床上合衣睡下。此时,边春晓的航班也已经按时起飞。

尹枫林的这一觉睡了近三个小时,他感到精力和体力都得到了很好的恢复。

沈阳故宫国家级保护文物下马碑被撞受损,这件事立即在全国引起轰动,各路媒体纷至沓来,媒体和围观群众已经把现场围了个水泄不通。

尹枫林接到沈阳故宫方面的电话，请他协助做好新闻媒体的采访和接待工作。尹枫林随手带上了他的佳能A520相机。

边春晓是最早到达的记者之一，人一到现场便迅速进入采访状态。

被撞的下马碑立于沈阳故宫的东侧，距离沈阳故宫东侧门户文德坊有几十米的距离，为小豆红花岗石材质，上面用满、汉、蒙、回、藏五种文字写着"诸王以下官员人等至此下马"。到被撞毁之时，此碑已经历了216年的历史。边春晓在采访本上记下了这几个关键词。

边春晓为了赶时间，是从机场乘坐出租车直接赶到沈阳故宫的。小型拉杆箱一直被她拖在身边，在采访现场很是累赘。边春晓让手上的录音笔一直保持开机的状态，她不时地与周围群众和故宫方面的代表进行交流，了解情况。因为人太多，她始终没有拍到一张让她满意的下马碑事故现场的全景照片。

尹枫林很快就注意到了边春晓。边春晓既有资深记者的睿智和机敏，提出的问题层层深入、步步紧逼，让人防不胜防；又流露出让他备感亲切和熟悉的学者的执著与专注。她的眼神是深邃而又单纯的，深邃吸引着他的探究，又单纯得让他忍不住想去保护。

边春晓此行着浅蓝色直筒牛仔裤、阔开口的紧身八分袖的黑色套头T恤，一条粉红色的长围巾绕过她颀长的脖颈，垂在胸前，让人眼前一亮，在人群中很是显眼。尹枫林一直默默地注视着她，注视着她的一举一动。

不好！她正用手试着商贩摊位的稳定度，想拿着相机站上去。尹枫林意识到此举的危险，便一边拨开人群向边春晓身边靠近，一边用余光替她照看着早已被她弃在一边不顾的拉杆箱。

边春晓站上去的角度刚刚好，她迅速调焦，啪啪啪连拍了几张，效果不错。她露出了满意的表情。正在得意时，人群一拥向前，摊位被撞得倾斜起来。边春晓果然站立不稳，身子直直地向前扑去。

此时，尹枫林一个箭步跨上前去，一下子抱住了已经完全失去重心的边春晓。与此同时，边春晓手里的录音笔也飞了出去。

"你没事吧？"尹枫林放下惊魂未定的边春晓，又赶紧去帮她寻找那支飞出去的录音笔，心里突然涌上一阵晕乎乎的甜蜜。

　　她身上好香。不是脂粉的香，不是香水的香。好像是花香，又好像不是。另外，她的身体好柔软，不是松松散散的软，是那种饱满的、充满了活力与弹性的柔软。

　　她又惊又怕的模样好可爱，她把我的衣服抓得好紧……

　　尹枫林一边在心里不停地重温着那短暂甜蜜的一幕，一边在草丛中寻找着录音笔，嘴里还不停地说："不能丢啊，不能丢啊。有好长一段采访呢……就在这儿啊，就应该在这里啊，怎么不见了？……噢，在这里，找到了，找到了……太好了……"

　　尹枫林气喘吁吁地跑回来，"找到了，应该就是你的宝贝，给你。"

　　说着，把录音笔交还给边春晓。

　　"谢谢你啊。"边春晓接过录音笔，摆弄了两下，关闭了录音键。

　　"今天多亏你了。要不然，从上面摔下来可不是好玩的……"边春晓还没从刚才的惊吓中回过神来，脸红红的。

　　"没关系，我刚好在旁边嘛！举手之劳而已。"

　　边春晓笑了笑，稳定了情绪。

　　"你不是本地的媒体？"尹枫林看了一眼边春晓的拉杆箱，接着问。

　　"我是上海《新沪晚报》的，今早才赶到。"

　　"是嘛，很不错的报纸，在沈阳也买得到啊。"

　　"你是本地的？哪家媒体的？"

　　"是本地的，我是地地道道的沈阳人，就住在附近，我是研究清史的学者，就是以学习为职业的人。"尹枫林很想借机多多亲近一下这个人。

　　"噢，是嘛，这个说法挺有意思的。真巧啊，我来得匆忙，还没来得及订酒店的房间，你知道这附近有没有好一点的酒店？"

　　"要我推荐的话，我推荐你去附近的玫瑰大酒店。玫瑰是沈阳的市花，酒店环境不错，也是离故宫最近的一家大酒店了。你从朝阳路上走到街口就到了，很方便的。要我帮忙吗？"

　　"噢，不用了，今天我已经够幸运的了，谢谢你啊。"

　　尹枫林见春晓就要离开，立即从上衣口袋里掏出一张名片递给她，

"如果有什么需要帮忙的，尽管给我打电话，反正我最近也没什么事。"

边春晓下意识地正要交换名片，可手却在包里停了下来。人生地不熟的，还是算了吧。

边春晓转而把尹枫林的名片从左手递到右手，瞄了一眼念道：

"尹枫林，清史研究所研究员，前清研究学会秘书长。"

"尹枫林。你叫尹枫林？这个名字蛮有诗意的，呵呵，你是秋天出生的吧。"边春晓调侃着。

"是的，我是农历十月十三出生的。这一天是满族的命名日，也叫颁金节。也就是说，在皇太极取消女真称号的286年后，我出生了。"

"呵呵，挺有意思的，连这你也知道。"边春晓俏皮地看着他。

"是啊，别忘了，我可是研究前清历史的。"尹枫林指了指名片。

"噢，对对对。你们研究历史的是不是特别容易把当下和历史进行某种对比？"

尹枫林也笑了。

边春晓顺手把尹枫林的名片放进包里，挥手与尹枫林道别，向朝阳路方向走去。

边春晓在玫瑰大酒店入住后赶紧打开电脑，《新沪晚报》是下午出报，中午11点前必须结稿。边春晓赶紧整理采访录音，想把稿件尽快发回报社，如果一切顺利的话，那么这条沈阳故宫国家级保护文物下马碑被撞受损的新闻当晚就能见报了。

边春晓三下五除二就成稿了，同时拿出相机想发一张自己冒险拍下的那张完美的全景图。

文图发出后，自己今天的工作就OK了。可相机却接连显示"读卡失败，无效卡"的字样。

边春晓在屋里急得团团转。关机、重开机，还是显示无效卡。边春晓还是头一次遇到这样的情况。

这条新闻专题不配图哪成啊，自己怎么这么倒霉，一张图都显示不出来呢？今天这是怎么了，拍照险些摔倒，现在照片又调取不出来。

也许是刚才差点摔倒，把相机磕碰到了？

边春晓摆弄来摆弄去，相机还是显示"读卡失败，无效卡"的字样。

边春晓情急之下突然想起自己包里尹枫林的名片，还好，还在！

记得他当时也是带着相机来的。边春晓按名片上的电话号码给尹枫林打去电话。

尹枫林目送边春晓离开，怅然若失地回到研究会的办公室，整个人显得异常疲惫。研究会的这间办公室是向故宫博物馆方面租借的，除了研究会的活动，平时很少有人来。这段时间一直在赶那部书稿，尹枫林为图个清静，加快进度，就一直吃住在这里。

尹枫林其实是地道的满族后裔，是从小在故宫旁长大的沈阳人。他1994年硕士毕业后，考入中国人民大学，师从著名学者白梆森，成为清史研究所的博士。毕业后，尹枫林放弃在北京工作的机会回到家乡，他觉得研究前清历史还是在沈阳比较便利。他对家乡充满了感情，对前清历史研究充满热爱，虽然年纪轻轻但颇有建树，已经是业内小有名气的前清历史研究的专家了。

这几年，尹枫林的妈妈没事老旁敲侧击地催他找对象，他一直忙于工作总说还早着呢。其实是他自己感到在工作和学习中已经获得了巨大的快乐和满足，有时还想其实有没有媳妇还真无所谓。当然，要是能有像今天见到的那位记者那样的嘛，还是可以考虑考虑。但很显然，这是痴人说梦，人家对自己并没有丁点那个意思，还是别在那儿胡思乱想了。

尹枫林又开始了他的工作。他是一个能迅速集中精神的人。

上午10点，尹枫林的电话突然响起。

一个陌生的号码。能是谁呢？

尹枫林接听了电话。

"喂，你好，你是尹枫林先生吗？"真是好听的声音。尹枫林有些诧异地直起了身子。

"噢，我是——我是尹枫林。"

"我是边春晓。边疆的边，春眠不觉晓的春晓。噢，不好意思……噢……我就是那个《新沪晚报》的记者。噢，刚见过面的。"边春晓也有点语无伦次。

尹枫林的心都快提到嗓子眼了。

"噢，你好……边记者……有，有，有什么事吗？"

"是这样，我的相机不知出了什么故障，所有的相片都调取不出来，我等着发稿呢。我看你也带着相机，不知你拍没拍下马碑的照片，我可不可以借用一张你拍的相片呢？"边春晓的表达又恢复了既清晰又客气的表述，声音中还夹着好听的吴侬软语。

"噢，没问题，我的确拍了一些照片，不知有没有你能用得上的，但愿能帮上您。"

尹枫林兴奋得脸都有点红了。幸亏是打电话，要不然多不好意思。

"那我上你那儿去取吧。"

边春晓按电话里约定的地点，找到了尹枫林的办公室。

尹枫林的办公室分上下两层，第一层有大大的几案，通透的博古架把几案分成两部分，一部分有几把椅子，围成一个会议区；一部分向里又分隔成独立的办公区，左侧墙壁是满蒙文字的书法，给这间屋子平添几分神秘。

尹枫林在二楼办公，典型的学者的书房，通天书架上放着厚厚的典籍。超大的书桌上有黄花梨木制的笔架，书桌上铺着厚厚的毡毯，还沾着少许墨迹。书案正对的墙上挂着遒劲的"云起龙驰"四个大字。

边春晓在尹枫林的相机里一张张翻看相片。应该说尹枫林拍摄得还不错，构图和用光都蛮讲究，但几乎每一张照片都有个自己在画面里头。自己怎么就没想着躲开这个人的镜头呢？

啊，天不助我也。边春晓勉强挑选出几张自己比较靠边，比较容易裁剪的照片对尹枫林说："就这几张吧，麻烦你拷贝给我，我给你写我的电子邮箱。"边春晓在尹枫林的名片后又写下了自己的邮箱，和相机一起递了过去。

尹枫林接过相机，心里突然不好意思起来。自己的镜头一直有意无意地捕捉着她，不会让她发现了吧。

尹枫林赶紧在电脑前给边春晓发照片，一时不知该跟她说什么。

边春晓发现有一张尹枫林和白椰森的合影摆在书架上。

"你也认识白老师？"

"噢，他是我的博导，一位很渊博也很风趣的好老师。"

"你是人大的？"

"是的，我在人大读的博士。"

边春晓刚想说"我也是人大的耶"，却把话给咽了回去。边春晓觉得没有必要胡乱攀关系。

"你是哪一年的？"

"我是1970年生人，属狗。噢，就是这只狗。"

尹枫林指了指书架上一只拖了一本厚厚大书的小狗铜像说。

"拖着本这么厚的书，蛮像你啊。"

边春晓笑了笑，心想我是想问你哪一年读的博士，谁关心你哪年出生的了？她匆匆结束这个话题，转而打量着尹枫林的房间说："你这屋子布置得蛮清雅的，像是一个以学习为职业的学者房间。"

尹枫林不好意思地笑了笑。

"但好像还缺点儿什么。"边春晓继续发表着她的观感。

"缺啥啊？"尹枫林也四下打量着，望着边春晓一脸茫然。

"自己想啊。"边春晓把头侧过一旁，作思考状。

尹枫林觉得自己完全被眼前这个南方的小美人给迷住了。

他呆呆地望着边春晓。

边春晓看尹枫林已经发送成功，就马上说："我得走了，我还要马上回去发稿呢，晚了今天可就出不了报了。今天真是太谢谢你了，哪天请你吃饭啦。"

说着，她扔下怅然若失的尹枫林，一转身咚咚咚地下楼走了。

尹枫林觉得自己的心一下子乱了。

边春晓在回酒店的路上也不停思忖着这个略带几分羞涩的大男孩。顾长的身材，俊朗的脸，有点乔治·克鲁尼的味道。年纪轻轻已经博士毕业，还师从著名学者白棚森，白老师的博士可是出了名的难考啊，真是好生了得。没想到我们还是校友呢。不过我们可能根本就没有交集，自己比他大了整整三岁，而且人家都是博士了，我却是大学毕业就入了行。

边春晓一直喜欢积极向上、对工作执著认真的男人。努力工作会让男人充满阳刚的魅力，这种阳刚未必是身体的强壮，有时思想的孔武有力才是真正的阳刚啊。

何况，尹枫林具有东北男人典型的高大挺拔，他的眼睛深处似乎闪着最善良的暖意。

边春晓边走边想，自己这是怎么了，难不成还真被这帅哥给打动了？

边春晓顺利地把稿件处理完毕，在浴室里舒舒服服地泡着澡，心里还盘算着明天要去沈阳故宫走一走。来一趟沈阳，采访一次故宫，今天一直在下马碑前转了，沈阳故宫是个什么模样自己还真没有看到。还有那个尹枫林，帮了自己这么大个忙，也该请人家吃个饭表示一下感谢，何况是校友啊，或许会有很多投机的话题也说不定。

边春晓这边策划得正好，沈洁茹的电话就打来了。

沈洁茹是《新沪晚报》副刊部的主任，和边春晓同年进社入职，与边春晓还是同乡，算是一个闺蜜。沈洁茹新婚之夜发现丈夫与前女友私通，一气之下离了婚，竟使自己一下子陷入人财两空的境地。也是从那时起，沈洁茹的性情大变，对什么都充满了怀疑。边春晓也是从那时开始一直陪伴在她左右，陪她度过了人生最艰难的时光，她们成了无话不谈的好朋友。

"边大小姐，忙得怎么样了？我可是奉总编之命给你打电话，社里让你明天一早就回上海，明晚要举办一个广告招商酒会。"

"广告招商酒会？那是广告部的事啊，和我们采编部有什么关系？"边春晓有点不愿意地嘟着嘴。

"今年的招商会社里特别重视，社里中层以上干部全部参加。据说酒店订在全上海最豪华的金茂君悦，就在陆家嘴那边。"

"就说我采访呢，不去了，再说明天我真的还有安排。"

"我说，边大小姐，侬是不是傻掉了。侬晓不晓得利害，全社上下都在，就缺侬一个？再说总编都让侬回来，侬还有什么理由说是工作啦。还有，金茂君悦88层绝好的观景平台，能望到浦江两岸的啦。我劝侬不要执迷不悟，还是回来吧。再说侬回来了我也有个伴儿。"沈洁茹一急，上海话都出来了。

"晓得了，晓得了。"边春晓不耐烦地挂了电话。

三 枝 蔓

《新沪晚报》的招商酒会是自助形式的冷餐会。边春晓和沈洁茹挑了一个靠窗的位置坐好。边春晓发现报社的几位大员真是悉数到齐，陪着一些重要的客户。边春晓向主宾台望过去，和总编谈笑风生的那张面孔似乎在哪见过。边春晓问身边的沈洁茹："总编旁边那位是谁？"

"他就是上海闸口房地产开发公司老总佟锐强啊。"

"我怎么好像在哪儿见过？"

"报上见过吧，鼎鼎大名的佟老板，上海的女人都想认识他呢。"

边春晓不再言语，收回目光向繁星和灯光交相辉映的浦江望去。

沈洁茹感到无聊，"春晓，我们去敬酒吧。"

"我不想去，要去你去吧。"

"哎呀，走吧走吧。你看人家都去了。"

"不去，不去。"她俩推推搡搡，差点碰掉一只杯子。

佟老板似乎也注意到了这个方向，不时向这边张望，并和总编说着什么。边春晓埋头吃东西，一抬头发现老总陪着佟老板端着杯红酒向她们这边走过来。

佟锐强笑意盈盈地说："边记者啊，还认识我吗？我是佟小曼的父亲，佟锐强。"佟锐强向边春晓伸出了手。

边春晓起身相迎,"佟总您好!我说怎么觉得有点面熟呢,这下想起来了。"

"边记者还是那么楚楚动人呢,差不多有10年了吧。嗯,有10年了,那时小曼还是个初中生呢。"

"是啊,时间过得可真快。小曼还好吧?她很优秀,很招人喜欢。"

"嗯,还好还好。高中还没毕业就嚷嚷着要出国,就依她了。现在她在美国学习新闻摄影。对了,将来和你们没准还是同行啊。哈哈哈……"

总编辑也跟着"哈哈"。

佟锐强向总编介绍:"边记者在《少年文学》做实习记者时,为小女小曼做过人物专访,非常专业,非常成功。"

佟小曼还是初中生时就出版了两本散文集,是个少年作家。边春晓当年还是个实习记者,在豫园的长廊里对佟小曼进行了采访,还配发了相片。那是边春晓的第一件作品,她当时做得的确很用心。

这时,总编也赶忙补充说:"边主任的确很优秀,很优秀;很能干,很能干。"

一旁的沈洁茹被这一幕惊得目瞪口呆。

边春晓喝了一点红酒,又吹了凉风,再加上刚从沈阳回来很疲惫,就趁大家互相敬酒、一团混乱之际溜了出来。像这样的酒会开到几点都不奇怪,还是趁早回家休息为妙。

佟锐强敬了一圈酒后就再也没看到边春晓的身影,他不停地四下寻找。

这时沈洁茹来到身边,娇滴滴地说:"佟总,我们也喝一杯好吗?"

佟锐强赶忙问:"边记者去哪儿了,怎么看不到她了?"

"春晓啊,回家去了。她这人什么都好,就是太孤太闷了。能有机会和成功人士多交流是多么宝贵的学习机会啊,是吧,佟总?"沈洁茹用右胳膊肘撒娇地撞了一下佟锐强。

"噢,回去了。家里是不是有什么急事啊?"

"她能有什么事,自己吃饱全家不饿。"

"是不是不舒服了?"佟锐强继续追问。

"佟总可真会关心人。她没事的。"

"她还是一个人啊，那你知道她的电话号码吗？"

沈洁茹想了想，不情愿地说："1388845XX21。"

佟锐强拿出手机记下来。

"佟总，我的电话是1391153XX95。我叫沈洁茹，是副刊部的主任。我们还没喝过酒呢。"

佟锐强说"好好"，端起了酒杯，若有所失的样子。

沈洁茹补充道："边春晓是我最好的朋友了，我们同一年进了报社，还是老乡呢。"

佟锐强像想起了什么似的说："那你也是苏州人了？"

"是啊。"

"对了，你说你的电话是多少？"

"1391153XX95，沈洁茹。"沈洁茹又重复了一遍。

佟锐强把沈洁茹的电话也存在了手机里。

边春晓回到家里，播放德彪西的《月光曲》，又放好洗澡水，点上几滴玫瑰精油。她想让自己好好放松一下。

这次沈阳之行的确让边春晓感到愉快，也说不清什么原因，但自己心里总有尹枫林的影子。其实自己还是蛮喜欢那个帅气的尹枫林的，尽管时间很短，但和他在一起却有一种身心放松、安全愉悦的感觉，真奇怪，尹枫林的影子似乎挥之不去。这次自己匆匆忙忙就回上海了，也没顾得上给尹枫林打个电话。不请他吃饭也就算了，打个电话的礼貌还是应该有的。

边春晓早已经把尹枫林的电话存在手机里了，而且还放在好友栏里。

边春晓正想给尹枫林打电话，佟锐强的电话却先一步打进来了，说边记者怎么来得晚、走得早啊，要罚酒三杯云云。边春晓明显感到对方已经有些醉了。

这段时间，边春晓一直忙着对国家级文物保护工作的报道的整体策划，忙得焦头烂额，几乎天天都要加班，手下的记者也都奔赴了外地。

佟锐强隔三差五就要打个电话来，约边春晓出来吃个饭。边春晓总推托太忙，拒绝了。

给尹枫林的电话一直没有打成，回来这么多天了，这个电话打起来好像也不太顺理成章了。

边春晓正拿着电话想还该不该给尹枫林打个电话，或发个信息，佟锐强这家伙的电话就又来了。佟锐强说已经跟总编辑请好假了，请边春晓务必出来吃个饭，忙工作也没有这么个干法。再说我们这个饭呢，是10年前就该请的。

边春晓推脱不过，就说那好吧。

沈洁茹在一边羡慕得要命，"我怎么就没采过这么一位千金呢？"

边春晓说："要不我们一块儿去，反正我也没什么兴趣。"

"人家佟老板请的是你，是还你10年前的人情。我去算哪门子事啊。"沈洁茹酸溜溜地说。

佟锐强想请边春晓在浦东吃日本料理，这是佟锐强精心设计的。佟锐强认为浦东离市区比较远，一方面能避开一些可能遇到的熟人，以免让人觉得不适；另一方面，接送边春晓在路上时间会比较长，还有进一步接触的机会；同时日本料理就餐环境好，用餐讲究，也比较符合主人的身份。佟锐强对这顿饭可是煞费苦心。

其实，早在边春晓还是实习记者采访小曼时，佟锐强就隐约感到自己对这个初出茅庐的小丫头有一点别样的情愫，但这种感情只是潜伏在潜意识里，他知道这是不可能的，她比自己的女儿好像也大不了几岁。10年后再次相遇，佟锐强发现当年的小丫头多了一份成熟女人的睿智与风韵，越发楚楚动人了。而且听沈洁茹说，她好像还是一个人。这一次算是老天又给自己的一个机会，一定不要再错过了。佟锐强心里有了这个盘算，说话办事就总是荒腔走板。

边春晓被佟锐强引导着落座。浦东这家日本料理的环境真不错，边春晓四下望了望对佟锐强说："佟总，其实您没有必要这么客气。采访小曼是我的工作，再说您女儿也的确优秀嘛。"

"没有，没有，当年就该请的。小曼也嚷嚷着要请的，当时因为什么事情就给岔过去了，今天算是补请吧。看看你想吃点什么？"

边春晓翻看着服务生送上的菜单，和佟锐强搭着话。

"小曼她还好吧？"

"她挺好的。高中一毕业就出国了，现在已经适应了那边的生活。刚开始挺难的，年龄小，她妈妈又舍不得，这不也跟去了，这一晃也好几年了。今天就算我替小曼请的。"

佟锐强不经意间向边春晓透露着他的家庭信息。边春晓正和服务生说话，好像对此并没在意。

佟锐强一边为边春晓的生刺参挤柠檬水，一边说："不介意吧？"

边春晓说："噢，没事儿。"

席间，边春晓好像还是很疲惫的样子，佟锐强换了几个话题，都提不起她的兴趣。这顿饭吃得不咸不淡。

边春晓说："实在是太累了，想早点回家休息。"

佟锐强感到边春晓十分心不在焉，像是有什么心事。

边春晓终于结束这顿饭回到了家里。这几天真是累了，边春晓换上宽松的衣服倒在床上，突然想起她已经好久没去查看她的电子邮箱了。边春晓打开邮箱处理邮件，突然发现一个"尹"字的未读邮件，边春晓的心竟然怦怦直跳。

会不会是他啊？

那天，边春晓急着发稿，从尹枫林那儿走了后就再也没了消息。尹枫林按边春晓打过来的电话拨回去，发现是玫瑰大酒店客房的电话。客房已经换人，说明边春晓已经离开沈阳。不知为什么，虽然只是一面之缘，但尹枫林感到自己始终牵挂着这个女人，像牵挂着自己失散多年的一个亲人。

其实，要想在《新沪晚报》查到边春晓的电话应该是挺容易的一件事，可是边春晓并没有给自己留下联系方式，离开也没有告诉自己一下，说明人家并不想和自己多交往，自己唐突地打过去，是不是不太好啊？

一晃好几个月过去了，沈阳的秋天来得早去得急，一片片金色的落叶飘在沈阳大街小巷中的石板路上，这让尹枫林更多了几分惆怅之意。

尹枫林的生日马上就到了。研究会的同事嚷着要给他过生日，也借此庆贺满族的"颁金节"。尹枫林对过生日之类的仪式没什么兴趣，况且大家这段时间都忙，还有一部分同事在满乡的基地，就说生日免了吧，大家这段时间都挺累的，咱们还是各回各家、各找各妈，等新年时人齐了再聚。

尹枫林想赶紧回家吃碗妈妈做的手擀面。毕竟又长了一岁，自己也该向自己道贺的。

尹枫林是在这一天鼓起勇气，给特意保留的边春晓的电子邮箱发了信，算是对自己的生日贺礼吧。只有在这一天，自己才可以这么奢侈地犒劳一下自己。

边春晓压抑着内心的喜悦和兴奋打开邮件，果然是尹枫林。尹枫林给她发了几张自己拍的边春晓的相片，也发了他们学会最新的科研成果，还配了一些图片。内容很艰深专业，但边春晓还是一字一字饶有兴趣地读了下去。

尹枫林给边春晓的留言只有寥寥数语：欢迎边记者有机会再来沈阳！

边春晓立即回复：有机会一定成行！

四　冬　曲

2000年底，沈阳故宫下马碑案有了新进展，沈阳故宫提出2700万的赔偿要求。关于文物究竟该不该定价及如何定价的问题又一次使舆论一片哗然。

边春晓再赴沈阳。

行前，边春晓特意到豫园选购了外形美观、透气性好的立式宜兴紫砂盆搬回家，用水浸泡数日，让其吸足水分，完全消除火燥之气后，又挑了一株较耐寒的春兰植在这个紫砂盆里。春兰配上这宜兴紫砂盆,真是相看两不厌,各得所宜。边春晓想这次去沈阳就给尹枫林带去。

边春晓觉得尹枫林的办公室书卷气十足,但少了几许生机,少了些活跃气氛的东西,空间会显得死板压抑。如果尹枫林的办公室多了这盆兰花,那气氛一定不一样。

飞机落地,边春晓才发现沈阳真冷啊。这个苏州长大的南方姑娘还真没见识过北方的冬天。自己冷点倒不要紧,手上的这盆兰花可别冻坏了。

边春晓缩在机场大厅给尹枫林打了一个电话。

"你好,我是边春晓。我到沈阳了。噢,对,就在机场。"

"好,您就在机场等我,哪儿也不要去,我马上去接您!"尹枫林对边春晓的突然来访并不吃惊。下马碑案最近已经吸引了几路记者,尹枫林想边春晓这几天没准儿也会来的,这次一定不要再错过机会。

边春晓把一路小心呵护的兰花放到尹枫林的书案上,房间立即生动起来。兰叶柔美而不软弱,刚直而不僵硬,感觉真不一样啊。

尹枫林立即脱口而出:"'室雅何需大,有兰自是足。'难怪你上次说我的房间缺点什么,我想了好久也没想出来。我还问我妈来着,我妈说,缺啥?缺个女人。你说我妈有意思不?"

"当妈的都这样,我妈也总催我,催得我都烦了。"边春晓没想到自己连这也和尹枫林说,有点不好意思了。

尹枫林心里一阵高兴,赶忙说:"有了这盆兰花就是不一样,原来就缺这么一盆兰花啊。"

边春晓说:"你还别得意太早,这兰花可难养了,你不用心对待它,用不了几天兰花就要变花盆了。"

尹枫林说:"不会,不会。我一定好好养。"

沈阳故宫下马碑被撞受损后一直在故宫的一座偏殿里保存。边春晓见到这块下马碑时,下马碑受损较重的碑头部分被包裹在一块蓝布里,堪称"惨不忍睹"。

当时,辽宁省文物鉴定小组作出鉴定:下马碑系国家重点文物保护单位沈阳故宫建筑群的组成部分，属国家一级文物。被毁的下马碑，具有极其重要的历史、科研价值，是无价之宝，其经济价值不可估量。应沈阳故宫的要求，文物专家比照流散文物市场的行情加以评估。比如，明代成化官窑瓷器斗彩鸡缸杯，在香港1998年拍卖成交价为3100万港元；明代官窑瓷器永乐青花扁壶在香港拍卖成交价为2147万港元。这两件文物虽然都是稀有珍贵文物，但存世尚有一定数量。而沈阳故宫的下马碑则是孤品，其价值应高于上述两件文物价值。文物鉴定组对下马碑的价值初步评估约为2000万至3000万元人民币。

沈阳市民也纷纷表示痛心，"太可惜了，这可是老祖宗留给我们的好东西。"

沈阳故宫方面更是加强了对故宫内外，尤其是故宫宫墙外，包括牌楼、石狮在内所有文物的保护工作，增设了护栏。而且，在从沈阳故宫的文德坊到武功坊，也就是沈阳人称作的东华门和西华门之间，经过故宫的沈阳路这一路段设置路障，全天禁止机动车通行。

边春晓在沈阳中级法院旁听了两天沈阳故宫和肇事方的唇枪舌剑，案件审理毫无进展，就给尹枫林打电话，约好第二天好好游下故宫。来沈阳两次了，沈阳故宫还没在边春晓头脑中形成明晰的印象呢。

尹枫林爽快地答应了。

入夜，沈阳纷纷扬扬地飘了一夜雪花。

边春晓昨晚给社里发稿睡得很晚，今早起床时已天光大亮。边春晓拉开窗帘，被窗外洁白的世界惊得目瞪口呆。她还是第一次亲眼看到这么大的雪，而且从她的窗口隐约可以望见故宫被白雪覆盖的景致。朝阳路上好多商家在门口堆起了雪人，有的用胡萝卜做鼻子，有的用红色的塑料水桶当雪人帽子，真是各具形态。可能是下大雪的原因吧，路上行人稀少，车子都开得像蜗牛一样缓慢。

边春晓洗了个澡，擦着湿漉漉的头发刚走出来，尹枫林的电话就打进来了。尹枫林说，怕边记者没起床一直没敢打电话，昨晚下雪了，不知今天还去不去故宫了。

边春晓急忙说:"去啊去啊,雪中游故宫多有意思啊。故宫和大雪对于我来说都是第一次经历。"

尹枫林说:"那就等太阳再升起来点吧,中午再出来,暖和。"

边春晓高兴地说:"好啊,你就在故宫的大清门前等我。"

边春晓脚下黑色的长筒靴和身上红色的长羽绒大衣都是这次来沈阳前特意买的。红色的羽绒大衣像一团火,在白雪的映衬下格外醒目。尹枫林在故宫大清门前等她,远远就看见了边春晓袅袅婷婷地走来。

"沈阳故宫,又称后金故宫,始建于后金天命十年(1625年),建成于清崇德元年,也就是说,沈阳故宫的修建前前后后用了大概12年。它是清朝入关前清太祖努尔哈赤、清太宗皇太极两代皇帝建造的皇宫,也称盛京皇宫。清顺治元年,清政权移都北京后,这里成为'陪都宫殿'。从康熙十年到道光九年间,清朝皇帝11次东巡祭祖谒陵曾驻跸于此,并有所扩建。清世祖福临在此即位称帝。北京、沈阳的两座故宫构成了中国仅存的两大完整的明清皇宫建筑群。"

尹枫林像个出色的导游向尹春晓介绍开了。

"那沈阳故宫和北京故宫相比,除了面积要小许多,最大的区别在哪里?"边春晓问。

"这个问题问得好。"尹枫林说。

"北京故宫是明清两朝的皇宫,沈阳故宫就只是努尔哈赤、皇太极父子两代帝王使用过,沈阳故宫较之北京故宫具有更浓郁的满族特色。你看,这个建有蟠龙柱的大政殿,还有那边的崇政殿,这里的十王亭,都是金瓦镶绿边,北京故宫绝对没有。北京故宫全是金灿灿的琉璃瓦,这里镶绿边的琉璃瓦绝对是满族特色。另外,北京故宫是宫低殿高,而沈阳故宫都是宫高殿低,寝宫都是建在高台上,绝对是满族独创。"

"还有这个,"尹枫林指着大政殿的匾额说,"北京故宫的匾额从左向右依次为汉文和满文,而沈阳故宫则是先满文后汉文。"

"为什么会有这样的区别呢?"边春晓觉得很有趣。

"满族当时是以全国少数人口统治数倍于己的汉人。满族人特别懂得学习汉人的先进文化,清军入关后,这种民族融合日益加强。从匾额的变迁来看,也可以看出汉文地位的逐步上升。"

"噢,沈阳故宫还有这么多学问呢,一定要好好看看。"

尹枫林带着边春晓在故宫里转,不知不觉天就暗了下来。可边春晓还兴致不减,缠着尹枫林问这问那。脚下的积雪发出悦耳的咯吱声,偶而有松散的雪片从高大的雪松上坠落,散落一地美丽。也许是雪后的原因吧,沈阳故宫里的游人并不多。

在文溯阁,边春晓停了下来。

"这个建筑怎么和别的建筑风格不一样?"

"这是文溯阁,当年专门珍藏《四库全书》的藏书楼。20世纪60年代末,出于战备的需要,为保全《四库全书》免于战火,将其迁往了甘肃。文溯阁为黑色调,是根据五行中黑色属水,藏书怕火,水灭火。所以,你看到的文溯阁建筑风格和别的建筑风格不一样,就是这个原因。"

边春晓对文溯阁很感兴趣,里里外外地看,最后还恋恋不舍地倒退着走,目光还望向文溯阁。

突然,边春晓脚下一滑,站立不稳向后仰去。尹枫林赶快去扶,却也重心不稳,两人一起摔倒在雪地上。尹枫林就势顺着文溯阁的斜坡抱着边春晓向下翻滚,两人几乎成了雪人。尹枫林把边春晓压在身下,贪恋地望着边春晓桃花似的脸,真想压上去给她火热的吻。边春晓的心也怦怦直跳,她还没有这么近距离地直视过尹枫林的眼睛。尹枫林眼里跳跃着的小火苗,点燃了边春晓沉寂多年的心,边春晓看到沈阳故宫的翘尾檐头上,一颗大星悄然出现。

此时尹枫林极力压抑着自己起伏的情绪,翻身站起,同时也把边春晓拉了起来,他们互相拍打着对方身上的雪花,嬉笑的声音不绝于耳。

"故宫冬天关门早,咱们还是回吧,愿意来,明天我还陪你来。"

"那好吧。我们今天就到这里。"边春晓被尹枫林带领着向沈阳故宫的大清门走去。

天渐渐黑下来了，边春晓感到一阵钻心的寒冷。尹枫林把自己的围巾一圈圈替边春晓围上。

"走，我带你吃老边饺子，就在你住的酒店对面。"

临近晚饭时分，沈阳老边饺子馆里人头攒动，生意红火。边春晓和尹枫林一进门，扑面而来的是阵阵暖意。边春晓被大堂里的一幅幅老照片所吸引。尹枫林赶紧向边春晓介绍："沈阳老边饺子馆创立于道光九年，最初只是沈阳小津桥附近的一个小摊位，但边家的饺子皮薄馅大、鲜香味美、浓郁不腻、松散易嚼，很快就闻名遐迩，至今已有160年的历史，是真正的百年老店，也是沈阳有名的老字号了。"

边春晓指着上面的人留着山羊胡子、戴着瓜皮帽的一张老照片说："这是老边饺子的创始人吗？"

尹枫林笑着说："是啊。老边饺子已经历经三代人了。"

尹枫林和边春晓找了一个僻静一点的角落坐下。尹枫林要了东北乱炖砂锅、白扒松茸蘑、雪衣豆沙、脆皮蕨菜卷和一斤边馅饺子。

边春晓急忙说："够了，够了，太多了。"

尹枫林说："想让你多尝尝咱们东北菜。另外，如果你有时间，沿着这条中街一直往西走，还有一家中街冷食宫，夏天卖各种冰激凌，最有名的是中街大果。到了冬天，那儿就有各种口味的油茶面，中间一个大开水壶，现吃现冲，可有气氛了，我小时候，我妈妈就常领我去。"

边春晓说："我看中街还蛮繁华的，是条商业街吧。"

"对啊，还是主要的商业街呢，也是沈阳最早的商业中心，距今已有350多年的历史，也是中国第一条步行街。自明清开设以来，后金将明朝所筑砖城进行改建扩建，按照中国历史上流传的'左祖右社、面朝后市'之说，将原来的'十'字形两条街改筑为'井'字形四条街，即今天的沈阳路、中街路、朝阳街、正阳街。当时，中街路称四平街，东西两侧建有钟楼、鼓楼各一座。大金迁都沈阳，这里经济日趋繁荣，四平街，也就是今天的中街便形成了。原来的吉顺丝房、老天合绸缎庄等大百货商店多集中在街路的南北两侧，而一些小商品行市都散布在沿街的胡同里。"

尹枫林向边春晓做着介绍。

边春晓说:"真有意思,有空儿一定好好逛一逛。"

老边饺子家上菜快,尹枫林劝边春晓多吃菜。

边春晓对尹枫林说:"你还不知道吧,我也是人大的,我们还是校友呢。我是学新闻的,本科一毕业就回了上海。你说你在人大读的博士,那本科和研究生也是在人大念的吗?"

尹枫林听说边春晓也是人大的,有点意外也有点兴奋地说:"这世界真小,兜兜转转,有缘分的人总会转到一起。不过,我本科和研究生都是在对外经贸大学念的,专业是对外贸易,主修俄语。"

"噢,你修的是俄语啊,俄语有个音特难发,是吧?"

"得——"尹枫林发音响亮而干净。

"对,对,就是这个音。我到现在也发不明白。"边春晓笑了起来,笑得很甜美。

"也许是宿命吧,我这人在研究生阶段就疯狂地迷上了清史。我是镶黄旗,正宗的满族后裔。念硕士研究生时就一心想到人大读白梆森老师的博士。"

"所以啊,我们虽然在一个学校,却并没有过交集。"边春晓说。

"是啊,我的同学都不理解我,他们毕业后干上了边境贸易,都发了财。我们研究会资金不足还有老同学给赞助的。但我不后悔我的选择,我觉得人来到这个世上还是要做点事情,留下点东西,做一点贡献。"

边春晓若有所思地点点头。

尹枫林继续说:"可能有人觉得我是说大话,虽是大了点,但绝对是实话。人还是要有一点追求有一点精神有一点理想的。我现在的理想就是尽力填补前清历史研究的空白,把满族文字的研究、教学工作抢救性地尽快开展起来。"尹枫林一说起自己的本行就有点激动,脸微微泛红。

尹枫林还是头一次觉得自己话多,滔滔不绝。平时他是个沉默寡言的人,可是对边春晓他觉得自己有好多话,总想说出来,说出来才觉得痛快。

边春晓看着眼前的这个大男孩,心里充满敬意,有人把理想挂在嘴上，有人把理想落实在行动上，这中间的差别是很大的。

边春晓心里想，一个女人对一个男人从心底升起的敬意是可怕的。有敬才有爱，自己这么多年就是没遇到从心底敬佩的男人，难道尹枫林真的是自己爱的开始，是自己沈阳之行最大的收获？

从老边饺子馆出来，天已经完全黑下来了，尹枫林把边春晓送回酒店，在电梯口，尹枫林迟疑了一下还是停了下来。

"太晚了，就送到这儿吧。你也累了一天了，好好休息吧。"

边春晓发现尹枫林已经不叫自己边记者了，"您"也改成了"你"。

边春晓虽然有点舍不得尹枫林离开，但时间的确太晚了，也不好勉强挽留，便说："那好吧，你也好好休息，我们明天再联系。"

边春晓摘下衣襟上的围巾，又替尹枫林围上。他们的目光缠绕在一起。

边春晓回到房间，心情无法平静，她开了屋里的灯去拉窗帘，发现朝阳路上，尹枫林正向故宫方向轻快地走去，路灯把尹枫林的身影拉长又缩短，尹枫林还时不时双脚离地跳起来，兴奋地向空中抓去。

边春晓脱掉大衣，扑倒在床上，抱着软软的大枕头在大床上滚来滚去，心里的那根弦被悄悄地拨动了。

尹枫林回到办公室，研究会竟亮着灯，老会长正兴奋地等着他回来。

"枫林啊，天大的好事啊，研究会的同志在新宾发现了大量的满文族谱，我等你小半天了。"

"新宾不是有我们研究会的一个基地嘛，满文族谱是在哪儿发现的？"尹枫林正在研究满族文字，大量满文族谱的出现对他的帮助实在是太大了，而且满文族谱的文物价值和历史研究价值都是不可估量的。

"在新宾满族自治县下夹河乡的一个村子里发现的。一户村民的民宅被大雪压塌了，在夹山墙里发现的。现场已经被保护起来了，听说还有几户村民在自家的夹山墙里也刨出了类似的东西。真是天助我们啊。"

老会长的兴奋感染着尹枫林。"老会长，要不我们现在就走，我恨不得立刻见到这些族谱啊。"

"别急，别急，今天是走不了了，天黑、大雪，这可不是闹着玩的。我今天也不走了，就住在这里，咱们明天一早就动身好不好？"

这一夜尹枫林没怎么合眼。边春晓唤醒了他作为一个男人的全部自觉，他觉得心里的某个东西苏醒了。他还从没如此牵挂一个姑娘。满族族谱的发现又会为他今后的研究工作扫清障碍。两件对他都极重要的事纠结在了一起。

第二天一早尹枫林和老会长就开车上路了。尹枫林想给边春晓打个电话，又一想，边春晓通常是睡得晚，起得也晚，还是让她好好睡一觉。再说老会长一直在身边，说话有诸多不便，等到了新宾再找机会给她打电话表示歉意也不迟。

边春晓这一夜睡得特别好。沈阳故宫真是很有看头，尤其是有尹枫林这么个博学的向导。昨天时间太短，只看了殿，还没看宫，今天她要到后宫看一看。

边春晓收拾完毕，让前台送一碗东北面条，就开始拨尹枫林的电话。

听筒里不停传来：对方不在服务区内，请稍后再拨。

边春晓吃完了面条，对方还是不在服务区内。

边春晓几乎拨了一上午，尹枫林的电话还是没有拨通。

边春晓觉得有点蹊跷，就穿好大衣直接去了尹枫林的办公室。

尹枫林办公室大门紧锁。边春晓在大门外站了好半天，沈阳故宫近在咫尺，她也没有心思再跨进去。

"出了什么事吗？怎么连个电话也不打？"边春晓心里嘀咕。

边春晓在酒店里窝了三天，一直没有尹枫林的消息，只好带着一肚子怨气打道回府。

边春晓觉得东北真是好冷。

尹枫林就像是她做的一个美梦，难道就这样散去了？

五 回 转

　　边春晓回到上海后情绪十分低落。采编部近期的工作进展得也不顺利。记者前期采访涉及的文物方面的信息屡次遭到读者来信质疑，这让采编部策划的有关国家级文物保护工作的选题进展缓慢。

　　尹枫林一连给她打了几个电话，赶上她都在编委会上向总编汇报，她把尹枫林给她打来的所有电话都拒听掉。其实，她心里的怨气还没有消解，她对尹枫林这种莫名其妙的人间蒸发很反感。这时候再说什么又有什么用呢？边春晓也不想听他的借口和理由。

　　边春晓感觉特别疲惫，心力交瘁，索性休了年假，关了手机，回苏州老家去了。

　　佟锐强前一段时间还时不时给边春晓打电话，说边记者什么时候也请我吃一次饭啊。边春晓总说忙，没有时间。这段时间他再打过去，对方已经关了手机。

　　佟锐强联系不上边春晓，想起还有个叫什么茹的说是边春晓的好朋友。佟锐强想在沈洁茹那儿探听点边春晓的信息。电话里果真存着这个号码，幸亏那天存上了。

　　佟锐强刚想拨电话，突然觉得有些不妥。他想了想，马上给前台秘书打个电话。

　　"帮我问下《新沪晚报》副刊谁负责？我想给公司在副刊搞一个征文大赛，让他们帮忙出个方案。我今天下午有时间，请副刊负责人来一趟。"

　　公司征文大赛不是临时起意，但在《新沪晚报》做，还真是灵机一动。

　　沈洁茹接到电话后知道是佟总有请很是激动。且不说大赛对明年工作的良好影响，单说有个机会面见佟总也是千载难逢的。

沈洁茹在洗手间里描眉画眼好一阵子才出门。

沈洁茹在佟锐强椭圆形的大办公室里拘束不安地坐着。佟锐强走进屋，沈洁茹立马恭敬地站起身来，佟锐强用手示意沈洁茹坐，然后自己绕到老板台后椅背一仰说："小沈啊，怎么样，最近忙不忙啊？"

"不忙，还好的啦。我这人工作和生活拎得清，蛮好蛮好的。"

"你们副刊也许还好，采编部就要忙些了吧？"

"当记者虽然忙碌一点，但也相对自由啊，不想挨累就少干点，其实关键还是看个人啦。"

"边主任他们好像总是很忙啊。"

"春晓啊，她这人死脑筋，什么事都要冲锋陷阵，累死都活该的。"

"他们现在也很忙吗？"

"噢，春晓说心情不好，休年假了，说要回家静静心，写写生。"

"写生？"

"对啊，春晓画一手好画的，尤擅兰花，您不知道？不过这个季节她上哪里写生去，不晓得她想什么。她这阵子总是怪怪的，没事就躲在自己的房间里，叫都叫不出来的。"

"边主任休假要到什么时候？"

"大概要春节过后吧。"

佟锐强思索了一下，把话锋一转说道："噢，对了，小沈啊，关于征文大赛的事，我们公司高度重视，这次交给你们来做，你们可要操作好啊。你马上去17楼，到媒体宣传部，找何主任具体商量。我还有个会，就不留你了，好吗？"

沈洁茹急忙起身说："好的好的，佟总您放心，我们保证做好。"

沈洁茹一出佟锐强的办公室就懊悔不已，心想，说来说去，总绕不开边春晓。也怪自己话多，总往上引。

尹枫林那天赶到下夹河乡才发现，这个小山村四面环山，就像坐在一个盆地里，手机根本没有信号，处在服务的盲区。尹枫林心急也没办法，大量满文族谱需要很大的人力立即分类归档，实在无法抽身，只得等这段工作告一段落后，赶快回沈阳向边春晓请罪。可等尹枫林走出山坳，收到信号马上给边春晓打电话时，几个电话都让边春晓给断掉了。

再后来边春晓的电话就始终处在关机状态。

春节时，尹枫林接连给边春晓发了几个祝福短信，边春晓也没有回。

尹枫林想，边春晓是记者，可以说一刻也离不开电话的，莫非边春晓的手机换号了？

边春晓是不是有意躲着自己？

尹枫林守着边春晓带来的兰花，每天和这盆兰花对话。尹枫林觉得边春晓就像个童话，一个他负担不起的童话。

佟锐强在淮海路寸土寸金的地段买了一套房子，这套房子离边春晓工作的《新沪晚报》很近。房子装修完毕，秘书已经代他验收过，房间钥匙也已经交到自己的手上了。他想约边春晓一起来看看房。

"春晓啊，我在淮海路上买了一套房子，已经装修好了，就在你们报社的斜对面，也就300平方米，你知道吧？对对，就是恒隆地标。有兴趣一起来看一看啊。"

"没兴趣？别别别，这里可有你的智慧啊，你不想看看成果？"

"就是上次我向你征求意见的那套房子啊。一起过来看看嘛，我也没看过呢。"

佟锐强的房间装修方案出来后，佟锐强虽然没说是什么房子，但的确找过边春晓，说边春晓学过画，让边春晓出出主意，把把关。

边春晓也好生好奇，就说："那好吧。下了班我就过去。"

边春晓虽然见过装修方案渲染图，但一进房门，她还是被惊得目瞪口呆。房子装修的整体效果真是不错，欧式风格，格调、布局和色彩的搭配都很完美。尤其是宫廷七号家具的选择，真是大手笔。边春晓在徐家汇的门店看过这套家具，真是赏心悦目，华美到极致。

设计师选用的那张浅紫色的欧式大床，也是自己最中意的那一款，边春晓每次看到都有躺上去的冲动。

边春晓收住思绪说:"总体风格真不错,这个方案的亮点是家具。"

佟锐强说:"多亏你的建议,把这个……还有这个多余的造型给拿掉了,这样既增大了空间,又显得房间明快通透,还省了我大笔钱呢。"

边春晓忙说:"我没做什么的。"

看到边春晓流露出喜欢的神情,佟锐强心里很高兴,走到边春晓的身边,拉住她的手,把房间钥匙放进边春晓的手里。

"喜欢是吧?你随时可以来住。10年前,我第一眼见到你,就喜欢上你了。"

边春晓虽然心里知道佟锐强对自己有企图,但这样赤裸裸的表白还是让边春晓吃了一惊。

边春晓急忙把钥匙放在餐桌上说:"这个我不能接受。"

佟锐强却不无得意地说:"你先别急着做决定,我给你时间,钥匙就放在前台大堂管家那里,我吩咐一下,你想好了,随时都可以过来取钥匙,也可以随时搬来住,也省得你每天那么辛苦地赶路。"

边春晓觉得房子是很招人喜欢,但无论如何也不能不明不白地和佟锐强住在一起。

此时边春晓走到窗前,又想起了远在沈阳的尹枫林。尽管自己对尹枫林还有怨气,却一天也没有摆脱掉尹枫林对自己的折磨,没有一天不想着他。吃饭时想着他;喝水时端起水杯想着他;晨起时,望着镜子中的自己,还是想着他。尹枫林就像空气无孔不入地渗透在自己的生活里。这是爱情吗?还是荒唐的一场梦,只在梦中清晰?边春晓也不敢确定了。

而此时眼前的这一切,又让边春晓的内心十分纠结。

边春晓发现自己最近对什么都提不起兴趣。她心里一直放不下尹枫林,现在想想赌气拒接尹枫林的电话是多么大的错误,没想到自己做不到真正的潇洒,但事已至此,也只能硬撑着。边春晓每天下了班后就躲在家里画那幅二尺斗方的春兰图。其实,她这是给尹枫林画的。上次给他带的兰花八成已经完蛋了。兰花是最娇贵最难养的,尹枫林一个大男人怎么可能刚开始养花,就把这么难养的兰花养成了呢?

如果还有机会就把这幅春兰图带给他,那他就有永不凋谢的兰花了。

边春晓策划的对全国国家级文物保护工作调查的选题,经编委会几次讨论,决定还是继续做下去,沈阳故宫这块儿边春晓还提炼出了一些新意。边春晓又找出了当时的采访本,翻出下马碑被撞的采访录音。

边春晓整理采访录音内容时,意外地听到了尹枫林好听的声音:"不能丢啊,不能丢啊。有好大一段采访呢……就在这儿啊,就应该在这里啊,怎么不见了?……噢,在这里,找到了,找到了……太好了……"

接下来是一段嘈杂的车声、人声。

尹枫林的声音意外出现,让边春晓觉得又亲切又好奇,他怎么知道我这里有好长一段采访呢?边春晓回想尹枫林镜头里自己避不开的身影,回想尹枫林抱住自己那一刻无限温柔的眼神,回想他们在雪地里尽情翻滚,尹枫林把她抱得好紧好紧……

尹枫林是喜欢自己的。边春晓突然在这一刻产生了这个自信。

边春晓放下矜持和自尊,拿出手机给尹枫林发出了自分开两年后的第一条短信。

"春眠不觉晓,处处闻啼鸟。夜来风雨声,花落知多少?"

远在沈阳愁肠百结的尹枫林的手机突然响起,尹枫林把已经饱墨的那支紫羊毫放在砚台上,几案上二尺见方的上好宣纸上,刚刚完成了"春晓"两个大字,侧面中行的两行草书,正是白居易的这首诗。

尹枫林见到边春晓的短信和自己刚刚书写完成的斗方惊人地吻合,心头一酸,眼泪竟扑簌簌地流下来。

"花朵为你开放。"边春晓又发来一条短信。

"谢谢你,你让我感到从没有过的暖。"尹枫林立即回复。尹枫林感到边春晓就像这兰花的香气,不赶紧捕捉,随时都会失散掉。

……

边春晓后来才知道，尹枫林给她打了无数个电话都没有回复，以为她的手机换号了，还给边春晓的邮箱里留过言。边春晓果然在电子邮件的垃圾箱里看到了尹枫林的留言。"边记者，您的电话换号了吗？甚念！"

边春晓一看日期，已经是半年前的事情了。

不过什么都过去了，边春晓觉得自己快乐得像在云端。

这段时间尹枫林和边春晓一有空就发短信进行热线联系，他们再也不想失去彼此了，有时一天竟有一百多条短信，他们的感情找到了短信这条触媒。

尹枫林过了一段相对轻松的日子后又开始忙碌了，频繁地上基地。有几次边春晓给他打电话他都不在服务区，有时给他发信息他也很少能及时给她回复，这多少让边春晓的心情有些落寞。有时边春晓也胡思乱想，枫林现在干吗呢？姐弟恋是不是真的靠谱？

边春晓几乎每天都要上一次尹枫林所在的清史研究会的网站，在他们的学术网站上了解尹枫林的具体活动和他发表的学术文章。

尹枫林所著的关于《中国两大宫殿群之沈阳故宫探秘》引起各界普遍反响，边春晓也借此做了几乎整版的《沈阳故宫见行记》。一时沈阳故宫游人如织，沈阳故宫热也在全国掀起。

佟锐强自从向边春晓表白后，总借着大赛的由头去报社，举止动作越发大胆，手时不时地搭在边春晓的肩上，要不就找机会去拉边春晓的手，这让边春晓很反感，总是设法离他远一点。佟锐强觉得这是个有趣的追逐游戏，边春晓早晚是他的猎物，这点耐心他还是有的，他不急。

边春晓想念着尹枫林，就特别留意和关心沈阳的天气和新闻。那一年，沈阳大雪，大雪造成大面积交通停滞，人们的日常工作、生活都受到很大影响。报社巡回放映的电视新闻上沈阳市民破冰除雪的每一幅画面都强烈吸引着边春晓，她目不转睛地关注着新闻，这一幕则落入了佟锐强的眼里。佟锐强隐隐约约地感到，沈阳一定藏着边春晓的一个秘密。佟锐强也加紧了对边春晓追求的攻势，这让边春晓时刻感到危险，她不知道佟锐强会对她干出什么事。边春晓越发思念远在沈阳的尹枫林，其实无论结果怎样，她都想把自己最宝贵的献给尹枫林，她渴望能与尹枫林在心灵深处相拥。

六 峰 谷

2003年8月，沈阳故宫下马碑案再度开庭。

边春晓又一次来到沈阳。

在新宾收集资料的尹枫林得知边春晓已经赴沈，也急忙放下手中的工作动身回沈。这些年来，边春晓就像他心里的一个病，时不时地就要发作，让他心疼。他似乎只有在他的故纸堆里翻拣岁月留下的粒粒珍珠时，才能让他那时不时就要翻江倒海的心得到某种平复。

他现在体会到了两地相思的苦处，但两个人都处在事业心很强、事业如日中天的时候，谁也没谈及过未来生活这个敏感的话题。

尹枫林这一路行驶得十分顺畅，但他还是觉得太慢太慢。其实，从最后一次见到边春晓，这一晃已经过去三年了。三年都等了，难道就不能再多等这一分，这一秒？

边春晓在房间里坐立不安地等待。边春晓穿着中式的小旗袍，把她娇小的身材勾勒得更加玲珑有致。心里有爱的女人是不老的，边春晓觉得她在尹枫林面前就像个怀春的少女。

边春晓一会儿打开电视，一会儿望向窗外，远处沈阳故宫的金色琉璃瓦屋顶在夕阳的辉映下，现出少见的辉煌景象。

这几年，沈阳故宫在边春晓心里已经形成了清晰的轮廓。以崇政殿为核心，从大清门到清宁宫为中轴线，分为东、中、西三路。大政殿为东路的主体建筑，是举行大典的地方。前面两侧排列着左翼王亭、右翼王亭和八旗亭，统称十王亭，是左、右翼王和八旗大臣议政之处。这些都是尹枫林告诉过她的。尹枫林和她说过的每一句话她都清楚地记得。

她觉得，沈阳故宫是祥瑞之地，是他们的爱开始的地方。

尹枫林的车在沈抚高速路上遇到严重的堵车。车子像蜗牛似的一寸一寸地往前移。尹枫林不时跳下车看着前方望不到头的车阵，焦急万分，看看表，他已经在这条路上走了三个多小时了。

边春晓在酒店窗前站了很久，阳光一点一点地移动，露出沈阳故宫金光灿烂的远景，整个故宫呈现在庄严威仪的背景里。天光一点点暗下去。

这时尹枫林的短信进来了："堵车，等我。"

边春晓回个短信："等你，不急。"

天已经完全黑下来了，边春晓拉上窗帘，开启了地角灯和一个门前的廊灯，房间立刻呈现祥和的暖意。

这时门铃终于响起来，叮咚——

边春晓立即起身打开房门。

"您好，女士。我是客房服务员，这是您又要的一件浴衣。"

"噢，谢谢。"边春晓有些失望地接过浴衣。这是她偷偷给尹枫林多要的一件浴衣。她知道尹枫林是很爱干净的，从他整洁的办公室和总是洁白的衬衫衣领就看得出来。

边春晓打开电视，沈阳新闻正播报着沈抚高速发生三车连撞事故致使道路拥堵三个多小时的现场画面。

边春晓心想，尹枫林最快也要八点才能到达。

边春晓倒在床上，竟迷迷糊糊地睡着了。

这时门铃又响了起来，叮咚——

边春晓赶紧起身开门。

尹枫林风尘仆仆地出现在门口。

边春晓立即迎了上去，他们紧紧地拥抱在了一起。尹枫林用脚勾住房门关好。手中的包还没来得及放下就被他咚的一声扔在了地上。他终于腾出双手，紧紧抱住了这个让他魂牵梦绕的美丽女子，紧紧地、紧紧地。

边春晓在尹枫林狂热的拥抱中几乎要窒息，她听到尹枫林强而有力的心跳，咚咚、咚咚，边春晓紧紧贴住尹枫林的身体，感觉尹枫林的身体鼓胀得就要爆炸，这是她梦中抚摸过无数次的身体啊。

尹枫林在令人陶醉的拥抱中，寻找着边春晓精致的嘴唇。边春晓仰着头迎合着尹枫林的寻找，两个人火热的唇立即黏合在一起，他们终于有了两人平生第一次热烈的亲吻。

尹枫林和边春晓在门廊边一直紧紧地搂抱在一起，时间凝固了，空间也不复存在，这样的拥抱和亲吻已经让他们甜蜜得眩晕，一刻也不想分离，甚至彼此还没有来得及说上见面后的第一句话。

在行动面前，所有语言都是苍白的废话。

尹枫林搂抱着边春晓向房间里移动，直至靠近床边，轻轻地把边春晓平放在床上。边春晓感到这场景就像那天在雪地上一样，尹枫林当时望着自己的眼神就是现在这样的。

尹枫林解开了边春晓旗袍上的第一颗纽扣。

时针指向22:00。他们觉得今夜有大把的时间可以奢侈。

此时，房门却意外地被敲响。两人迟疑了一下互相对视，尹枫林示意边春晓去开门，自己则走向窗前的转角椅，坐下来。

边春晓整理好衣服，以为又是服务生送什么来了，这家酒店的服务可真周到。

可是房门打开的那一刻，边春晓惊呆了。

"怎么是你？"

佟锐强笑意盈盈地出现在门外，还拿着大大的生日蛋糕和一大捧鲜花。

"怎么不欢迎吗？也不请客人进来吗？"佟锐强笑着打着哈哈。

可是边春晓脸上的表情真是太古怪了，好像还没从睡梦中醒过神一般。

佟锐强几乎是推着边春晓走进屋来。

尹枫林也被这一幕给搞糊涂了，不知所措地站起身来。

佟锐强看到尹枫林，脸上瞬间呈现出多种复杂的表情，但久经商场的佟锐强马上恢复了强势的定位，表情也定位在僵硬但持久的笑意上。

"哈哈哈，春晓啊，你的朋友吗？也不给我介绍介绍。"

边春晓像被定住了，还没有回过神。

"我叫尹枫林。"尹枫林主动伸出手去，礼貌地和佟锐强握了一下。

佟锐强并没有忙着介绍自己，而是转向呆若木鸡的边春晓。

"春晓啊，我要祝你生日快乐啊！"

边春晓努力地想了一下，今天的确是自己的生日，要是佟锐强不提，自己还真忘了。

"我一直惦记着你的生日，本来想好好庆贺一下，打你的手机也打不通，还是沈洁茹告诉我你到了沈阳。我可是一路追来啊。还好，我赶上了。沈洁茹还告诉我你到沈阳，每次都住玫瑰大酒店，我在前台查到了你的房间号，想给你个意外惊喜啊。"

佟锐强边说边撕开生日蛋糕的金色缎带，打开层层包装，俨然男主人似的招呼大家："快来快来，吃蛋糕，吃蛋糕。"

"小尹啊，是小尹吧。来，一块儿吃蛋糕吧。"

尹枫林到现在算是明白了大概。

尹枫林万分尴尬地说："不了，我还有事，先走了。你们忙，你们忙。"说着，往门外走去。

边春晓回过神追赶出去，尹枫林已经快步进入电梯。边春晓看着电梯数字一层一层往下落，心也沉入了谷底。

尹枫林狂奔出酒店，从幸福的巅峰失重般地跌落，他分不清是羞辱、失落、愤怒，还是不舍。尹枫林躲进自己的车里，思绪像理不清的一团乱麻。

这瞬间发生的一切是精心策划，还是早有预谋？那个佟锐强和边春晓究竟是什么关系？边春晓的生日，边春晓自己都没有和我说过，他却能从上海追到沈阳来给她过生日，还能是什么关系？边春晓这个看似清澈的女人背后还有怎样的故事？现在自己被晾在大街上，房间里又是烛光又是蛋糕的，又要上演怎样的甜蜜？

今天是边春晓的生日，这个一直居住在自己心里的女人，她的生日自己还真的不知道，自己究竟能给她什么……

尹枫林思绪几乎乱到了极点，他在车里翻找到老会长留下的半包香烟，摸索着点燃一支，却剧烈地咳了起来，自己还是第一次吸烟。

男人的第一支烟也许都是因愁苦而吸的。

尹枫林在车里不知过了多久，也不知该上哪儿去，他像个被彻底抛弃的孤儿，此时，也许只有自己热爱的工作能让自己平息。

尹枫林发动车子，在夜色中向抚顺方向驶去。

夜，边春晓用手机给尹枫林一遍遍发短信。尹枫林已经在赶回新宾的路上。边春晓求尹枫林回来，要当面给尹枫林一个解释，却被他拒绝了。

边春晓又一次带着失望返回上海。

七 落 雨

边春晓回到上海后，一直深居简出，有空就躲在自己的房间里。周日沈洁茹转了个弯前来探望，一进屋沈洁茹就看到立在墙角已经装裱好的大大的春兰图。

"太漂亮了，春晓，你晓不晓得，你绘画的技巧又有提升啊。是要送给我吧，我可是一直排着号等着呢。"

沈洁茹走近一看，"送枫林君，君子如兰"几个字映在眼前。

"枫林是谁啊，一男的吧？我说这画怎么笔笔都透着情感，如泣如诉的，像是在说，爱我吧，爱我吧……"

边春晓一拳打在她在身上，"胡说什么呢？"

"我胡说？我胡说？天底下的事哪一件能逃过我沈洁茹的眼睛？我还以为你病了，原来是在家害相思呢。还不快快如实招来。"

边春晓也是一肚子郁闷无处倾泻，就把和尹枫林的相识过程像放电影似的又给沈洁茹讲了一遍，但她刻意隐瞒了佟锐强追到沈阳给她过生日的那个桥段。

沈洁茹像个算命先生似的盘问开了。

"他长得帅吗？"

"是吧。"边春晓脑海中又浮现出尹枫林高大、笔直的身影和深不可测的双眸。

"他多金？"

"这个，这个我也不知道。应该不是。"

"他多大？"

"我好像比他大……三岁。"

"好哇，春晓，原来你是在玩姐弟恋，这个蛮时髦的嘛。"

"没有了，其实我也没想到，比我小的人现在也已经长大到有超过我们的成熟了。"

"春晓，我可告诉你，小弟弟是不可靠的啦。他们变得快着呢。男人还是要大一点牢靠些，你说我说得有没有理呀？"

边春晓一直沉默不语，其实沈洁茹还是说到了她的痛处。

"春晓啊，我看佟锐强对你蛮有意思的，我都看得出来，你会不晓得？"

边春晓皱了皱眉头，"他有家室啊。"

"有家室怎么了，他老婆孩子都在国外，正是你的好机会啊。"

"我可不想破坏人家家庭。"

"你这人死脑筋啦。这么好的机会你不抓住，难道还真要指望你的小弟弟不成？他真的很爱你？"

"嗯，我现在也不是很确定。我们之间有了误会，他现在不理我。"

"有了误会，现在不理你？你傻掉了，现在就不理你，这说明他心里根本没有你了，他要是爱你能有什么误会不能消解，老早就跑到上海来谢罪了。别傻了。"

边春晓心里也知道沈洁茹说得有道理，但开启一份爱是多么不容易，你要用你最柔软的心向你的爱靠近，你不确定对方是不是也会给予你同样的温柔，没准是寒光凛凛的匕首，可你仍然要靠过去，让爱流血，让爱毙命，就算是死，也要死在这个人手里。

但这话她不能和沈洁茹说，沈洁茹是不会明白的。

其实，边春晓回上海后的第二天，尹枫林已经后悔不该冲动，给边春晓狂打了好几个电话。那时，边春晓和佟锐强正在报社会客区里谈话，就在边春晓起身去接待一个读者的空当，尹枫林的电话打了进来。

佟锐强斜眼看见咖啡桌上响个不停的手机上显示着尹枫林的名字，着实吃惊不小。他迅速拿起边春晓的手机，快速按掉了尹枫林的电话，又赶忙用自己的手机给这个号码发了个短信：春晓已经是我的未婚妻。然后他又快速删除了边春晓手机里的尹枫林的来电信息。等一切妥当，他与边春晓只寒暄了几句就离开了。从那以后，尹枫林就再也没主动给边春晓打过一个电话。

所以边春晓从沈阳回上海后，尹枫林像消失了似的一直没有消息，这让边春晓心力交瘁，甚至是彻底死心。

边春晓心情不好的时候，就到离报社不远的一家马来西亚人开的宜昌老街咖啡店喝一杯正宗的卡布其诺。一杯咖啡、几块小点心可以很好地改善心情。

今天，边春晓刚在咖啡店里坐下，窗外就下起雨来。边春晓想，自己出门也忘了带把雨伞，今天就在这里躲着吧。

可是边春晓坐了一个多小时了，雨不但没有停歇的意思，反而有越下越大的趋势。边春晓想，不能再等了，反正报社离得也不远，索性冲出去，打个车好了。

边春晓在门口左等右等，出租车根本没有空的。这个路段本来就是超级难打车的路段，又赶上雨天，索性——跑吧。

边春晓刚冲进雨幕，一把大伞罩在了头顶。

"咦，是你？你怎么在这儿？"边春晓一脸诧异地望着佟锐强。

"我也刚好在对面的酒吧，我送你吧。"

佟锐强右手举着雨伞，左手扶着边春晓的肩头，让她靠近自己，护送着边春晓回到报社。刹那间，边春晓感到佟锐强就像一个宽厚的大哥哥，她好想就这样靠过去。

佟锐强把边春晓送上报社的台阶，说声"再见"就转身走了，边春晓才发现佟锐强除了靠近自己身体的那一侧，整个右侧身体都是湿淋淋的一片，在雨中行走的身影也显得孤单。

边春晓临街看雨，梧桐树在风雨中抖动，泛黄的叶片孤零零地飘落，边春晓想象着自己仿佛眼前这枚飘落的叶子一样无枝可依，也真应该有个家，有个依靠了。

边春晓不得不又想到了尹枫林。她感到自己对尹枫林的思念非但没有减少，反而一天天像火山一样积聚着，就要爆发。身体是有记忆的，她忘不了尹枫林给她的拥抱，给她的吻。边春晓忍不住给尹枫林发了一条信息："我想你！"可尹枫林却一直没有回应。边春晓干脆直接给尹枫林打了电话，居然让尹枫林给断掉了，然后回了她一个信息："在开会"。

这分明是冷冰冰的拒绝。

边春晓无助地看着过往车辆溅起的水花儿，像被整个世界抛弃了。她从没有感觉到如此自卑、委屈与孤单，眼泪不争气地流了下来。

边春晓几乎一夜没有合眼。第二天，边春晓第一次主动给佟锐强打了电话，她终于给佟锐强打了那个几乎是求救的电话了。

边春晓说："今天感觉特别累，一直头晕，想要到淮海路去休息。"

边春晓用这个电话，向心里的爱告别。

佟锐强接到电话后一阵狂喜。其实他觉得边春晓迟早是他的囊中之物，就看他愿不愿取，愿意什么时候取而已。

真是老天助我。佟锐强心想，他神不知鬼不觉地击败了尹枫林这个巨大的威胁，果真一切不出自己所料，边春晓的电话终于来了，虽然等得久了点。

佟锐强见到边春晓，兴奋地说："老天说不定哪一天就会给我奇迹。春晓啊，我真是要谢谢你，你哪一天还会头晕啊！"说着，搂着边春晓像一截木头似的身体。

边春晓甩开佟锐强，径直向卧室走去，边走边脱掉黑色的毛线长外套，扔在椅背上。然后，她整个人重重地倒在这个豪华的宫廷七号的大床上。

边春晓疲惫地躺在床上，被佟锐强一点点褪去了衣裳，她洁白的胴体像莲花出世，不染尘埃。佟锐强忍不住要亲吻边春晓，边春晓却左右摆着头，就是不肯让佟锐强触碰她的嘴唇，那是她和尹枫林热烈初吻的地方啊。

佟锐强放弃和边春晓接吻，望着边春晓玉体横陈，感觉像个圣物。他想吻遍边春晓的每一寸肌肤。

佟锐强的唇从边春晓细长的脖颈往下移动，肩头、前胸、丰盈的双乳，继续向下移。真想长驱直入啊。

此时边春晓的眼泪却不可抑制地倾泻而下。

佟锐强停下来，望着边春晓怜爱地说："女人总要走这一步的嘛。宝贝儿，怎么了？说出来，没关系！"

边春晓哭着从心底发出一声呐喊："我想他！"

佟锐强被这句话彻底击垮。

八 碎 片

尹枫林这几年一直频繁地往返于沈阳和抚顺之间，研究会的研究成果已经取得了突破性进展，尹枫林几乎是靠超负荷的工作来支撑着他每天的生活。他能理解边春晓的选择。自己究竟能给自己的爱人什么？他真的很不确定。他对边春晓有的只是祝福，但心里的那道伤口为什么还滴着血？

尹枫林能感到边春晓对自己的感情，断绝和边春晓的联系是多么痛苦与决绝，可是不这样，又能怎么样？每当自己想念边春晓的时候，尹枫林总会不知不觉走向故宫。沈阳故宫是见证他们的爱的地方，边春晓在这里走过，这里有她的气息，这里也飘过她咯咯的笑声……

上次带边春晓只走到了师善斋、协中斋、凤凰楼，本想第二天再带她走一下以清宁宫为主的五宫建筑，东宫的颐和殿、介祉宫、敬典阁，西宫的迪光殿、保极宫、继思斋、崇谟阁，后宫这一片也是蛮有看头的，可惜边春晓都没有来过。

今天尹枫林在中街的沈阳商业城给研究会买资料分类的夹册。从六楼下来，他看到女装部有一家店全部是中式特色的女装。尹枫林停了下来，上次边春晓就是穿了中式的小旗袍。边春晓的形象气质特别古典，能把这种衣服穿出味道来。

尹枫林看中了一件紫色的小旗袍，肩头和领口还有盘扣特别精致，尹枫林想，要是边春晓穿上这件衣服，一定特别漂亮。

"服务员，这件衣服多少钱？"

"先生您眼光真好，这是百分百的桑蚕丝面料，纯手工刺绣，盘扣也是手工的。2980元。先生，您是给女朋友买吧？"

尹枫林噢了一声，比划着说："是、是，她这么高，到我这儿。人不胖，噢，也不是很瘦……对了，你看……"

尹枫林随手拿出手机，翻出边春晓的几张照片，"你看，这件衣服她能穿吗？"

服务员接过手机，"哟，您女朋友可真漂亮，她肯定能穿。"

尹枫林买下这件小旗袍，但他并不确定该不该给边春晓，该怎样给边春晓，这件小旗袍究竟能不能、能何时到达边春晓的手上。

唉，可惜啊，事事弄人，边春晓这只偶然飞来的蝴蝶，注定不会在这里长栖，那就让这份美好永远留在心底吧。

尹枫林用工作麻痹自己，算是给自己疗伤。可是边春晓的短信和电话又一次让他陷入意醉神迷，"我想你！"尹枫林握着手机盯着屏幕上这三个字，这三个字重重地击在他的心里。他真想回复"我也想你，每时每刻，每分每秒，无不想你！"可是尹枫林不敢。往日的伤口似乎已经结疤，又被边春晓无声地撕开。尹枫林甚至不敢接听边春晓的电话，他不能再听到她的声音，也怕自己的声音会泄露心里的秘密，他也不求边春晓的任何解释……

就在边春晓躺在淮海路的大床上的那一刻，尹枫林已经结束新宾的工作，驶在返沈的途中。连日来的日夜赶稿，再加上在坑窑里染了湿气，他感到从没有过的疲劳，尤其是今天，不知怎么了，胸口憋闷得难受。尹枫林决定回沈好好休息。

这条路这几年已经被他跑熟了，有时仅仅出于惦记办公室的那盆兰花，他也要回来一趟。让空气流通，把花盆整个坐在水盆里一宿，让花根充分吸足水分，然后十天半月都不用浇水，这是他自己摸索出来的规律。尹枫林现在可是养兰花的专家，只需拨动花盆里的一粒粒石子，听听那声音或敲敲花盆，就知道花根含水的状态，知道到底缺不缺水。

尹枫林的车子已经快进入沈阳地界了。一年前，就是在这里他遭遇了前所未有的大堵车，使他和边春晓的会面至少要晚三个小时。如果那天不堵车，如果……后来会发生什么？结果又会怎么样？而今，同样是这个路段，却像什么都没发生似的一路顺畅。尹枫林不禁加大了油门。经过一个U型的转弯，前方突然出现巨型集装箱卡车，这让尹枫林躲闪不及。身体的疲惫加上连日来神情恍惚，尹枫林反应不及失，车子像失控般一下子钻进了前方欲驶入收费口而骤然减速的集装箱卡车的车底。

尹枫林觉得眼前一黑，身体完全被困在了已经严重变形的车里。

尹枫林发生车祸的消息立刻传到了沈阳，家人和研究会的同事纷纷赶到，尹枫林还支撑着他如游丝般的意识，见到家人说的第一句话就是："一定要照顾好我的兰花。"随即陷入重度昏迷。

佟锐强被边春晓的一句"我想他"彻底击垮。他不知道自己是怎么跟跟跄跄狼狈离开。他躲进一个小酒吧里，喝了一瓶红酒也没浇灭他身体里就要喷薄而出的激情，反而助长了这团火焰。佟锐强不知道自己最后是怎样回到他椭圆形的办公室的。

这时沈洁茹已经在他的办公室待客间等候多时了。征文大赛的方案已经出来了，第一期的报样也做出来了，她很想让佟总亲自过目。这段时间经常出入这座大厦，她和前台小姐早就混熟了，也在秘书小姐那儿不留痕迹地打听出不少佟锐强生活上的事。秘书小姐说，佟总今天匆忙离开，也没有告诉她去哪儿了，房门也没有锁，看来晚一点一定会回来。沈主任如果不着急，可以在佟总的待客间等他。

沈洁茹说："不急，不急。我就在那儿等。"

沈洁茹看着佟锐强进了房间，随后也跟了进去并顺手把房门带上，娇滴滴地说:"佟总,你可回来了,人家等你可等得好苦啊。"

佟锐强看着沈洁茹,沈洁茹今天打扮得很……怎么说呢,对于她这种过于丰满的女人,还是有点太暴露了。

佟锐强手上拿着沈洁茹递上来的方案真是心不在焉,眼睛不时地瞟着沈洁茹过短的裙子下盖不住的大腿。

"小沈啊,我今天喝了酒,真是一个字也看不进去。"

沈洁茹也闻到了佟锐强身上散发出的强烈酒气。

沈洁茹感到她的机会来了。她立即起身绕到佟锐强的身边,"佟总,我说、您听就是了。我们方案的第二阶段推进工作是这样设计的。"

"喏,在这儿呢。"

沈洁茹指着方案跟佟锐强说:"我们想在上海文昌大厦搞一个隆重的颁奖会……"

沈洁茹一边说一边把身体向佟锐强靠近,丰满的胸部在佟锐强的眼前晃来晃去。佟锐强感到一阵眩晕,他猛地起身,把沈洁茹压在了身底。一阵强攻硬打,佟锐强疲软地瘫倒在他的高背椅上。醉意几乎全醒了,然而悔意却从他的心底渐渐升起。

身体的这种释放更让他感到巨大的精神上的孤单。羞愧,无聊,不适统统涌上心头。

他从抽屉里抓出一沓钱,放在桌上。

"这个你拿上,噢,就算请你吃个饭,我今天还有事,这就要走。"佟锐强说着站起身,他真不想再看这女人一眼。

沈洁茹在一旁整理衣装,略带兴奋与羞涩地说:"不用,不用,佟总,咱俩谁跟谁啊,您还和我客气什么啊。"

"拿上!"佟锐强有点不耐烦了。

"好好,那我就不客气了。"沈洁茹拿着钱,一溜小跑地离开了。佟锐强一直听着沈洁茹的脚步声跑远,转眼瞥见了穿衣镜里的自己,丑陋、猥琐,他从来没觉得自己如此不堪,随手抓起桌面上的一个烟灰缸向镜中的自己砸去,穿衣镜哗的一声碎成无数个碎片,散落一地。佟锐强终于在这一片镜子中消失了,但巨大的伤痛还是从心底慢慢升起,佟锐强躲在黑暗里野狼般地干号两声，但久违的眼泪真实地流了下来。

他多少有些理解了边春晓的感受。

尹枫林身体多处骨折，最要命的是脑部受损，危及生命。

边春晓这段时间常常会梦见尹枫林，在梦境中频频与尹枫林相会。背景全是沈阳的故宫，在大政殿的八角重檐攒尖顶木下，奔跑在绕以雕花的青石栏杆中间。殿宇八面的木隔扇门、正门前金龙蟠柱、黄琉璃瓦绿剪边的殿顶、殿内彩绘梵文天花、交替出现的团龙藻井，有时是快速地闪回，有时是静静地慢放，有时就像她小时的明信片一样是一帧静默，但无论怎样，这一切都异常清晰。

有时，边春晓还梦见自己顶着满族妇女漂亮的扇形冠，脚穿绣花的马蹄底鞋，向尹枫林袅袅婷婷地走去，尹枫林无限宠爱地看着自己……

这样的梦让边春晓愉快，梦境是幸福而又甜蜜的。虽然人说梦是反的，一梦醒来，仍是要面对冰冷的现实，但她还是乐此不疲地沉浸其中。也许沈洁茹说得对，自己真是个不切实际的家伙啊。

一连几天边春晓都做相似的梦，这让边春晓深深诧异，尹枫林为什么频频造访自己的梦境呢？

佟锐强受了上次的打击一直萎靡不振，沈洁茹发给他的每一条暧昧短信都让他不胜其烦。他也算是有精神洁癖的人，这几年妻子不在身边，自己虽频频出入夜店，但也就是喝酒买笑而已，还真没动过什么真格的。那天真是酒喝得过头了。

如果边春晓肯答应自己，自己会考虑给她一个堂堂正正的名分的。

又一年的冬天，上海湿冷的天气让人的心情很不好。

佟锐强好久没有边春晓的消息了，现今也断了向沈洁茹打探的勇气，他觉得边春晓像是一条游到海里的鱼，让他心里再也没有了从前的底气。

其实，佟锐强在多年的商战中养成了不达目的誓不罢休的好强个性，边春晓就算是游到了海里，他也会再把她捉回来……

佟锐强约边春晓在淮海路的咖啡厅见面。

边春晓感觉她对佟锐强就像大哥哥，他对自己也没有恶意，便想借这个机会表明态度，就爽快地答应了。

佟锐强这段时间感觉身体总是无力，明显消瘦，见到边春晓竟像孩子似的流了几滴眼泪。

边春晓也深情地喊了一声："佟大哥！"这是边春晓第一次这样称呼他。

"我哪个地方让你不如意？哪个地方不如那个尹枫林？"

边春晓说："佟大哥你真的很优秀。"

"那你为什么还想着他？尹枫林就那么好？"佟锐强简直有点歇斯底里。

"佟大哥，你先别激动。这段时间我也总在想：什么是爱啊？其实我们爱一个人，是爱他的精神、他的灵魂。精神和灵魂是看不见的，所以有人说爱神是瞎眼的，爱是盲目的。其实爱是关闭了所有世俗的眼睛，只用心灵看着。心灵不是发现不了缺点，只是明明知道对方有诸多不尽如人意之处，可他却仍然是自己生命中的唯一。"

佟锐强被边春晓的话震撼了，说："我不是你的唯一？"

"不，你不是。我也不是你的唯一。你的唯一应该是嫂子。"

"可我对她已经谈不上爱情了，过日子而已。对，就像别人说的，就像左手摸右手。"

"是啊，左手摸右手是没有什么特殊的感觉。可是你的左手要是受了伤，右手也会连着心似的痛。而那个让你激动的手要是受了伤，你可能连知道都不知道啊。"

"你，这是诡辩！如果你要名分，我也可以考虑给你。"

"不，我不想让佟小曼瞧不起，也不想让自己生活在另一个女人的悲伤里，更不想让你背负抛妻弃子的骂名。早晚有一天，你的良心会因此不安的，你的生活会被你今天的不明智搞得一团糟。这是我们都无法面对的。"

"可是，没有爱的婚姻是不道德的。"

"怎么会没有爱？你和嫂子难道是父母之命、媒妁之言？你们不也经历过难以名状的不安、默默等待的甜蜜？激情过去了，但爱还在，就像你对我的激情也会过去一样，难道你还要不停地去寻找所谓的道德、所谓的爱吗？"

边春晓的话让佟锐强越发感到沉重。他不由得敬佩起眼前这个春花浪漫的小女子。也难怪自己对她如此着迷，她永远有着单纯的深刻、深刻的单纯。

九 追 梦

尹枫林这一睡就是三年。

他太累了，他想好好地歇息。或者说，他根本就不愿意醒来。只有在睡梦中，只有在梦里，他才能和边春晓双宿双栖。

尹枫林这三年从医大的重症ICU转入普通病房，又从普通病房回到了家里，在家人的精心照顾下，尹枫林身体的各项指标都恢复得很好，可就是这样无情地睡下去，睡下去。

他的房间始终有生机盎然的兰花陪伴。被精心莳养的兰花每年都会开两三次，每次都会有大约一个月的花期。花开的时候满屋弥漫着一种淡淡的、若有若无的香气。

几乎每天都有研究会的同事们到尹家来，陪伴尹妈妈和枫林，研究会不定期的例会也在尹家召开，就像尹枫林从没有缺席过一样。

尹妈妈始终不相信儿子会永远这样睡下去，她每天全部的精力都放在儿子身上，日常起居很有条理和规律。尹枫林就像睡着了一样，看上去还是充满了顽强的生命力。

可是尹枫林就是这样睡下去，睡下去。

这几天，研究会在沈阳故宫租借的办公室要搬迁。同事们把尹枫林的一些书籍、字画和私人物品运回尹家，并帮尹妈妈安排整理尹枫林的这些东西。尹枫林的物品中最显眼的就是尹枫林亲手书写的，原本是要送给边春晓的一幅斗方《春晓》。

尹妈妈赞叹地说："这幅《春晓》写得多好，还是挂起来吧。"

大家也都说是很潇洒俊逸，然后七手八脚地帮尹妈妈选位置。

尹妈妈突然注意到，尹枫林的手明显地动了一下。

尹妈妈赶紧握住儿子的手，"枫林……"

尹枫林并没有回应。

每天晚上，尹妈妈都要帮儿子擦洗身体。尹枫林平时最爱干净了。尹妈妈也总利用这个安静的时间和儿子说说话，今天遇见什么事了，什么事开心，什么事不开心，都要和儿子说一说。

今天，尹妈妈特意和儿子又提了一下这幅《春晓》。尹妈妈发现，只要一提到这个春晓，尹枫林的眼睛就要眨一眨。

尹妈妈急忙拿着手电筒把这幅《春晓》里里外外照了一遍，试图发现藏在这幅《春晓》里的秘密。

遗憾的是，尹妈妈并没有发现什么。

一连几天，尹妈妈都觉得，只要说"春晓"两个字，这孩子就有一种特殊的反应，而且这反应一天比一天强烈。

尹妈妈找到医大的主治医生，把尹枫林的情况向医生说明。医生告诉尹妈妈，这是好转的迹象，同时一定要弄清楚尹枫林和这个"春晓"是一种什么关系。破开心结，也许对辅助治疗的帮助更大些。

尹妈妈回到家里，怎么也想不明白白居易的这首《春晓》究竟和儿子的病有什么关系。

尹妈妈的目光突然集中到尹枫林的一大箱子书稿和笔记上。尹妈妈翻到了儿子的一本工作日记，尹妈妈从头仔仔细细地翻看。其中有一页上面写满了边春晓、边春晓、边春晓……

尹妈妈突然意识到，这也许是一个姑娘的名字。

尹妈妈又从纸箱里翻出了一件崭新的紫色绣花小旗袍。这孩子的东西里面怎么会有一件女孩子的旗袍呢？

尹妈妈心里一阵狂喜，马上又找出尹枫林早已不用的手机，重新充上电，调取电话号码。

果然在重要人物分组里，尹妈妈发现了边春晓的名字。

尹妈妈喜极而泣。儿子啊，儿子，儿子有救了——

尹妈妈坐在儿子的床边哭了一气，转念一想，边春晓是什么人？他和儿子是什么关系？自己怎么从没听儿子谈起？尹妈妈有些担心，怎么和这个素昧平生的姑娘说啊。枫林已经不同于从前，人家肯来面对这样一个病人吗？

研究会的同事们也来了，老会长说，不管那姑娘肯不肯来，我们总要为枫林努力一下，要是不肯来我们就去上海请，说什么也要把她给请来啊。

为了救儿子，尹妈妈还是颤抖着给边春晓打了一个电话。

佟锐强感觉身体疲惫已经有一段时间了，他觉得应该没什么大问题就一直拖着没去检查，今天觉得还是检查一下让自己心里有个底，于是就在上班的途中拐进了附近的一家医院。这一查不要紧，医生要求他立马办理入院手续。佟锐强的脾胃处有个明显的黑影，必须做一个详细的病理分析。

医生让佟锐强做最坏的打算，边春晓也急忙拨通了远在美国的佟小曼的手机。

"小曼，我是春晓姐。你先别着急，你爸爸生病住进医院要立即手术，不过病理还没有出来，是什么情况目前还不清楚，你可千万别着急啊。"

"佟锐强生病了？什么病？要不要紧啊。"沈洁茹在一旁赶紧问。

"医生说脾胃处有个明显的黑影，必须做一个详细的病理分析。"

"哎呀，那是不是……"沈洁茹把下面的话给咽了回去。

佟锐强也没想到一向强壮的自己有一天也不得不躺在病床上。这几天等病理结果的寂寞无聊让佟锐强感到生命的无常，如果自己真有什么不测，他最担心的还是女儿小曼，最惦记的还是自己的结发妻子。

回想他艰苦创业初期，妻子挺着大肚子，帮他跑着各种复杂的手续；小曼还小时，妻子为了和他一起守在工地，硬生生地给孩子断了奶，夜里却偷偷地哭泣；孩子要出国，妻子为了能陪伴照顾，真是什么都得从头学起。这些年她也真不容易……

佟锐强想到这里，眼睛有些湿润。他后悔不该给妻子发那封要求离婚的律师函。

佟锐强躺在病床上的这几天，沈洁茹倒是一条暧昧的短信也没有了。佟锐强想，人要是真的倒了，还能靠谁。

佟锐强的病理结果出来了，必须马上手术。

佟小曼接到边春晓的电话后，和妈妈连夜回国。在医院病房的休息区，佟小曼见到了边春晓，这是她们分别十余年后的第一次会面。

"春晓姐，爸爸要和妈妈离婚是不是为了你？"佟小曼一见边春晓就开诚布公地挑明。

"小曼，我不知道你爸爸要和妈妈离婚，我要是知道他这么做一定会阻止他。我是不会接受一个已婚男人的感情的。"

"真的？可是，爸爸是爱你的。别看那时我小，可我什么都懂。爸爸看你的眼神不一样。你给我做的那篇报道爸爸总是小心地收着，比收我的书还仔细。"

"他对我的好我知道。可是小曼，你现在也长大了，也是一个女人了，要知道男人就像个孩子，天生就是要犯错的。我们得学会原谅他们，让他们认识到自己的错误。他们是会悔过的。再说，你爸爸这些年也挺不容易，他一个人在国内多孤单啊。谁来照顾他呢，是不是？你长大了，你应该多体谅爸爸，做爸爸妈妈婚姻中很好的纽带和桥梁，多劝劝妈妈。"

"春晓姐，我还想问问你，你对爸爸真的没感情吗？要是你和我爸好上了，你就会有很多钱的。"

"小曼，我不喜欢不劳而获，也不奢求不属于我的东西。容易得到的东西，也容易失去。我也劝你，别靠爸爸，要靠你自己。"

"春晓姐姐——"小曼扑进了边春晓的怀里。

躲在一旁听到这一切的小曼妈妈也激动地流下了泪水。

佟锐强从手术的昏迷中清醒过来，他发现围在自己身边的是自己的妻子和女儿小曼。

"这不是在做梦吧。"

"锐强,不是梦。我和小曼已经办好了回国的全部手续,我们一家再也不分开了。"妻子握住佟锐强的手。

佟锐强看看小曼,看看妻子,一家三口拥抱在了一起。

边春晓透过病房的落地窗看着屋里的一切,也开心地笑了。佟锐强也看到了边春晓,边春晓向他们微笑着挥挥手,然后悄悄地离开了。

佟锐强的手术很成功,肿块切除了,是良性的,再经过一段时间的恢复和静养,就可以康复出院了。

边春晓从医院里走出,阳光晃得她睁不开眼睛,她摸索着从包里取出太阳镜,此时,手机却响了起来。

是来自沈阳的陌生号码。

"你是春晓姑娘吗?我是尹枫林的妈妈……"尹妈妈一开口就开始哭泣。

边春晓在电话中又一次听到了尹枫林这个在她梦里无数次呼唤的名字,才知道尹枫林出车祸都三年了。自己口口声声爱着的人受了多少苦,经历了多少事?自己居然今天才知道。傲慢与偏见让两个相爱的人变成一对互相猜测的苦情人。边春晓在电话那端也泪如雨下。

沈洁茹这两天没看到边春晓的人影,也在四下寻找边春晓。边春晓无心和她解释,约她在自己的家里见面。

沈洁茹问边春晓知不知道社里要提一个副总编辑的事。

边春晓说:"不知道,也没兴趣。"

"真的没兴趣?这可是千载难逢的好机会,何况你的呼声很高呢。"

边春晓告诉沈洁茹自己马上要动身去沈阳。尹枫林出了车祸,大脑受了伤,现在处于沉睡状态。

沈洁茹说:"春晓,你疯掉了?沉睡状态是什么?那是植物人吧。你去干什么?这个尹枫林把你害得还不够苦啊?你对象不看,老公不找,你真想守着尹枫林一辈子啊?"

边春晓说:"我这几年也慢慢悟到,爱其实不是索取而是付出,是责任。老天让你和一个人结缘，不仅仅是让你享受他的荣光，更是要让你分担他的苦难。枫林现在需要我，我恨不能马上出现在他身边。和自己心爱的人在一起，就算苦点，也是幸福的。"

沈洁茹望着边春晓坚定的神情，觉得她真是中了魔，彻底疯掉了。

边春晓向报社请了两个月的假，当晚就带着简单的行李赶赴沈阳。

边春晓来到尹枫林的床前，紧紧握住了尹枫林的手。尹枫林无数次出现在自己梦中的脸真实地呈现在面前。边春晓把尹枫林的手放在自己的脸上，轻轻地、深情地唤着他："枫林、枫林，我是春晓啊。"

尹枫林的眼角突然涌出了汹涌的泪水，被春晓抓着的手似乎也有了自主意识。边春晓激动地扑在尹枫林的怀里，两人的泪终于流在了一起。

尹妈妈和研究会的同事不敢惊扰这对苦命情侣，也在一旁流下了眼泪，尹妈妈更是激动得不能自已。

边春晓向报社请的两个月的假马上就要到期，沈洁茹这段时间也不知忙些什么，少有联系，边春晓给沈洁茹打电话都显示无法接听。

边春晓在报社人力资源部碰巧遇上了也要离开报社的沈洁茹。

"怎么了，你也要离职？"

"有什么事，晚上见个面再说吧。"沈洁茹似乎心事重重。短短两个月，社里的气氛怎么异常诡秘。

其实，边春晓走后，沈洁茹为了《新沪晚报》副总编的位置，不惜勾引报社高管，结果东窗事发。视频和照片已经在内网上传播了一阵子，造成了非常恶劣的影响。沈洁茹在《新沪晚报》说什么也不能再待下去了。

黄浦江岸，当年一起入社的两个好朋友又要同时离开。行前，两人心境复杂地慢慢走在静静的灯影里。

"春晓，你的选择也许是对的。原来我觉得你单纯，没想到你对认定的事情这么执著，这么坚持，无论怎样，我都祝福你。"沈洁茹深沉地说。

"谢谢，洁茹。也许这不是我的选择，是我的命。我只有在他身边心才是静的，心才能安。我会照顾好自己的，放心吧。你今后有什么打算？"

"我要回苏州老家,在那里有我的亲人,他们永远等着我,永远宽容地接纳我。我也想重新开始,像你那样,抛开本不属于自己的东西,永远,永远只听从自己内心的声音。"

两个好朋友深情地拥抱在一起……

十 尾 声

2008年10月,沈阳故宫下马碑经过长达九年的官司,终于结案。法院经过对双方的调解,作出肇事方赔偿沈阳故宫人民币100万元并恢复修缮下马碑的判决。消失了将近十年的沈阳故宫下马碑又要重新出现在人们的视线里,沈阳故宫东侧原址上就要重新立起下马碑。

下马碑组装现场围拢了不少市民,得知消息的市民纷纷前来观礼。尹妈妈推着轮椅上的尹枫林也出现在人群中。九年前,尹枫林在这里第一次遇到了边春晓,也是在这里萌发了真挚的爱情,也是真爱挽救了他的生命,让他从无边的沉寂中再次醒来,就像获得了重生,就像那一次从懵懂中唤醒了他的男性意识,那是一个真正的男人的诞生吧。

尹枫林在爱的感召下,身体一天天康复。边春晓陪尹枫林写书法,画兰花。尹枫林现在可以独立吃饭,也可以在别人的搀扶下行走。医生说用不上半年,尹枫林就可以完全康复了。像尹枫林这样的情况应该说是医学上的奇迹。

尹枫林和边春晓相约,他们的婚礼就定在明年的六月,尹枫林和边春晓第一次相见的那一天。

这天,尹妈妈推着枫林在故宫的红墙外散步,春晓回上海办离职手续也快回沈阳了。尹枫林让妈妈推着他走近沈阳故宫东侧的红墙——沈阳故宫的斯文门——这里有两棵古槐树,西侧的槐树虎背熊腰,东侧的则修长曼妙,犹如一对相互凝望的情侣,沈阳人把它们称作"鸳鸯槐"。西侧的槐树上,常年筑着一个鸟巢。两棵树都有百年以上的历史了,这样算起来，它们属于真正的老夫老妻，许多情侣都要在这里拍照留念。据说西侧的槐树总是比东侧的槐树早发芽，也比东侧的先落叶。尹枫林说今天一定要到这里看一看这两棵老槐树。

尹妈妈指着树上的鸟巢说："我盼望着你们也筑一个那样的鸟巢，孕育你们的小鸟啊。"

尹枫林笑着说："是啊。也许我命中注定就像这棵槐树，一辈子只守在另一棵树的旁边，风也守，雨也守，雪也守，晴也守……"

尹妈妈赶紧擦了擦眼角又要流出的泪水。

此时，夕阳如血，慢慢地眩出一片耀眼的霞光。

沈阳故宫浸在这片金灿灿的晚霞中显得愈发庄严美丽。

尹枫林长久地凝望着远方那一片红云，心怀无限感恩和谦卑，他想，远在上海的春晓或许也无数次凝望过这般云朵吧？并且每次都会和自己一样，被绚烂的生命打动，被生命中最尊贵、最美的真爱打动吧……

大舞台，别样的风花与雪夜 老范行军

风起的时候
爱人，让我
在你的长发上
弹拨着寂寞

月缺的时刻
爱人，请你
在我的皱纹里
找出那条抵达之路

一

许多时候，一个人的离开改变了另一个人。

我，抱着吉他，跑到刘老根大舞台的公交车站旁唱歌，就是在小白离开之后。

二

小白走了之后，我又把自己流放了，尽管我有回家的钥匙。

那天，小白在一张白纸上写了几个字，让我看。她的神情凝重。我不看。我知道上面的白纸黑字意味着一种宣判。我看到了结束。一种悲哀偷袭而来，又被强压下去，但我知道，我输了。

"选择吧。"

小白摊牌了。她故作镇静，因为声音里隐含着无奈，还有一丝祈盼。

我看了一眼窗外，把那张纸慢慢地折叠成一只千纸鹤，放在桌子上。

"我都要。"

小白断然地摇了摇头，站起来，要走。她不看我，盯着那只千纸鹤。我也是。

千纸鹤的翅膀上折叠着四个字:"诗歌"和"爱情"。

我知道,只要自己选择"爱情",她就会留下来。

她清楚,只要我放弃"诗歌",自己就不会走。

最后,小白把目光从"爱情"上收了回来。斩钉截铁。刹那间,我看见自己是那只受伤的千纸鹤——射中心脏的箭矢猛地被拔出,鲜血随之喷涌,划出一道血的弧线。在空中。不坠。

"把你的东西拿走。"我说。

"我会回来取的。"她说。

门,砰的一声,关上了。

我的世界顿时虚空起来。

我跌落在沙发上,那窗、那墙、那画、那灯。一切,都失去了实际意义。

我迷迷糊糊地睡着了。本来可以一直睡下去的,睡他个地老天荒,但头顶上那富有节奏的"咯吱——咯吱"声,一点点地扰醒了我。我睡不下去了。我差点冲动地跑上楼去砸门,规劝那对中年夫妇把床腿稳如泰山之后再巫山云雨。我的冲动之所以瞬间偃旗息鼓,缘于我看到了月光。如水的月光自古就是最好的春药。

今夜,看在月光的情面上,我可以原谅所有做爱的男女。

其实,我是被饿醒的。

这个时候,我想念起了小白。如果小白在身边,我就不会饿,永远不会。我的目光找到了那只千纸鹤,它沐浴在月光里,欲飞。欲飞的爱情和诗歌都解决不了饥饿问题。我起来,到厨房翻出一袋方便面,撕开包装袋,再掰开来,往嘴里填着干巴巴的脆面。我只有一个念头,不能饿。饿像一根绳索将小白牵引过来——她走了。走吧……

小白来过了,当我不在家的时候。

她取走了自己的东西:一个皮箱,洗手间里的牙具,壁橱里的衣服,床头柜里的内衣,地上的拖鞋,挂在晾衣架上的蓝色文胸和白色袜子,鱼缸里的两条小鱼。

但是,她留下了身上的味道,足够我呼吸了。我曾想过一生都沉浸在她的味道里,那淡淡的艾草的味道。

我在床上、枕头下、电脑桌、书架、沙发、椅子、茶几、壁橱、窗帘……找到了她触摸的痕迹。那痕迹有些犹豫，有些牵挂，有些急迫，有些气愤。

我知道她在找什么。

我把那东西藏了起来。

我可以藏东西，但饿的感觉却无处可藏，它一路奔袭，驱使我站在饭桌前，拿起一块面包啃起来。对面的高楼里，一家家亮起了灯。我盯着那些厨房，那些温暖的灯光下，影影绰绰的温暖。我的眼泪不争气地哗哗流淌，面包在嘴里犹如锯末子。我接了一杯凉水，将它们草草地冲刷下去。逃离别人的温暖，拉上窗帘，躺在床上，体验冰冻三尺的感觉。

我又失业了，在失恋了一个月之后。

那天早上，一张解聘书隆重地呈现在眼前，人力资源经理公事公办地说："你的创意是非凡的，但你自由散漫，不善合作……走吧。兰波，你不适合这里。"

我收下了那个信封——三个月的工资补偿。当场，我当场真想把那些钞票扬起来，在它纷纷飘落的时候，大步流星地走出这家供职了两年的广告公司。可是我不能，我只能在想象里虚张声势，玩一把潇洒。问题就在门外恭候：这个月又要交房租了。我必须向现实低头。以前，我只向爱情低头的。

我走在大街上。路漫漫其修远兮，我上下求索了一天，海选了很多路，可是停下的时候，还在原点——早上离开之地——广丰茶园的对面。这座茶楼是一幢老式的三层建筑，与周围的高楼大厦不争高低地坐落在路边。大门口上方挂着旧式的宫灯，两旁各蹲着一个石狮子。石狮子旁边一溜排开的是高级轿车。两年前，我和小白在这里奢侈过一次，特别的感觉就是贵得特别。此刻，那里仿佛弥漫着一种家的温暖，慢慢浸透过衣服，抚摸着肌肤。我仿佛被招魂了一般，不由自主地走了进去，在一个临窗的座位坐了下来，点了一壶铁观音。我听一个诗人说过，上品的铁观音有一种少妇的味道。我枯坐着，干品，恍惚间觉得自己龌龊、恶心。那艾草的味道依稀可闻，竟然又想染指少妇的味道——这不是精神出轨吗？不知过了多长时间，一个女服务员过来，把一盘点心放在桌上。

"没点这个。"

"这是我们茶园赠送的。"

"你们茶园赠送女朋友吗?"

"这个……先生……不赠送。"

我看着点心,又想起了小白,顾不上别人是不是在看我的吃相了,抓起一块塞进嘴里。

回家了,让自己躺在旧日的味道里。不久,赵宁达来了。赵宁达三十而立,在故宫附近开了一家吉庆公司,这位为别人策划、主持婚礼无数的人,祝福来祝福去的,还是个光杆司令。我是在一次婚礼上认识他的,一见如故,几次临时救场,抱着吉他跑到他主持的婚礼上做歌手。现在,我们坐在客厅的沙发上,赵宁达开门见山,请我到吉庆公司做策划兼婚礼歌手。我一听,就知道是同事把我失业的"喜讯"转发给了小白,小白又转发给了赵宁达,赵宁达也就来关注我了。我感到一丝耻辱。是的,我不需要被围观。将我拉黑吧,我不在乎。

我哼了一声,站起来做出逐客的架势:"我要卧倒做梦了。"

赵宁达冷着脸:"你的心里就没有小白吗……她去了哪里?"

"是她离开我的!"

赵宁达摔门而出。

我愣怔了半天,想到明天要交房租了,懒懒地拿起双肩背包,突然头皮一阵发麻——背包被割开了一个大口子。不用找了,那三个月的工资补偿一定是从广丰茶园回来的路上补偿给小偷了……我想起回来时曾在刘老根大舞台的门口停留了一下,那里的二人转刚刚散场,一些人在等着围观小沈阳。躲闪着人群,我还来到右侧的台阶处,在一块块垒起来的青石上,找到了那处用钉子刻画的"白"字,轻轻抚摸着,犹如抚摸着小白玲珑有致的身体。

次日。我将有生以来最大一笔存款6000元全部取出,交了房租还剩1500元,若不出意外,这点现金可以维持两个月。可是,万一……我第一次放下面子给所有投稿的杂志、报社打电话,询问我的诗歌能不能发表。我获得的答复与以前没有两样,只不过以前是石沉大海,这一次是彻底死心。

过了一会儿，我找出一把剪子，站在洗手间的镜子前，抓起头发，耳边又响起两家公司招聘主管的声音：我们公司要求职员必须穿职业装，男职员不许留长发。我冷笑两声，嘴里咔嚓咔嚓着，结果还是放下了剪子，然后冲着镜子告诫自己：从今天开始，兰波必须做个兔崽子，不要想吃肉。我信誓旦旦。回到卧室，我抱起了吉他，弹了两下。这一夜，我睡得平安无事，还梦到小白为我做了碗三鲜疙瘩汤。

新年到了。傍晚时分，天空飘起了雪花，慢慢悠悠的，仿佛是翩翩的心事。我背上吉他出了家门，20分钟之后，站在了大舞台的公交车站旁。我要在这里唱歌了。我先弹了安捷罗斯的《悲伤的西班牙》和《镜中的安娜》来热场。还好，有人过来听了，那些候车的人也都转过身来。我有了点信心，正准备再弹一曲时，围着的人全都散开了。我默然接受了一个事实——刘老根大舞台开演前的热场开始了。

那里，几十米开外的地方正是灯火辉煌，热闹喧天。

这里，我开始唱了：

我垂下头

是与影子私语

我垂下头

是让你看到前面的美丽……

第一天的卖唱冷冷地收场了，我无需谢幕，草草退隐。结果，右脚却踢出一个动静，一看，是个白色的搪瓷缸，上面的"红双喜"熠熠生辉。拿起来再一瞧，认出此物是一年前在北京南锣鼓巷"到此一游"的纪念。那次回来，我拿着这个纪念品去见一个朋友，商量着开一家小工艺品店，路过玫瑰大酒店门口时，看到几个膀大腰圆的城管把一个拉二胡的流浪艺人像拎小鸡似的拎到马路边上，又把那装钱的碗摔得粉碎，扬长而去。流浪艺人倒也淡定，坐在地上继续拉他的《二泉映月》。我听了一会儿，把这个缸子拿出来又搁进去几张10元的纸币，放在了流浪艺人的身旁……

此刻，我四下张望，没有再看到那个流浪艺人。

这个晚上，我的卖唱销售额为29元钱。令人激动的是，纯利也是29元。

三

两周的卖唱生涯，绘制了新的朝九晚五和夜行图：早晨冒充穷诗人和作曲家；下午甘当文艺青年，眼睛不离经典；晚上去大舞台的公交车站旁当非著名的歌唱家。我的独唱音乐会必须避开7点至7点40分这段时间——我把热闹让给刘老根大舞台了。打不过还躲不起吗？说老实话，重新装修的大舞台颇有东北民间特色：门前广场两边竖着六个红色的立体大字，一边是"大东北"，另一边是"二人转"。门口有四块记载着大舞台历史和二人转历史的铜匾，还有两只拿着扇子和手绢"表演"二人转的狮子；另外，那个镂空雕花的铁翼宫灯据说是全中国的老大，即使不是吹牛，高十米、宽两米多，也够霸道的了……这一切，我能用吉他和嗓子与之斗狠吗？

我只唱自己写的歌。当大舞台的门前安静下来，那些等车的人就会转过目光，成为我这边独角戏的观众，一些过路的人也会站下来，听一小会儿，还有卖烤地瓜的，还有卖糖葫芦的，还有卖烤鱿鱼的，还有乞丐……我分辨不出那个搪瓷缸里的人民币到底出自谁的施与。我向每一个人报以感恩的微笑。

这天晚上，我唱了一首新歌《我的爱人，风起的时候》。

第一次，我听到了掌声。

在我唱到"月缺的时刻/爱人，请你/在我的皱纹里/找出那条抵达之路"的时候，响起了掌声。一开始是一个人，后来是一圈人，一个中年人还把他的棉手闷子递过来，让我焐焐手。那一刻，我的心被焐暖了。

公交车从北面的十字路口向南拐过来了，这一次，连着三辆，候车的人离开了。我一直目送着最后一辆车消失在夜色之中，目光才从故宫幽暗的红墙上掠过，又落在兴隆大家庭的西门口。此刻，从那里出来的人有说有笑，大包小裹，心中的方向是家。我也该回家了。我拿起搪瓷缸，发现里面有了10元、20元的纸钞，竟然有十多张！刹那间，我的感动由温暖降至冰点。我咬着嘴唇，仿佛咬住了一块莫大的耻辱。我知道，此刻，在不远处的一个隐秘的角落，正有一双眼睛在盯着我。

小白的眼睛。

我开始怀疑那个鼓掌的人也是她暗地安排的。

想到这些，我气得浑身发抖，一扬手，将那些钱扬向空中。

"好一个游吟诗人。"

这时，身后传来一个女人的声音——带着一丝嘲讽，或许还有那么一丁点儿的赞许吧。我没有回头，动手将吉他放到背袋里，将缸子放进背包。但我在猜想：这是一个什么样的女人。我希望她漂亮。

"我可以请你吃饭吗？"

我回头了。我看见一个穿着黑色羊绒大衣的女人，衣领竖起来了，衬着一张脸，闪着干干净净的白，头发柔顺，很长。

"去哪儿？"我问。其实我主意已定：就是地狱，我也要跟着这个女人走。此刻，我必须让躲在某个角落的小白看到——我的身边不缺女人。何况这个女人在温婉中还隐约着无可名状的惊艳。

"大舞台后面的小火锅怎么样？"

"好吧。"我一副无所谓的样子，尽管我的盘子里有些日子不见肉了。

几分钟的路途，让我知道了这个女人的简历：她叫阿莲，电视台的制片人兼导演，负责一档娱乐节目，正在筹划"阳光男生"的大型选秀，希望推出新人。

尽管吃人的东西嘴短，我还是对她的那档娱乐节目扔了两块板砖。她边走着边盯了我一眼说，这孩子一点也不讨人喜欢。我说，你要后悔了现在还来得及，哥们儿不差两盘羔羊肉。她哼了一声，说出的一句话差点把我噎死："对，不差两盘，差三盘。"

走在那条小吃街上，阿莲偶尔会与某个小店出来的食客摆手点头，飘然而过。她带我走进一家重庆火锅店，对一个四十多岁的男人说："这是我弟弟，他的嗓子金贵，汤料别太辣，最好的羔羊肉，六盘……酒嘛，"她看了我一眼，"老龙口？"

我点点头。这个阿莲太知我心。

炭火端上来，红红的，在阿莲那干净的脸上轰然映照了一下，发放过来暖意直逼我的眼。我一时发怔。她宽恕地一笑，去与一个熟人说话，当火锅沸腾后，她回来坐下。

"吃吧吃吧……我可饿了。"她说，与我碰了一下杯，喝了一大口，"真好……好久没有喝老龙口了。"

我的饿被翻腾的肉香搅动得天翻地覆，无法调控，风卷残云一般，筷子在火锅里上下翻飞。这个时候，她一动不动地看着我，然后慢慢把涮好的羊肉夹到我的盘子里。我不抬头。我不敢看她的眼睛，在那样的片刻，不能让这个女人看出我的心缺少温暖。

"你应该到更好的地方去唱歌。你需要一个更大的平台。"她的口气郑重起来了。

"没想过。"我说的是实话。

很快，六盘羔羊肉的盘子摞起来，见证了我的饥饿；半斤装的老龙口见底了，也透露出了我的心需要温暖。阿莲似乎了如指掌，却含而不露，给我留足了面子。我发现她干净的脸简直就是一面镜子，照出了我的隐秘。

"你真是一匹来自北方的狼。"阿莲一本正经地说。这个时候，服务员端上来一盘说是赠送的水果，她马上更加一本正经，"你们这里赠送男朋友吗？"

我恍然大悟。那晚，在广丰茶园为我端上一盘点心的人，就是阿莲。善变的女人。她莞尔一笑。我继续盯着她，隐约感觉到自己必将与这个女子有所纠葛。同时，我也掂量了一下自己，自愧不是她的对手。这，更激起了我要探索她的欲望。

我们从火锅店出来，经过大舞台门前——此刻，演出结束了，门前的灯光笼罩着散场后的静默。阿莲停下脚步，凝神注视着夜幕下的大舞台。接着，我们向北走去，在中街的十字路口站住了。她让我走近她，之后捧住我的脸，用力拍了两下。

"我的小男人，振作起来。"

我有点恼火。

但是，接下来，她就让我头晕目眩起来。她突然踮起脚，双唇迅速盖住了我的嘴。她深深地吻着，就在我想用舌头探寻她的舌头时，她撤出了，松开我，一句话也不说，转身向东，飘然而去。路灯把她的影子放得很大，很长……

我向北，走过马路。我只要再走二百米到了北顺城路，再向左，在太清宫的十字路口右拐，就到了明城嘉苑——我的所谓的家——那间47平方米的复式公寓。当我走到韩都烧烤门前时，下意识地瞥了一眼那幢20层的高楼，找到了我的窗户——亮着。

小白回来了？

四

门开了，迎接我的不是小白的拥吻，是一屋子的黑暗。

我躺在床上翻来覆去，最后去刷牙，我想洗刷掉阿莲的热吻。再次回到床上，手里拿着笔和本，我继续写《爱的拾穗录》。

我的诗是从我做了流浪儿开始的。我从垃圾箱里捡到一本《普希金抒情诗选》，它将我领进诗歌的神秘王国。我把诗写在一个捡到的破本子上，密密麻麻的；更多的时候是刻在心上，印在记忆里，在黑夜里陪伴着孤独的梦。我的写作是秘密的，四年的大学校园生活，也没人发现我在写诗。

三年前的一天，我把这句随想挂到了博客上：

那眼泪飘落的地方
一定开满了桃花
那没有在秋天里恋爱的叶子

是没有遇到合适的风

　　过了两天，我发现有一个读者留言：喜欢。于是，我就开始为这个读者写诗了。再后来，我知道了这个读者叫陈小白。我这个诗人与读者在博客上经过了春花秋月，当雪花飘落的季节来临时，小白在每一首诗的"评论"栏里都是一句："下雪的晚上，我想见你。在大舞台的那个公交车站。"

　　我一笑而过，并不期待一场风花雪夜。

　　那个冬天，雪，一场接着一场。

　　一天晚上，我下意识地瞥了一眼窗外，又见雪花飘然。打开窗户，伸出手去，漫天大雪，只接到了两朵，瞬间就融化了，像泪珠。这一刻，我想到了小白的那句留言。

　　我匆匆离开家。当走过中街的十字路口，刚走到大舞台的门前，就看见公交车站的后面站着一个女孩——穿着一件白色的羽绒服，围着一条红围巾，任凭雪花落在头上。路灯的光影勾勒出她的单薄与孤寂。

　　我走过去，拉起女孩的手，说："走吧，小白。"

　　我以为小白会跟着走的，结果她一下子靠在我的身上，身体僵直。我没有惊慌失措。流浪的经历告诉我，这个女孩站在这里至少有两个多小时了。她冻坏了。我抱起她，来到大舞台门前右面的高台下，这里，落下的雪花不太多。我先把自己的大衣脱下来，然后脱下她的羽绒服，再把带着自己体温的大衣给她穿上，接着紧紧地抱着她，把她冰冷的脸贴在胸口。她头发上的雪渐渐融化了，渗进了我的毛衣。那一刻，我体验到了爱的温泉喷涌而来。

　　我们回到家里时，客厅靠窗的地板上、窗台上白花花的一片。原来，我走得匆忙忘了关窗，风把雪吹了进来。她捧起雪，让我去找个碗，轻轻地将雪捧到碗里。之后，她点着火，煮开雪水，为我沏了一杯茶。

　　夜深了，雪还在下。我看着小白安睡的模样，在博客上写道："如果错过了你，我就错过了永远。"

五

"兰波，不能在这里弹吉他了，你的手会冻坏的。"

一天夜里，阿莲握住我的手。

从此，阿莲将我的夜晚从大舞台的公交车站转移了。

白天，我可以安静地在家里写诗、听音乐，有时跑到吉庆公司转一圈，冷眼旁观赵宁达热情洋溢地讲述婚礼庆典的创意。晚上9点钟，阿莲来接我，开着她那辆红色的甲壳虫，去一些场所唱歌。这些地方都是我从未到过、也不曾想到过的……"灯红酒绿"，足可以概括。我的观众可能听熟了帕瓦罗蒂，听腻了莎拉·布莱曼，听惯了钢琴、小提琴、大提琴中的所有名曲，对我随意地弹拨吉他、自然流露的声音觉得新鲜，毫不吝啬地将掌声、鲜花、红酒和钞票送给我。从受宠若惊到习以为常，我只用了三天时间。我知道，穿梭其间只是为了解决温饱。

我的诗歌在别处。

我的高潮在别处。

其实，我知道我在装腔作势。

我的狼狈不堪的生活只能在别处——这里，放不下我的半个屁股。

阿莲领我去过几次雅兰会所，这是一个女性私人密地。在这里，我常常坐在某个包间的一把椅子上，浅吟低唱，游戏梦幻。我的面前是一些年轻的、年老的女人，她们富贵、华丽、妖冶、时尚、放浪，有的时候交头接耳，有的时候放肆狂笑，并不在乎我的存在。是的，我与她们近在咫尺，却横着鸿沟，尽管她们叫我"忧郁的小拜伦"。有时，阿莲会在她们中间说笑，有时潜伏在别处。她不在的时候，我不知道她在哪里，但她一定会在我即将离开时出现，恰到好处。有的夜里，我们要去两三个地方走场，结束之后她送我到小区门口，把装着演出费的信封塞进我的背包。我一下车，她立刻把车开走。只有那次，她抱着我，吻了好久。我回到家里，从窗口往下看，她的车还停在门口，直到我打开灯，她才把车开走，慢慢地……

当时，我在想，她在为发生在包间里的丑事向我道歉吗……

那天夜里，在一个宽绰的包间，我没有看着那些女人唱歌，而是把厚厚的窗帘拉开了一点，看着天上的月亮，唱起一首新歌：我的双眼/常常送给黑夜/因为/它们接受了寂寞的邀请……

那晚的月亮很大很圆，我的心仿佛是一片沙滩，上面没有一点凌乱的脚印，只有海浪留下的浅浅的痕迹，那线条柔和而曼妙，让我想起小白美妙的裸身。

"宝贝，我来了。"

一个女人淫荡的声音飘过来。我猛地回头，身后什么也没有——即使有，我也看不见，因为灯不知什么时候关掉了。我警觉地站起来，摸黑往前走，结果碰到了沙发，差点跌倒。

"我的宝贝……"

那个声音又在身后响起。

我让自己镇定下来。我想，这个女人一定在黑暗中观察了我好长时间，她的眼睛可以透过黑暗，看清我的一举一动。现在，我必须要看清这个黑暗中的女人。

"谢谢你听我的歌……我要拿我的吉他，我要出去了……"我让我的声音害羞、胆怯，只有这样我才可以回到窗前。

"我的王子……"

这一次，我不再犹豫，刷的一下，把厚厚的落地窗帘拉开了。月光一下子投射进来，将一个女人——赤身裸体的女人照亮了。这是一个老女人的裸体，腰身臃肿，脑袋很大，脸上涂抹得像个妖精。老女人被突如其来的月光照得无地自容，不知所措……我趁机拿起吉他往外走。

门，这个时候开了，阿莲站在门口。她一伸左手，啪的一声将房间的灯打开了。她的目光从我身边射过，落在身后的某个地方。我不再看她，径直从她旁边走出去。我听到身后的门砰的一声关上了。我到了外面，在那辆甲壳虫旁边等着。我浑身发抖。方才发生的一切简直是场噩梦。我像等待戈多一样傻等着,看到几个帅哥旁若无人地走进这家会所。过了大约半个小时,阿莲出来了,步履轻盈,竟然还抬头看了一眼月亮。

我坐上车,一言不发。我在等,等着听她如何解释。她也一言不发,直到车停在我住的小区门口,她转过身,抱住我……

我看着阿莲的车慢慢开走了,突然一阵恶心,跑到洗手间,冲着马桶吐得翻江倒海。我用冷水洗了脸,久久凝视着镜中的人——对他我也感到恶心。

这时,手机响了。

"睡了吗?"

"……我冷。"

"下来吧。"

阿莲的头枕着胳膊,看着我,这是第二天早上我睁开眼睛的时候了。

"不认识我吗?"

她笑了笑,用左手抚弄着我的头发,接着慢慢搂着我的脖子,将我拉到她的怀里。我的脸埋在她的胸前,那是一片温润之海,再一次淹没了我。过了好一会儿,她拍了拍我的头,让我讲一讲自己的故事。

我跟她说:我八岁的时候,当时的母亲生了小弟弟。从此,不知为什么,我在这个家成了多余的人。一天,邻居大婶把我叫过去,让我吃了一大盘饺子之后告诉我,我还有自己的亲生父母……半年后的一天,我离家出走了,但我没有找到亲生父母,成了一个流浪儿。后来,两个拾荒者收留了我,那个老男人姓兰,给我取了兰波的名字,那个老女人说她不知道自己姓什么,我叫她妈妈的时候,她把我抱在怀里,放声大哭。兰爸爸在我上大学的那一年去世了,我的妈妈在我大学毕业的那一年也走了。妈妈走的时候要求我做两件事:早点把她和兰爸爸的骨灰从殡仪馆取出来葬在一起;让我别忘了去找亲生父母。妈妈合眼的时候告诉我:她和兰爸爸不是夫妻。

阿莲听了我的讲述,哭了。

当天,阿莲开车带我去了棋盘山附近的陶然墓园,买下了一个合葬的墓穴。我默默地看着她做着这一切,麻利、妥帖,从容不迫,真是又敬佩又感激又愧疚。我深深地体悟到，阿莲将这一切做得充满智慧和深度。

回来的路上，我一句话也说不出来。她看出了我的心思，抚摸着我的手，让我什么也不要想，把诗写好，把歌唱好。

"兰波，相信我……我要把你推向更大的舞台。"

分手时，她把一个银行卡放到我手里说，买墓地用去四万八，卡里还有五万二——这是昨天那个老女人的赔偿。那家会所是那老女人的女儿开的，她为自己的荒唐付出十万，一点也不多。

"她知道你是电视台的，怕曝光吧？"

"不。她不知道你会不乖……她本来会给你更多的红包的。"

"是吗？真遗憾，没有上演'红包门'。"

六

"她18岁时就成了大舞台的歌后。她没有受过专业训练，却有一副天生的好嗓子。发现她唱歌天赋的是一家演出公司的老板，他让阿莲一鸣惊人，红透沈阳，继而东北，又让她上了春晚，红遍大江南北。两年之后，阿莲嫁给了那个老板。这场婚姻存活了一年。阿莲离婚了，因为她发现丈夫在外面有很多女人，她咽不下那口气。她没有想到演艺圈的残酷，没有了丈夫这棵大树，自己原来弱不禁风。她一病不起，却也痛定思痛，决定退出舞台。后来，她到电视台做了一名业余主持人。她摸爬滚打，做主持，做撰稿，做外联……在被潜的边缘游弋。后来又做了副导演、导演，因为一场文艺晚会，她拿到了星光奖，扬眉吐气，成了电视台的标志性人物。这些年来，她一直在培养歌手，但这些歌手常常一冒尖，不是女的傍了大款，就是男的换了老板，纷纷离她而去，让她伤心不已。她还和朋友成立了一家演出公司，赚了很多钱，却没有自己的顶尖艺人……"

"哈哈，你真是如数家珍呀！"

"她曾经是我的表嫂……"

在欧罗巴西餐厅三楼的一个角落里，我和赵宁达饮酒叙旧，没有确定的主题，却又都离不开女人和爱情。我听他讲述了阿莲的故事，心里沉重了一下，瞬间便化作冷笑了结了。她的过去与我风马牛不相及，没时间也没必要伤感，她的未来、或者说自己的未来会不会与她割不断理还乱，也许上帝会知道吧。不过，我倒是清楚自己的意愿：我渴望她的身体——那种温暖，犹如夏日里经过一整天阳光暴晒的浅海，入夜时分沉浸其中的那种曼妙的包裹。对此，我如饥似渴。

"知道吗？我现在还在暗恋她……"赵宁达说。

"算得上严重丢人了。"

"我到了下半辈子也不懂……她为什么看上了你这个穷小子，不就是写的东西像从山西老陈醋里捞出来的吗。"

"也不全是，有的时候也从'海底捞'。"

我招手叫过来一个服务员，又要了一瓶红酒。

"这一口酒，等于你站在大街上唱好几个晚上的……你还能招架住吧，用不用老哥帮你扛一扛？"

我哼了一声："行，下次你帮我扛吉他。老兄，我就是个卖唱的。"

"希望你卖唱不卖身。"

"已经卖了。"

"你不认为阿莲……真的喜欢你？或者你们在一起，纯粹是因为干柴烈火？"

我把杯中酒一饮而尽，然后，盯着赵宁达。

"我脸上没有诗歌。"

"她在哪儿？"

"不知道。"

"你告诉我，我明天做一天你的婚礼歌手，只讨一杯喜酒喝。"

"成交。"

"商人。"

第二天，我抱着电话簿，给登记在册的售楼处打电话，都没有听到小白的声音。我气急败坏，质问赵宁达拿朋友开涮。他向我信誓旦旦，小白确实离开了原先的公司做了售楼小姐。

"她到底在哪家售楼处？"

"我不能说。"赵宁达口气臭硬，"如果你真心找她，会找不到吗？"

接下来的几个日子里，我戴上墨镜，出入大大小小的售楼处。我没有看到小白。

现在，我知道，我把她给弄丢了。

很多次，我的手只要在那个熟悉的号码上一点，就可以听见小白的声音——她会接我的电话的。

很多次，我看着她QQ上的头像——在她离开后，再也没有变成彩色的——放弃了双击两下，在对话框里写一首情意绵绵的诗。

一天夜里，我更换了QQ签名：昨夜，我把一条路弄丢了……

七

周末的早上，我睡得正香，阿莲的一个电话将我从梦乡惊醒。我气坏了，以为又是"姿势不对起来重睡"，刚要乱喊一通，听到的却是："快来，一桌子好吃的！"

我打车来到阿莲位于市郊的别墅。她刚刚洗了澡，脸色瓷一样白，橘红色的睡衣拢不住浑身的体香。

"猜猜我给你做了什么好吃的？"她说着，转身往餐厅走。

我一把抓住她，把手伸进了她的睡衣。她里面什么也没穿，细腻，润滑如玉。

我们是干柴，一点火花就火光熊熊。但燃烧过后，冷却下来，似乎又有点陌生了，目光在对方的身体上试探着，似乎想找到激情之前的印记。在这种目光的交锋中，我甘拜下风，翻过身去，冷背给了她。半天过去了，她把手放到我的后背上，轻轻地挠着。

"晚上要唱歌，白天别乱跑……懂吗？"

我听出了她的话外音。如果说夜里是她安排的领地，白天就是我自己的地盘。我不想被跟踪，不想被控制。我继续用沉默表示不满和反抗。

"前天晚上你的声音就有些沙哑。白天必须保持身心愉悦，晚上才能把歌唱好。你的听众是非常挑剔的，他们愿意为一首歌买高价单，要的就是歌者全心全意……"

"谢谢教诲。"我有气无力地说。

"你别以为我看不出来……这几天，丢了魂儿似的。"

"你到底想说什么？"我坐起来，盯着她。

她瞪了我一眼，裹上睡衣，离开床，光着脚丫子，在房间里来回走着，睡衣好像橘红色的火，呼啦啦地烧着。

我知道她在竭力控制自己的情绪，就不去招惹她，盘着腿，反剪双手，看着墙上的一幅画。其实，我的眼里什么也没有，只有一团火，同样烧着，呼啦啦的。

"好吧，我承认，我跟踪了你，还调查了你……如果……陈小白珍惜你，视你为大熊猫，她就不会离开你。不错，她是爱过你，但那个时候她才20岁，她浪漫，是啊，浪漫无过。三年过去了，23岁的女孩如果上大学，该毕业了……也许还会懵懵懂懂的。小白不一样，她工作了三年，是个'社会大学'毕业生。她不再浪漫了。诗歌如果是你的生命，当生命里缺少了面包、牛排、红酒、房子、一张做爱不晃动的床……靠那些抒情、比喻、想象能换来吗？浪漫连一碗豆腐脑都换不来。浪漫能让你们去丽江尽情地游山玩水，然后享受美味，然后在高级宾馆里疯狂做爱吗？然后……"

"住嘴！"

"生气了？太不容易了！我没用刀，怎么几句话就捅到你的心坎上了？"她走过来，"我看看，流了多少血。"

"你少来！"我把她的手拨拉开。

这一次，她非但没有生气，竟然还笑了，之后让我闭上眼睛，躺下。

"乖，等一等，我让你睁开眼睛再睁开……好了好了，睁开吧。"

我睁开眼睛，见她手里捧着一个收纳箱，里面是五颜六色的千纸鹤。

"我昨晚为你折的，99只千纸鹤……祝你生日快乐！"

"今天是我的生日？"

她点点头。

"谢谢！"

我们又黏在了一起。她兴之所至，把那些千纸鹤洒落在我的身上，我仿佛坐在秋日的树下，任凭落叶把身体覆盖，长眠不醒。我知道，那些金黄的带着阳光味道的叶子，是我过冬的炭火。我怕冷。阿莲是热的，随时可以为我供暖，但我隐约感到在暖洋洋之中，残留着一丝不安寒意。我想小白。可是，我又无法回避和拒绝阿莲的身体。不，不是无法，而是不想，或者说不愿意。我放任了欲望，让它像一列火车，开往已经断裂的卡桑德拉大桥。不过，我总怀有一丝幻想，那座桥是美丽的，但只是一个过程，我的终极目标不在那里。我会抵达想要去的目的地。

窗外，太阳明晃晃的了。阿莲起来从壁橱里拿出我的睡衣，让我穿上到楼下去吃早餐，实际上是午餐了。饭后，她把我拽到衣帽间，让我穿上Versace短风衣和一条Levis牛仔裤。我对两样礼物很满意。我亲了她。

"这不是生日礼物，我领你去见一个百岁寿星，让老人家祝你长命百岁。"

在车上，她告诉我要去拜见的百岁寿星就是广丰茶园的幕后掌门人赛凤仙，也就是她的祖太奶奶，广丰茶园现在由她的父亲打理。闲聊中，我又逼问了她第一次见到我时的感受，她忍不住笑了，说一看我坐在那里的呆样就是一个穷小子，不过模样嘛挺招人稀罕和可怜的，就换了服务员的上衣，送过去一盘点心。

"你是不是对每个帅哥都这样殷勤？"

"可以这样理解。"

她果断地承认，这让我找不到下句了。我的嘴巴不是她的对手，脑袋也不是。我只有在床上的战斗中才是强者——悲哀地仰仗着青春的冲动。

沉默。还好，也就十几秒，我又说："我从来没有问过……你是怎么知道我在大舞台的车站唱歌的？"

"你还真能沉住气，我以为你永远都不会问的……我是路过那里听到了，一打听说你天天在那里唱，就又去偷听了几次。"

"你在暗处。"

她淡然一笑，未置可否，又说："你不是在唱歌，你是想让一个人听到你在找她，让她回到你的身边。"

我盯着她。她双手把着方向盘，头发柔顺地散着，遮挡了她的眼睛。我真想看看她的眼睛——为什么总能看透我的心底。她不过比我多吃了12年的盐。有一次我叫她莲阿姨，她答应了，很爽快。晚上做爱，她呢喃着央求我不要再叫她阿姨，那样她就被我叫老了。她是鲜活的，却恐惧皱纹。在床上她总是变化着花样，我隐约地觉察到她的一丝自卑，积极地回应她的身体，让她感到自己的活力一点不比年轻的女孩子逊色。我的性经历在她之前只限于与小白。小白是个害羞的女孩，很少主动，小鸟依人。可是，可是……这只小鸟却在我最需要的时候，成了一枚炸弹。我遍体鳞伤。如果不是阿莲将我伤心和痛楚的碎片捡拾起来，重新组装，我现在会是什么样子呢？

"我说对了吧？"

这一次，阿莲转过了脸来看了我一下。她的眼里噙着泪花。我的心一颤。我想亲她，却残酷地忍住了。我最见不得女人的眼泪。如果那天小白不是端出谈判的架势，让我在诗歌和爱情之间选择，而是流着泪让我放弃写作，我想我会答应她。我这样想问题，可能有些卑鄙。是啊，我是一个男人，为什么希望女孩苦苦相求？只有一个解释，我就是一个混蛋，从骨头里透出的那种混蛋。

"不，你说错了。我的饭碗丢了，只能卖唱糊口。"我知道她不相信，连忙又说："这一段时间，我不想再唱新歌了。我想写诗。"

"我看你谱曲比写诗还快的。"

"诗有了，旋律也就出来了。"

"你最好把上面的话揣在兜里。要是让那些作曲家听到了，会火冒三丈的，也会把那些诗人气死。诗歌对你有多重要？"

"生命一样。"

"哈！"她冷笑了，然后连连点头，又自言自语："生命，生命……

生命就重要吗？如果生命里没有那些……"她又摇头了，但没有说明"那些"到底包含了哪些。

我不搭理她。紧张的情绪、凝滞的氛围，在我们之间说来就来，不管是在疯狂的时候，还是在说笑的时候。而就在空气凝重如铅了，常常又像触电似的，激情迸发，高潮迭起。

她再一次转过脸来——脸色多云转晴了。她说："我想让你更多地知道一些广丰茶园的事情……我有一个野心，就是再过五年，让广丰茶园火起来，一个刘老根大舞台不是太寂寞了吗。"

"然后？"

"然后……我希望有朝一日能够恢复'庆丰茶园'的名字。毕竟，那是历史。"

"野心不小。"

"我必须做一个长远规划。10年不行就20年……那个时候，我都是老太婆了，我们还会在一起吗？"

我没有回答，用手抚弄了一下她的头发，然后就把手停在她的脖颈处。这一刻，我感觉自己十分男人。

阿莲的车过了广丰茶园没有停。我知道她要去哪里。她把车右拐弯，驶上中街，到前面的十字路口，再右拐，向北慢慢开着。我把头转向窗外——刘老根大舞台出现了。这个时候的大舞台闲适、安静，似乎在为夜晚的热闹积攒体力。一些外地人在门前留影，双臂高举，摆着傻乎乎的"V"形POSS。

"想去看二人转吗，我请客。"

"不想。"

"认为它不阳春白雪？"

"不是。是我自己粗俗。"

"真酸。"

"你是不是特想进去？"

阿莲点点头："我已经16年没有进去了……我会进去的，会的。"

我将手从她的脖颈处收回来。她把车提速了，很快，开回广丰茶园门前。我们走进茶园，阿莲领我来到三楼，站在了最里间的一扇门前。我有点紧张。我从未见过百岁老人。风烛残年的面孔一定很恐怖。阿莲没有敲门，轻轻把门推开，示意我跟她进去。屋里没有开灯，隐约可以辨认出两扇窗户都挂着窗帘。她打开灯，立刻，四壁上满满的照片将我的视线打得摇晃起来。她让我走近去看。我看了半天，看清楚了，眼前全是庆丰茶园的老照片。我问这里面有没有赛凤仙，她把我引到东边的那面墙，指着一张美丽女子的照片。我感到面熟，回头看了一眼阿莲。她神秘地笑了，什么也没说，让我跟她走——我这才看到，西墙靠南还有一扇门。

我跟着阿莲进了屋——赛凤仙向我微笑着——对面墙上，全是她的黑白大照片：生活照、剧照、练功照……

"阿莲来了？"

一个声音吓了我一跳。原来，这屋里有人！一个女人，背南向北坐着，发如雪，坐在一把藤椅上。对面墙上，一张庆丰茶园的老照片顶天立地。

"祖太奶奶，是我。"

阿莲的声音有点嗲，她知道我要笑，立刻变脸瞪了我一眼。我使劲咬住下嘴唇，封闭了笑。

"今天又带哪路朋友来了？"

"是个诗人，非常年轻的诗人，他叫兰波。"

我受宠若惊。第一次，有人称呼我为诗人，而且郑重其事。

"诗人……"赛凤仙念叨着，似乎在咀嚼一枚青橄榄。

"祖太奶奶好。"我的话一出口，又被自己的声音吓了一跳。我从来没有用这么柔和的声音说过话。

阿莲似乎也觉察到了，眯缝着眼睛，看我。

"给我念念诗吧。"赛凤仙说。

我的目光从那些照片上扫过，落在赛凤仙的背影上，于是低吟道：

万水千山
风
都吹过

只是带不走
此前的点点离恨
其实
只要一转身
就是
花好月圆。

赛凤仙动了一下。

阿莲过去将老人和藤椅一起转向我。这一刻，我看到了赛凤仙的脸。我惊骇了——不是所谓的风烛残年的岁月痕迹，而是这张脸孔似乎在哪里见过，但，又不是在阿莲的脸上。

这时，阿莲的手机响了，她走出去接了。赛凤仙抬起手，招我过去。我走过去，丝毫没有感觉到与这个老人之间存在着七十四年的沧桑岁月。

赛凤仙抓住我的手。刹那间，我感觉血流加速，自己的血与她的血一下子融通了，奔流了起来。之后，我的血就被她的血包容了，不见了。

我的眼前一片模糊，跟着那血脉回到了过去……

八

1906年的时候，大西门的广庆茶园和小北门的聚丰茶园，是当时沈城最红的两家戏园。两年之后，在今天刘老根大舞台的地方，庆丰茶园挂牌了。人们一看那牌匾就明白了："庆丰"两字各取"广庆"和"聚丰"两座茶园一字，意为取二者之长。结果，广庆和聚丰逐渐被历史淡忘了，庆丰茶园依然戏庆茶丰。

赛凤仙的母亲当时是庆丰茶园的红角，据说张作霖的丈母娘特别喜欢听她唱的"落子"，常在庆丰茶园看戏。1923年的时候，茶园改名为会仙大舞台，赛凤仙的母亲也因为一段恋情失意，背井离乡，带着女儿去了哈尔滨，从此退出舞台，静心培养女儿。几年的工夫，赛凤仙就凭着漂亮的脸蛋和甜蜜的嗓音红遍了哈尔滨，一天能赚二百块大洋，后来由于受不了当地一个恶少的骚扰，离开了母亲，只身来到沈阳，在北市场的大茶观园唱戏，也就是现在的青年剧场。

有一次，张少帅的太太于凤至来看戏，她坐在包厢里，听到兴头儿上，戏突然停下，乐队的唢呐吹奏起来。于凤至不悦，让人找来剧场管事，问："这戏为什么停了？"

"送大令。"管事的连忙回答，再一看于凤至皱着眉头，就解释开来。原来，大令就是负责巡视剧场的官员。当时有个规定，大令出入剧场时，无论戏演到什么节骨眼儿上，都得停下来，吹奏唢呐迎送。这次就是一个大令看到了半截退场，所以停戏吹唢呐来送他。

于凤至一听，生气道："这是什么规矩？以后不许吹唢呐迎送大令……"她转身告诉身边的一个人："告诉所有剧场把这个规矩取消。"

取消这个规矩是后来的事情了，但当晚的演出却让赛凤仙红了。因为于凤至来到化妆间，向赛凤仙问了好，还请她到府上吃饭。这消息第二天就登上了各种报纸。赛凤仙去少帅府吃饭的当晚，下雨了。于凤至派了个姓闻的年轻军官开车接送。闻军官风流倜傥，写得一手好诗，日子久了，给赛凤仙留下了美好的印象。后来，有个阔少对赛凤仙胡搅蛮缠，闻军官得知，仗义出手，摆平了那个阔少。她出于感激，请闻军官吃饭。之后，两人好上了。闻军官写了好多情诗给赛凤仙，她都用一个小匣子收藏好。再后来，闻军官跟随着少帅，南来北往的，两人见面的机会就少了，只能书信传情。

1931年9月18日，日本人发动了"九一八事变"，沈阳成了日本人的天下。赛凤仙和几个姐妹想离开，又走不了，暗自垂泪，便骂东北军是一群包子，连个小鬼子都不敢打，让父老乡亲在人家的刺刀底下过日子。一天夜里，闻军官从少帅身边跑回来，还拉了几个弟兄，说要跟小鬼子干一场。赛凤仙扑到闻军官的怀里，流着泪说没有看错自己的男人。接下来的两年时间里，闻军官带领一班兄弟神出鬼没，与小鬼子周旋。后来，一个兄弟被捕了，受不了严刑拷打和美女诱惑，泄露了他们经常聚会的地点和联络暗号。闻军官为了掩护大家，将日本鬼子引到了大舞台附近，展开了激烈的枪战，终因寡不敌众，中弹牺牲，尸体被扔到了小河沿。赛凤仙是从报纸上看到这一消息的，当时就昏倒了。七个月后，赛凤仙生下了遗腹子。过了几年，她带着儿子嫁给了一个五十多岁的丝绸行老板。那一年，她把母亲从哈尔滨接回来了。母亲有些疯疯癫癫的，常常一个人跑到当年唱戏的茶园门口，指着"奉天大舞台"问人家为什么改名了。人们告诉她，这名字从1933年就改了，现在是日本人长桥荣一的了。

"我知道的就是这些。"在广丰茶园二楼的一个雅间，阿莲对我讲述了赛凤仙和大舞台的一些陈年往事。

"那个闻军官的儿子后来怎么样了？"

"后来的事就不知道了……这是祖太奶奶的一个谜。据说，有一次她带着儿子看戏，回来时遇到了抢劫，把儿子给弄丢了。在我们家，没有人敢问的。"阿莲喝了一口茶，然后慢慢地抬起头，看着我，"祖太奶奶跟你说什么了……在我出去接手机的时候。"

这个时候，竹帘的缝隙漏过的阳光洒在阿莲的脸上，使得那白洁如瓷的脸颊光斑点点，闪烁生动。我握住她的手，说："老人家夸我诗写得好，长得俊。"

"撒谎！五年前祖太奶奶的眼睛就看不见任何东西了。"

"她摸着我的手，然后又摸了我的脸……说我长得俊，有书生气。"

阿莲不相信我的话。

没错。阿莲的不相信，是对的。

……当赛凤仙握住我的手时，我感到了极大的震撼，仿佛灵魂一下子被老人家吸纳过去了。

"孩子，来，让祖太奶奶摸摸你的脸。"

这一刻，我才发现老人的眼睛失明了。我蹲下来，把脸迎着老人。老人的手抚摸着我的眼睛、鼻子、嘴、下巴，然后是头发和耳朵。我感觉那双手像沙滩上的细沙，从皮肤上滑过，而自己的肉体很快也变成了沙子，从她的指缝间滑落下去，仿佛消失了。

老人的手微微发抖，慢慢地把我搂向怀里。

"孩子……我的孩子……你不姓兰,你姓闻。你的祖太爷爷是少帅手下的一个军官,他很英俊,是个诗人。你方才念的那诗,他就念给我听过……去,孩子,在我身后的那个桌子的抽屉里,有个小匣子,里面都是他写的诗,你去找吧,从上面数第四张纸,就是这首诗。"

我找到了那个小匣子,打开,第四张果然是那首诗,毛笔小楷写在宣纸上的。我顿时懵了。我从来没有在任何一本书中看到过这首诗,那我怎么会写出与这宣纸上的一模一样的诗呢?我回身看着赛凤仙,猛地想到,她可能就是自己的祖太奶奶呀!想到这里,我的手哆嗦起来,慌里慌张地把小匣子放好,送回原处。

"孩子,过来。"

我再一次蹲在老人的身前。老人拿起我的手,拍了拍,不再说话了。

这个时候,阿莲回来了。

九

我跑到图书馆翻找资料,在一本发黄的小册子上找到了当年闻华章带领一批抗日志士秘密潜回沈阳,与日军展开斗争的故事。可惜,那份资料里没有记载闻华章是个诗人。我又翻看了有关张学良的传记,有关闻华章的字样只鳞半爪都没有。我非常沮丧。在洗手间,我看着镜子,发现自己的脸的轮廓几乎与闻华章一模一样,但眼睛更像赛凤仙。我重新回到座位,一位图书管理员把一本小书递给我,希望对我有所帮助。这是一本32开的《新编文史笔记丛书》中的一卷,1994年版,由上海书店出版。我细心地翻着,突然看到了"赛凤仙"三个字。这篇由一位老艺人撰写的回忆文章讲述了赛凤仙和几个姐妹冒着生命危险,在一个大雨滂沱的夜里将闻华章的尸体从小河沿运走,并连夜掩埋在北陵公园墙外的小树林里。

我从图书馆出来,打车来到北陵公园,按照那位老艺人文章里说的地方,寻找那片小树林。我失望了。没有那片小树林。现在,那个地方盖起了两幢楼，钢筋水泥覆盖了一个烈士的铮铮铁骨。

我回到家里，筋疲力尽，倒在床上就睡着了，直到阿莲打来手机，催我赶紧拿着吉他下楼。凌晨一点，我从一家私人会所出来，坐到阿莲的车里时，睡意就像拖拉机一样拽着我。迷迷糊糊中，好像听她说今晚的歌听众反响格外好，有种颓废的美。我张了张嘴，想说那是老子累了……也不知道有没有力气说了出来。

第二天我醒来，发现自己赤身裸体地躺在阿莲的床上，吓得我慌忙穿上衣服就往楼下跑，差点把阿莲撞到墙里去。我也顾不上她了，到门口，鞋还没提上，就要开门逃跑。

"回来！我不是你姑姑。"

这句话，像钻头一样钻进我的耳朵。我摇摇头，想把那声音摇出来，再听一遍。

"过来，听我跟你说。"

我把鞋甩到一边，回到客厅，坐在沙发的一角，离阿莲远远的。她为了打消我的紧张，一边摆弄着博古架上的小玩意，一边告诉我：她母亲在她六岁的时候，嫁到赵家——现在广丰茶园的总经理——赵廷轩是她的继父，与她没有一丝的血缘。

我站起来，走近她，盯着她的脸，看了足有一分钟。

"看到赛凤仙了吗？"

我摇摇头。

"祖太奶奶，应该说你的祖太奶奶把你姓闻的事情告诉我了……老太太说你的声音、手、脸，与你的祖太爷爷一样。"

我如释重负，猛地把她抱起来。就在这时，赵宁达打来电话，让我赶紧去救场。我不好意思地看着阿莲，她倒干脆，要开车送我过去，顺便讨口喜酒，沾点喜气。

赵宁达主持婚礼的地点在北顺城路的金城汉斯啤酒城，离我住的地方只有200米。到了酒店门口，阿莲停下车，嫌里面太闹，要等新娘子来了再进去看热闹，我跟着赵宁达走进二楼的喜宴厅。我在音响师旁边的椅子上坐下，按照惯例，只要赵宁达开口说话，我便轻轻地弹拨婚礼进行曲的旋律，等新郎新娘牵手双双走过来时，我就停下来，音响师就会播放管弦乐婚礼进行曲，将婚礼推向一个高潮。

这时，赵宁达拿着麦克走了过来，冲我点了一下头，这意味着新郎新娘马上就要登场了。

"各位来宾，大家上午好！"赵宁达的声音洪亮，"刘福成先生与张新梅小姐的婚礼现在开始……"

我放下吉他，之后的时间里，我可以一边瞧着热闹，一边随性弹拨吉他，烘托气氛。

新郎、新娘走过来了。

我漫不经心地瞄了一眼新娘——眼睛立刻瞪圆了——我看到了小白！

小白穿着绿色的亚麻休闲长裙，头发扎成一束马尾，清淡、爽利，在新娘的后面做伴娘。我下意识地瞥了一眼赵宁达，发现这个家伙冲着我微微点着头，似乎在提示：我全知道，你要淡定。我再次把目光对准小白，恰在此时，小白的目光也投射过来，我顿时觉得被子弹击中一般，摇摇欲坠。我把吉他抱起来，压在胸前，不让心脏跳出来。

很快，小白就站在我的右前方。我闻到了小白身上散发出的芳香。我要晕倒了。

"好，现在新郎新娘来到了我们的前面，大家热烈鼓掌，向这对新人表示衷心的祝福！"

我听出赵宁达的声音里带着提醒：你是婚礼歌手。于是，我轻轻弹起了吉他。情绪放松下来之后，我想到了阿莲。是啊，她在哪里？她看到小白了吗？她认出了小白吗？我给她看过小白的照片的。

新郎开始讲述恋爱经过。我趁机扫视着坐席，看到阿莲在后面站着，正用手机拍照，笑眯眯的。有那么一刻，我们的目光撞到一起，她竟然调皮地歪了一下脑袋。我的脸一红。我觉得她不是做给我看的，而是故意让小白看到的。我希望小白没有看到这一幕。

我忐忑地转过脸，小白不见了。

"现在，新郎有些激动……"赵宁达说。

我马上弹起吉他，让安静的现场流动起一丝欢快俏皮的气氛。这个时候，我完全清楚了赵宁达招呼我来救场的目的：与小白相见，或者说让小白与我相见。一定是这样的：赵宁达事先知道伴娘是小白，才让我来救场；而我的到来，小白并不知晓。应该说，赵宁达的安排足够周全，只是没有料到阿莲会出现。

赵宁达的主持结束了，过来拍了我一下，我们来到一边。

"告诉我，小白在哪儿？"我发问。

"看一眼就行啦。"

"我要找她。"

"你……现在有资格吗？"

我顿时无话可说。我瞪了赵宁达一眼，拎起吉他走出了酒店。我没有找到阿莲的车，就过了马路往家走。我一进家门就知道小白来过了。果然，在卧室的床上，放着两条CK纯棉内裤，四双匡威纯棉袜子，还有两本诗集，一本是阿多尼斯《我的孤独是一座花园》，另一本是《保罗·策兰诗选》。

我呆呆地想：小白一定是打了座机，一直没人接，她才开门进来的。如果当时我在家，不接电话，她开门撞到我，情形会是什么样呢？如果我接了电话，她会跟我说话吗？她还会把这几样东西送来吗？

过了一会儿，我在床上、枕头下、电脑桌、书架、沙发、椅子、茶几、壁橱、窗帘……又找到了她触摸的痕迹。那痕迹有些犹豫，有些牵挂，有些急迫……

我知道小白在寻找什么。

赛凤仙也知道我在寻找什么。

一天，我去看她，为她弹了半天的吉他，她抱着那个小匣子，一遍一遍地摩挲着，让我听到了岁月发出的那种声音——不可磨灭的声音。临走的时候，我跪在她的膝盖前。

"你去找你祖太爷爷了吧？"

"是的。那片树林还在，郁郁葱葱的，旁边是一个街心公园，有很多小孩子在玩……他不会寂寞的。"

晚上，阿莲又跟我说起赛凤仙将五岁儿子弄丢的事情，觉得蹊跷。

"赛凤仙何许人也？当年连日本人都不能奈何她的……竟然把儿子给丢了，不可思议……"

我听出了她的弦外之音：赛凤仙一定告诉了我一些她不知道的秘密。

是的。

当年，我的祖太爷爷知道自己的女人怀孕了，把这个喜事告诉了弟弟闻炎章，说一旦自己发生意外，一定要把骨血接到闻家抚养成人。祖太爷爷牺牲后，闻炎章一直暗中关照着赛凤仙和孩子，并设法将哥哥的嘱咐告诉了赛凤仙。于是，一场"打劫"顺理成章地让那个男孩回到了闻家的怀抱。赛凤仙偶尔会去看看儿子闻凤章。后来，闻炎章地下共产党的身份暴露，撤离了沈阳，就把闻凤章带走了，从此下落不明。1951年，17岁的闻凤章带着一个怀抱孩子的女人找到了赛凤仙。原来，闻炎章将侄子安置在老家盘锦的一个盐商朋友家里，闻凤章16岁那年，那位盐商让自己18岁的女儿与闻凤章拜堂成亲……闻凤章夫妇抱着儿子跪拜了母亲，希望母亲能抚养孙子，让孩子在城里接受更好的教育。赛凤仙留下了孙子，但这个孙子却让赵家视为眼中钉。赛凤仙无奈，将孙子又送回盘锦。又过了许多年，到了1985年，闻凤章说自己的儿子要带着儿子来看祖太奶奶……结果，祖太奶奶没能看到那个孩子，也就是我——我在沈阳火车站，被我的父亲弄丢了。我当时身上穿的贴身小衣服都是祖太奶奶一针一线缝的，邮寄到盘锦让我穿上来见她，上面绣满了"闻"字……我相信这个细节。因为我八岁那年，那个邻居大婶告诉我，我被抱到李家的时候，身上穿的就是绣满"闻"字的内衣。所以，她断定我姓闻。

十

春天不知不觉地过去了。

多事之秋还没有来，夏天就预告了后期的事情。

我为了参加"阳光男生"大奖赛，简直玩命了。

阿莲找了语言老师、舞蹈老师、音乐老师、心理老师，把我的每一天，从早到晚，控制得密不透风。我的时间全部被各种批评、训斥、教训和嘲笑分割成一块块的碎片。

"你说话要注意，不能太快，咬字要清楚，说话的时候，呼吸不要冲击到麦克……"这是那个语言老师嚷嚷的。在她家里，还有几个受训的学生，他们看起来阳光而健康，绝没有我的忧郁和落寞。

"你的腿缺少力量，腰太硬……腰要直，但不是硬，要有弹性，弹性懂吗？回去好好锻炼，没有几天了……"这是舞蹈老师的教导。她说的时候，手里拎着根棍子，摆弄得有点色情。

"一看你就没有经过专业训练，不行不行！你不能在钢琴伴奏下唱歌，就是个二流歌手……来，再唱一遍，把你的那个破吉他给我扔掉……"这是音乐老师教训我的。在他的眼里，那几个女孩才是他的学生，而我是从垃圾站拣来的乞儿，浑身沾满了鸡毛蒜皮的味道。

"你的身体很好，但你的心理……你太自爱，太自恋，而且太爱回忆，常常沉溺过去不能自拔，这样不行……"这是心理老师的教诲……

说实话，他们说得对，百分之二百的正确。但是，我在心里却是反抗的。我一离开他们的视线就冲着苍天嘶喊："去他妈的吧！滚！"发泄完了，我还是按照课程的安排，再回到他们的鄙视、训斥和侮辱之下。

我的受训折磨持续了两个月。这期间，每个周六的早上，我和阿莲都会去棋盘山，去做身体强化训练。她一身蓝色短打，脖子上围着一条红毛巾，成熟的味道喷薄而出。她是一个严厉的教练。她指挥我热身、慢跑、爬山。爬山时，她在后面拿根树条抽我的屁股，还一个劲地喊"快点，再快点，脚尖要用力"。她抽够了，从我身边冲过去，很快就消失了。她在山里像只猴子，机敏灵巧。她在山顶等着，当我摇摇晃晃来到她的身边时，唯一的犒赏就是一个湿乎乎的吻，然后会把那条红毛巾挂在我的脖子上，让我把汗擦干净。下山之后，我们会到山脚下的她一个朋友的别墅，淋浴，换上干爽的衣服，午饭后小睡，接着游泳、钓鱼，偶尔也打一会儿斯诺克。她一赢我就用杆子敲着我的脑壳。那一时刻，她笑得有点傻。这一点，小白与她极为相像。小白包饺子的时候，会用擀面杖轻轻敲打我的脑门，督促我不要消极怠工。阿莲的那位闺蜜有的时候会陪着我们，有的时候则拉上她去私聊。我怀疑她们有同性恋倾向——那一次，阿莲听我说完后，笑得一塌糊涂。

受训结束的那个晚上，阿莲的闺蜜正好过生日，我们前去恭祝，留宿别墅。夜里，山上的月亮很亮，月光的清澈仿佛能把人的身体照透了。我睡不着，看看表是下半夜两点了，便悄悄走出房间，在阳台上看着夜景。这时，我听到楼下的后花园有人低声说话。

"他比你小那么多，你是在玩火。"

"……"

"你用身体吸引他，这不会长久的。一旦他成名了，一些女孩子就会蜂拥而上……"

"我没有控制他……我们都两个月不在一起了……我管不了那么许多了，他是我的希望……我必须把他培养成一个出色的歌手……如果这一次还是失败了，我就彻底死心。"

"他知道你的良苦用心吗？"

"我不想让他知道。他是一池清泉。"

"你考虑到你和他的结果吗……最后的结果？"

沉默。

我等了半天，听到阿莲轻轻叹息了一声："今晚的月亮真好，不知他做了什么好梦。"

"你呀，真是走火入魔了。既然这么惦记，就去他的房间好了。我什么也没看见的。"

"我想，但我不能。比赛之前，他必须心无旁骛，而且要经历挫折。我为他找了几个老师，特意嘱咐他们在教学过程中要对他严苛，甚至侮辱，就是为了让他在比赛中能够从容淡定，面对可能发生的一切……开始的时候，我很担心，但他坚持下来了，让我刮目相看。"

"他是不错，一双忧郁的眼睛，很能秒杀女人，尤其你这样的……我问你，两个月的时间里，他不找你做爱吗？"

阿莲低声笑了一下，说："有过一次，他像个淘气的孩子闹饿，急着吃奶的样子……被我训了，摔门就走了，之后再也没有过。我知道，我有点过分了，他毕竟是一团烈火呀。"

"你就能保证他这团烈火不去点燃别的干柴吗？"

"不会。"

"这么自信。"

"是。"

"那你，想他吗？"

"讨厌啦你……"

之后，两个人的声音越来越小了，我也听不清了，退回到房间。

我躺在床上，再也不能入睡。如果不是我偷听了方才的对话，永远不知道这两个月的魔鬼训练都是阿莲的良苦用心，更无法知道她是爱着我的。这让我感到羞愧。再有，她在朋友面前遮掩了我的丑态。其实，这期间，我不止一次地想和她做爱，她不是赶我走，就是说身体不舒服，要不就说自己不在乡间别墅，让我别去找她。有一次我打车去别墅，看门人说她不在。我知道，她就躲在卧室的窗帘后。我没走，站在别墅门外。半夜，风雨大作，我自岿然不动。雨中，一开始我还能硬撑着，但时间一长，浑身就哆嗦起来。可是，阿莲卧室的灯，一直没有亮。后来，一辆出租车开过来，我坐了上去，灰溜溜地走了。

我想到这里，听到走廊上有了轻轻的脚步声，是阿莲回来了。过了一会儿，我用手机给阿莲打过去，她接了，并不说话。

"阿莲，你的窗子里看得见月亮吗……我这边，窗子上面吊下一枝藤花，挡住了一半。也许是玫瑰，也许不是。"

"兰波，你老实睡觉，别给我装范柳原。"

我顿时老实了，钻进被窝。

我做了一个梦，梦到小白坐在我身边，目光幽幽。我问她怎么了。她说我病了。我说我没有病，我是迷路了……

第二天早上，阿莲开车特意绕到了"芦心湖"，晨光中的芦苇荡风过如波，她说她有个朋友叫林雪儿，是个画家，每年11月的时候都来这里画芦花。我说这里面一定有故事吧。她说，应该是吧，一个童话。

"你相信童话是真的吗？"我问。

她摇摇头。我不用看她也会想象出，此刻，她的眼神是迷蒙的。

我让她停车在路边等着，然后跑下车，蹚过膝盖深的水往芦苇荡里走了几十米，来到"望心石"跟前。这上面拴满了恋人们的连心锁，我找到了自己的——小白的那把还在——与我的紧紧锁在一起。我重新回到车上，阿莲问我去看连心锁了吧，我未置可否。她说她相信小白没有将那把锁头打开，尽管已经离开了你。我默默无语。"望心石"上的连心锁有个约定俗成的规矩：如果恋人中有一方变心了，必须将自己的锁头打开，扔掉，否则一生也找不到幸福。

我和阿莲又去看祖太奶奶了。阿莲搀扶着老人家从那间小屋里出来，坐在外面的房间，阳光为她的银丝镀上一层金色。我轻轻地弹着吉他，听老人讲述过去的故事。她讲的最动听的还是与闻华章的那些往事，偶尔脸上会带一丝羞意，说这些陈芝麻烂谷子小孩子才不懂呢。

阿莲说："老寿星，你和祖太爷爷的故事如果分给我一点点，我就不枉此生了。"

赛凤仙像是没有听见，突然发问："波儿，你恋爱了吗？"

"我……不知道。"

我看着窗外。我知道阿莲一定是盯着我的，并对我的回答十二分地不满。但是，当我回过头来时，她的脸色看不出一点不悦。

"老寿星，你觉得波儿应该找一个什么样的媳妇儿呀？"阿莲问，眼睛一直看着我，带着些许的挑衅。

"我才懒得管。谈恋爱都是自己的事，谁能管得了自己，除非时间。"

接下来的一个多月，我过五关斩六将，一路高歌猛进，杀到了"阳光男生"的总决赛。这期间，我和阿莲不再接触了，担心被狗仔队拍到在一起的照片，那样就前功尽弃了，毕竟阿莲是这次活动的总导演。我们只在电话和视频里联系。决赛的前一天晚上，我在视频里让她看着我的眼睛，然后问她：

"阿莲，我不让你起誓，只请你告诉我……我走到现在，有没有暗箱操作?"

"没有。兰波,如果有的话,我就不用为你请那么多的老师了。"

决赛异常残酷。

一位女评委是从国外请来的汉语通,那条舌头简直就是一把刀,刀刀见血。我看到两个难兄难弟被那刀砍得遍体鳞伤,最后的关键时刻,歌还没有唱,腿就哆嗦了。好在我此前的训练中经过了炼狱般的训练,对此只是觉得毛毛雨,微笑着点头,一副照单全收的气派。后来这个女魔头竟然笑了,说我冷静得太可怕,不用做歌手了,直接晋级做评委。全场观众笑了,这让我信心大增,声情并茂地演唱了最后一首歌:

风起的时候
爱人,让我
在你的长发上
弹拨着寂寞

月缺的时刻
爱人,请你
在我的皱纹里
找出那条抵达之路

女魔头在我唱完后没有像其他评委开始点评,而是做起了记者:
"兰波,我问你,这歌词是你写的吗?"
"是。"
"是我眼神不好吗……我看不到你额头上的皱纹呀,如果我是你的情人,我怎么找到那条路?"
"我的皱纹,在我的心路历程之上。只要我的爱人她来,她就永远与我是同路人。"我说。

我说的时候,心里想到的是小白,但眼前看到的分明是阿莲。

女魔头不再问什么了,现场观众为我的回答鼓起掌来。

我相信，这掌声直接影响了评委的打分。当主持人宣布了各种奖项把冠军的悬念留在最后时，我判断自己就是那个谜底。

果然。

我走到舞台的前面，微笑，鞠躬，致意……解下头上的红手帕，扔向观众。

颁奖、庆功、照相、采访……所有流程走下来，我回到家里，已经是下半夜两点了。开门之后，万万没有想到，阿莲会出现在面前。她不等我放下手里的东西，一下子扑过来，像一条饥饿的狼。

以往，我们做爱都是在阿莲家，准确地说，都是在她的床上，她的势力范围之内。现在，她玉体横陈于我的枕畔，无疑表明了一种侵略性：我要完整地归属她。她的身体和思想将联合起来捆绑我。

"别离开我，我的小王子。"

我看到她的眼角挂着两滴清泪，这眼泪瞬间接通了我的心肠，并融化了所有。我不能自已，一下子跪在她身旁，看着她，以从未有过的温柔，看着。

"我是一盒火柴，小王子，来，点燃我吧。"

我责无旁贷。

一把大火熊熊燃烧，照亮了我的黑夜。我看见自己仿佛重生了一回。而阿莲如水一般，漫过了我的过去、现在……

她咬住我的耳朵，使劲，说："你是我的，小王子。"

"好的。"我轻声说。

我说得很轻，却被自己的回答震动了。我的心里一直纠结着：一个男人是不是可以爱上两个女人？无疑，小白是我的精神依托，可是我越来越觉得对阿莲的依恋与日俱增，除了痴迷那温柔乡，还有心灵的依靠。阿莲仿佛是一片丰美的土壤，让我扎下根来，渐渐长成一棵大树，枝繁叶茂……

接下来的日子犹如一把锋利的刀片，将过去和现在切割分明。

我的白天由采访、拍照、做广告、出入各种秀场拼接而成；夜晚就是灯红酒绿。有一天晚上坐车从大舞台门前过，看着门前那灯火的辉煌，公交车站旁那暗淡的散漫，我想下车走回家，像过去一样感受那种拥挤、喧嚣和匆忙。但这些过去一下子就被宝马甩到了后面。尽管我怀念那双棉手闷子的温度和味道，尽管我想念那些在候车时回头听我唱歌的观众，还有那些将钱放在搪瓷缸里的陌生人……第二天早上，我抱起吉他弹了两下，灰尘四起，刹那间，屋里满是旧日的时光。

我陷入了长久的沉默之中。

阿莲休假了，带着一本小说去了爱琴海。据说很多文艺女青年去那里都会带上一本爱情小说。那片海能撒网捕捞到一个如意郎君吗？临行前，阿莲嘱咐我好好休息，小心应对媒体的采访，尽量少出门，减少麻烦。我听她的啰里啰唆简直如留遗言。烦。她拍拍我的脸说，更烦的还在后面，公众人物的许多行为是不被保护的，大意出大错。

十一

一天，赵宁达来找我："现在要想拜见一下抒情王子，比登蜀道还难。"

"有事您说话。"

"痛快……有个活动，你去唱一首歌……就行。"

"不去。"

话如此。但不能不去。我希望能从赵宁达那里获得一点小白的消息。我越来越想小白了，尤其是从阿莲的床上离开之后，我感到浑身全是债务，都是亏欠她一个人的。

第二天，赵宁达带着我来到一个售楼处。这个时候，我才清楚自己要为一个楼盘的开盘典礼献歌。我大为不悦，但看到赵宁达的目光里带着祈求时，又保证既来之则安之。我的献唱很受欢迎，就加唱了一首。赵宁达的脸上乐开了花，把一张十万元的支票递给我，我不要，说这是送给未来嫂子的见面礼。赵业达看着我，还是一副祈求的样子，说是这家公司的老板晚上请客，邀请我过去捧场。

大舞台，别样的风花与雪夜

"兄弟，帮人帮到底吧。"

晚上，一辆路虎把我接到棋盘山脚下的一幢别墅。这里，后花园的草坪上摆了好多张桌子，摆放着美酒、冷盘、点心和水果。围绕着桌子已经聚集了很多人了。白天庆典活动的那个女主持人领着我，到一些重量级的人物面前做介绍……这位是某企业老板，这位是某公司董事长，这位是某银行行长——这位行长给我留下了深刻印象，因为那头上寸草不生，面目是相当的老气横秋。这时，这幢别墅的主人、一个风度翩翩的中年男子走过来。这位田老板抱歉说出差刚回来，没有听到我的歌，但电视里的那场决赛他从头看到尾，非常棒。他拍着我的肩膀，雄心勃勃地说，准备在沈北新区的那片薰衣草旁开发一处乡村风情小镇，需要一首歌来做宣传，希望由我来写。让我想不到的是，田老板一招手，一个工作人员马上走过来拿出一张合同，请我签字。我大致看了一眼，简单来说就是一首歌的价格为一万元，一手交钱一手交货。我签了字。龙飞凤舞。这段时间，我对书写"兰波"二字感到惬意。

这之后，我躲到了一棵大树下的一张小桌旁，拽过一把椅子，坐下来，默默地看着热闹的场景。

夜色渐浓，花园高处的灯都亮起来了，酒会开始。田老板神采奕奕，与大家频频举杯。这时，别墅的后门开了，一束灯光追过去。顿时，我的眼睛，直了。

我不敢看。

其实，我是不敢往下想。

"来，我给大家介绍一下：这位是陈小白，我的女朋友。"

我下意识地拿起酒杯，一饮而尽。于是，我的目光就再也不能离开小白——她被那个男人拥着，一一与那些有头有脸的人物见面。她微笑。她点头。她伸出纤纤细手与男人们轻握。我的心，在疼。那手，原先是属于我的，在我的身上温柔地游弋着。现在，那手将我的心划出一道深深的口子，我感觉不到疼，只觉得那剑锋的冰凉瞬间冰冻了自己，血在凝固，身体僵硬。我想离开，必须离开，但双脚不听使唤。我暗暗地骂自己混蛋、废物、猪。

这边，我竭力地要让躯壳恢复到常态。

那边，小白在那人的护拥下，笑容可掬。

突然，小白把脸转向了这棵大树。于是，我们的目光相遇了——这是分手之后的第二次。

这时，田老板似乎也看到了这一幕，笑了笑，牵着她的手向我走过来了。我站起来，但脚下不稳，险些跌倒。

田老板说："兰波，怎么一个人坐到这里，是不是在享受孤独啊？"

我道："我不胜酒力，还是这边好，凉快，还可以欣赏夜景。"

"今晚别走了，到了下半夜，天上的月亮才好看……这是小白，她是你忠实的粉丝，决赛那天还让我发动公司的员工为你在场外拉票呢。"

小白的目光在瞬间将我抚摸了一遍，笑了，说："终于见到大歌星本人了，真是荣幸！"

我舌头僵硬，一脸木讷。还好，有人过来将田老板拽走了。

"给我签个名吧，大歌星。"

我听出了她声音里的颤抖，说："对不起，我没带笔。"

"大歌星，你真的喝多了？"

小白故意不叫我的名字——为什么？是要将过去一刀两断，还是在讽刺我？

"不知道。"我木讷地回答。

小白招手叫过一个服务员，让她去找笔和纸。这个时候，我的身体突然恢复了正常，不再呆板与僵硬。我为自己倒了满满一杯红酒。

"不要再喝了。"

"这是拉菲，怎能不喝。"我一饮而尽。

服务员小跑着过来了，送上笔和纸，我拿过笔，看也不看，在上面签了名字。

"你的签字真漂亮，我会好好珍藏的。谢谢！"小白说，拿起酒瓶，为自己倒了一杯，然后背对着众人，也是一饮而尽，接着又倒满了一杯，趁人不注意，将酒洒到草坪上，走了。

我明白她的心思，她不想让我再喝了。但是，我不醉，如何度过这一夜？正好，女主持人过来请我喝酒，我就让服务员又拿过来一瓶酒。之后，我记得还有人跳了舞，还有人打了牌，还看见了小白坐在那位行长的身边，那个家伙光头锃亮，晃得我眼花缭乱……我醒来的时候，发现自己躺在床上，我从兜里摸出手机，看到是凌晨三点了。我想到小白就在这幢别墅里，躺在另一个男人的怀里……心乱如麻。为了驱赶烦乱，我从床头柜上的一些杂志中拿过来一本《企业家》，封面人物正是田老板，随手往后翻了起来，越看感觉越不对劲。

我不能再躺在这里了。

我溜出了房间，下楼，穿过大厅，开门，走了出来。在大门口，我对看门人说睡不着了，到外面溜达溜达，看看风景。我慢慢走着，感觉走出了看门人的视线便加快了脚步，很快就走上了大道。我要走回城里，不管用多少时间。我不能停下脚步。

我必须回家。

我走。

我走，没有感觉到后面有车开过来，直到那车停在身边。

"兰波，上车！"

我走。

后面的车开到前方三十多米处，停下，门开了，下来的是小白。她迎着我走过来，眼睛盯着我，说："你要敢从我身边走过去，我就开车冲到山沟里。"

我从她身边走过去，走到车跟前，拉开副驾驶的门，上了车。我知道，小白既然能说离开我就离开我，她就能把车开到山沟里。

小白上车了，看了我一眼，把车发动，慢慢地开着。

"又是赵宁达有意安排的吧……他妈的，他这样做有意思吗？"

小白不言语，过了一会儿才说："是我的主意。我找到了赵宁达，让他去请你的……我想你了。"

"太动人了。"

"我真的……想你了。"

"就以这种方式？你是想告诉我，你终于找到了一棵大树，可以过上自己想要的那种生活了，对吧？"

"你不是也找到了阿莲，得到了自己想要的一切吗。"

"不，我没有……"我说。过了一会儿，我冷笑了一下，"我们别再彼此伤害了。你回去吧，赶紧的……我的路，我自己能走……你的田老板要是知道你来送我，还不断了你的零花钱呀。"

"他不在别墅……酒会结束后他和那个行长回城里了，好像要去见一个市长。"

我看着车窗外，"把我家的房门钥匙给我。"

"那是我的钥匙。"她大声说。

"……"

"那是我的……"她自言自语。

山路弯弯。月光像水，将路面轻轻地漂洗了。两旁的树木色如泼墨。远处山的轮廓隐约，不是很分明。车拐弯时灯光扫过岩石、树，瞬间明确，转瞬模糊，直至消失在速度的后面。

"既然你说是你的，那就留着吧。只是……希望你今后不要再到那里去……翻东西。"

"我没有翻东西。"

"别找了，那个东西已经不在了。"

"你真狠心。"

小白一直把我送到小区门口。

我要下车了，说："我就不请你上去了。"

"吻我一下好吗？"

我看也不看小白，推开车门，把门使劲一摔，走了。

回到家，我没有开灯，从窗户看着大门外。我以为会看到小白的车，但没有。一只流浪猫跑过去了，拖着影子。

十二

阿莲只在抵达爱琴海之后的前三天给我发来一些照片和短信，淋漓尽致地表述了一番亢奋与幸福。之后，她犹如一叶扁舟漂到了无人岛，无影无踪了。一开始，我还惦记着那片海域的潮起潮落，但自从见到小白，心思全无。而且，我的世界暗无天日，睁开眼，面前全是岔路口。我睡大觉，喝大酒，一个人把家里糟蹋得乌烟瘴气。一连几天，我不下楼，不看电视，不开手机，不用电脑，不拉窗帘……我不想听到任何声音。我不想看到太阳。是的，太阳离我很远。

一天，我从床上起来了。我起来是因为感到阳光刺眼了。准确地说，我是被阿莲拽起来的。

"起来，你都成猪了！"阿莲冲我吼。

我一只手挡着光，一只手找衣服。这个时候，阿莲把一摞报纸和杂志砸到我的身上。

"你疯了！"我嚷。

"你才疯了……你给我瞪大猪眼，好好看看这些报道！"阿莲恼羞成怒，恨不得挥舞砍斧，把我碎尸万段。

我懵懵懂懂的，但还是把那些东西翻了翻，也就明白了她为什么后来没有了音信，因为她知道了我闯的祸。那些大报、街头小报、茶余饭后之类的东西，用大幅照片、大号文字报道了我参加商演的事情，并断定一个"抒情王子"从此不在。其中一张小报的标题是：《抒情王子现身豪门盛宴，烂醉如泥》。赵宁达递给我支票的照片也得到了十二万分的曝光。

"我不是没有告诉过你，我不在家的时候，老老实实的，哪儿也不要去！"阿莲喊，又抓起报纸，扔到我身上。

"我愿意。我不要你来控制我。你滚！"

阿莲二话不说，抡起右臂扇了过来。我感觉到了疾风暴雨，但我没有躲,还把脸迎上前去。于是,一个响彻云霄的嘴巴就这样诞生了。结果,她也被如此震撼的嘴巴震撼住了,呆呆地,看着我。她以为我会爆发。我没动。我感觉半个脸麻木了。片刻,有东西滴在我的左手背上。我知道,那是血。我还是一动不动,任血滴下来。

阿莲知道这一巴掌打重了,但覆水难收,转过身去,说:"去洗澡吧,我把水都烧好了。"

我说过,我不受她的控制,但我还是使劲擦了一下嘴角,赤身裸体地下了床,去洗澡了。洗好了出来时,看到门口凳子上放着新的大浴巾——这是她在爱琴海买的——第一天就在彩信里为我展示了。我围上浴巾走进卧室,看到她在整理床。她不看我。但我一眼就看出她在哭。我走过去,从后面抱住她,她哭得更厉害了,是那种无声的悲泣,肩膀抽动得厉害。我第一次感到在女人面前无能为力。我只好躲开,到客厅的沙发上,呆呆地坐着。

我想象不出阿莲会成为一个主妇。此刻,这个主妇就在我面前晃来晃去:把脏衣服塞进洗衣机,拧抹布擦桌子,整理书架,为花浇水,把乱七八糟的东西统统装进几个垃圾袋……我的眼前不时闪现小白的身影。以前,这些活,都是小白来做的。

阿莲做完了这一切,坐到我身边,"我想你都知道了,那个田老板就是我前夫。你一定感到别扭……小白成了他的女人,而我现在是你的情人……我是你的情人吧……我知道,你还会爱上许多女人的,年轻的、漂亮的……"

"谢谢!"

"谢我什么,因为干了这些活吗?你不知道,我喜欢做家务。我做家务的时候才是最幸福的,心满意足的感觉。你懂吗?"

我摇摇头。

"你呀,真是个小王子,什么也不懂。"她用手轻轻抚摸着我的左脸,"很疼,是吗?对不起!别怪我……"

我点点头。

"我知道你想小白,去见她吧,我不反对。但不能被狗仔队偷拍到。

兰波，我们上路了，就不能回去了。那个站在大街上唱歌的流浪歌手，留在昨天了。"

"昨天的，能一下清空吗？"

"不能，就像你总在心里保存着小白。"

"别提她。"

"好了，我们去吃饭吧，我都饿了，今天你要好好犒劳一下我这个家庭主妇。"

"我看看那个搪瓷缸里还有多少银子。"

十三

我对阿莲感到了恐惧。

我发现她总在自己的眼前晃动，这在以前是从没有过的。当我好不容易驱走了阿莲，小白的影子又闪了出来，这更让我痛苦不堪，难以忍受。一想到小白躺在另一个男人的怀里微笑、撒娇，我就想拿头撞墙。

我犹如陷入牢笼中的野兽，找不到摆脱的出口，整日昏昏然。几场演出完全不在状态，一次电视直播竟然遭到现场观众喝倒彩。一天，阿莲告诉我，当时，她在转播间里盯着荧光屏直摇头。她决定节目结束后，回到别墅与我好好谈一谈。可是，我走下舞台就不见了，手机也关了。她本想去我家，可又一想，没用。我现在是故意躲她的。她说，也好，让你收拾好身心，重整河山。在她看来，成功来得太突然了，我还没有做好准备。

那天，阿莲这样想着的时候，我已经回到家里，和衣躺在床上，头沉如盘，眼冒金星。

我病了。

一天夜里，我醒了，看到身边坐着小白。

"我怎么了？"我问。

"你病了……高烧40度，多亏了赵宁达让物业的人开了门，找来医生给你打点滴吃药。"

"我怎么不知道?"

"你迷迷糊糊睡了两天两夜了……现在感觉怎么样?"

"饿了。"

"想吃什么?"

"疙瘩汤。"

小白去厨房了。我坐起来,看到一地的千纸鹤,五颜六色,展翅欲飞。我慢慢地数着,一共666只。我下了床,弯腰拣起一只白色的,放在手心,轻轻地吹了口气,纸鹤飞了起来。

十四

我的病好了,赛凤仙又病了。我和阿莲到金秋医院去看了老人家。回来的时候,阿莲心事重重,担心一旦祖太奶奶走了,老太太的满堂儿女会为广丰茶园的遗产分割闹翻天的。

"现在不是由你父亲在管理吗?"

"可我父亲上面还有三个哥哥……而我不是赵廷轩亲生的,赵家担心我这个外姓成了掌门人。"

"祖太奶奶的意思呢?"

"她希望由我来打理这份家业……真希望老太太再多活几年。"阿莲说到这里,问:"你想休整到什么时候,秋天过去了,还要猫冬吗?"

"现在,我心里一首诗都没有……再给我一段时间吧。"

晚上,我和阿莲围着故宫走了一圈,最后绕到了西墙下。夜色中的故宫深邃而静默,仿佛陷入了沉思。但与之隔墙而立的刘老根大舞台却不甘寂寞,当仁不让地成为这一方夜色中的主角。这个时候,正是19点30分,里面的演出开始了,二人转、小品、笑话、段子、歌曲等轮番上阵,两个半小时的时间里,一定是欢声鼎沸,笑语开怀。

阿莲深有感慨地说："我对这里的一切，真是如数家珍……1908年，'大舞台'的前身庆丰茶园一成立，就茶香人旺。据说当年，张作霖的丈母娘喜欢听'落子'，也就是评剧，多次来这里看戏。1923年和1931年，这里两度更名，分别为会仙大舞台和庆丰电影院。1933年，日本人长桥荣一接管后，改名为奉天大舞台。1945年更名为沈阳大舞台。此后，又多次改名……辽宁大舞台、沈阳剧院、沈阳人民剧场、沈阳剧场……直到1981年，又恢复为沈阳大舞台。"

"你确实是如数家珍。"

"你听着……'大舞台'占地面积2993平方米，地上建筑物面积3125平方米。2006年12月，有关部门将国有的'大舞台'在沈阳联合产权交易所挂牌出让，挂牌价格为2521.91万元，但无人问津。2007年7月，'大舞台'再次挂牌出让，挂牌价格缩减为2269.72万元。这一次，现在的主人出手了……结果，成了。"阿莲略微带点惋惜地说。

我们走近大舞台。

我说："有些人对二人转的红火认为是风水轮流转，三十年河东三十年河西。"

"不错，'大舞台'捧红过东北落子、东北大鼓；吸引过诸多京剧名家名角在此亮相，如京剧表演艺术家唐韵生，京剧大师张君秋、荀慧生等；著名评剧表演艺术家韩少云、花淑兰、筱俊亭，也都先后登台献艺。他们旗鼓相当，各领风骚，就连附近的风味小吃也沾了不少光，'大舞台油炸糕'、'大舞台麻花'……"

"还有'大舞台小火锅'。"

阿莲笑了笑，说："对。追溯过往，品味那一幕幕的繁华销声、一场场的芳香消殒，人们自然要发出疑问：二人转还能红多久？但说心里话，种种怀疑的背后，隐匿着许多不满和抑郁、焦虑与愤懑——难道沈阳的文化名片，真的就是二人转？疑问可以有，但事实毕竟是事实。"

我看着阿莲，问："你还有那个雄心壮志吗——让广丰茶园超过这里？"

"这种想法越来越淡了……山不转水转，现在二人转红火，就祝福它一路红红火火。广丰茶园一点点地恢复历史的风貌，呈现另一种风情，也是一条路。关键是活下去，而且活得很好才有意义……你能帮我吗？"

"我怎么帮你？"

"如果你想，你会知道的。"

此刻，我和阿莲已经站在了大舞台的车站旁。

"我就是在这里看到你唱歌的。"

"是啊。"我说，心里想的却是：我和小白就是在这里认识的。

我的目光在候车的人们身上寻找——没有寻找到曾经的听众——我的听众。车站，小小的停留的地方，人来人往，上车下车，早到晚点，阴差阳错……也许，有一种错过，就叫永远，正如那些叶子没有落在秋日里，是错过了适合的风。

我们走到了大舞台跟前。我有意继续往前走，走到了那块曾经刻下"白"字的石头旁，意外地发现："波"与"白"并肩而立。

此刻，在不远处，传来了凄美的《二泉映月》。我知道，这首二胡曲是那个流浪的艺人拉的，他把那个搪瓷缸还给了我。现在他用什么承接那些硬币和零钞？

"兰波，又走神了，你的魂儿不能总是外出放风……"

阿莲说得没错。

十五

那一夜，我被一个噩梦惊醒。当时，我好像在看月亮，可是月亮掉下来了，直奔着我砸过来，我躲闪不及，被撞倒在地，起身一看，不是月亮，而是那位银行行长那寸草不生的脑袋。我的心涌上一种莫名的不祥之感。过了几天，这种不祥之感越来越强烈了。这一天，我给小白打手机——这是分手后我第一次拨打那个号码——忙音。我又在QQ上留言，一天过去了，没有回音。我还登陆了博客，也没有看到小白的评论。新开的微博上，同样没有小白的只言片语。

我慌了，手脚冰凉。我拿出一瓶百龄坛，倒了满满一杯，一饮而尽。倒在床上，慢慢地，酒劲上来了，我感到脸发烫，眼泪流了下来。我默默地祈祷：小白，亲爱的，你千万不能出事。

我迷迷糊糊地睡着了，直到感觉有人在敲门，不，是砸门。我开了门，是赵宁达。我一把将赵宁达拽进屋。

"告诉我，小白去哪儿了？！"

"你在找她？"

"废话！我找了她好多天了。"

赵宁达坐在沙发上，看着茶几上躺着的吉他，半天才说："小白……走了。"

"走了？"我问，"去哪儿了？"

赵宁达从兜里拿出一张银行卡："这里是100万，小白留给你的。她希望你好好地写诗、谱曲，过自己喜欢的生活。"

我蒙了，凝视着那张银行卡，仿佛里面的100万是一颗炸弹。突然，我发疯地问："你快告诉我，小白她去哪里了？！"

"小白走了！"

我的脑袋里轰的一声，爆炸了一般。我猛然理解了"走了"的含义，顿时跌落在沙发上。

过了好一会儿，赵宁达声音低沉地告诉我：小白离开我之后，也辞职了，去了田老板的公司做了售楼小姐，后来被田老板看上了，被调到身边做了秘书……田老板的企业看似很风光，实际上摇摇欲坠，现金流枯竭了，只能求助于贷款。据说，两个亿的贷款才可以让企业活过来。那次晚宴，田老板看出来那位光头行长相中了小白，就在不久前的一次聚会上，在小白的茶里放了药……

"她，那天……那天？"

"小白说她要去丽江，她一直想去那里的。这一次，她可以去了……"

听到这里，我羞愧难当，胸口发闷。我曾答应带她去丽江的，可是，我囊中羞涩。此刻，我感到自己不配做一个男人。我的嗓子眼发热，一口血喷涌而出，落在吉他上。砰的一声，琴弦断了。

十六

一个月之后，祖太奶奶也走了。老人家走的时候，我正在丽江寻找小白。我去丽江的事情，没有告诉任何人。阿莲以为我又耍小孩子脾气、玩失踪了。我回来的第二天就去找阿莲。她脸色苍白，显得很憔悴。我抱住她，轻轻地。她也是。过了好半天，她松开手，让我跟她到书房，指着一把西班牙吉他跟我说，这是祖太奶奶用祖传的一枚蓝宝石戒指，从一个吉他收藏家那里换的。我抱起吉他，调了一下弦，弹起了《镜中的安娜》。这一天，我和阿莲似乎都在回避彼此的目光，说话的时候也多了些客气。晚上，我们坐在床上，聊着天，轻松，平静。不知什么时候，我们互相看了一眼，我竟然感到了一丝窘迫。

"你……广丰茶园……"我有点语无伦次，但还是把心中最大的担心说了出来。

"祖太奶奶临走时开了家族会，宣布她离开后，她的股份由我全部继承……还有，她告诉大家……你也是这个家族的一员。"

"不，我不是。"

"你是……祖太奶奶闭上眼睛之前，让我转告你，一定要尽快去找生身父母。"阿莲盯着我，"我觉得你现在知道他们在哪里。"

"是的，他们在盘锦，还有我的爷爷和奶奶……闻家的企业做得很大。祖太奶奶让我去找他们，帮助你把广丰茶园做强，然后把茶园开到哈尔滨，那是她红的地方。"我说。

阿莲听着，幽幽地说："还是血缘啊，这一切祖太奶奶对我守口如瓶。"

"我想过一段时间再去盘锦。"

"祖太奶奶还说，你的心，是野的……"

第二天上午，我抱着吉他准备离开的时候，阿莲叫住了我。
"我知道，你的心不在我这里……去找小白吧。"
"……"
"尊重我们的过去。"
我点点头。
"你和小白结婚时，我去给你们主持婚礼，我会给新娘子准备一份礼物的……婚礼就在广丰茶园举行吧。"
我无法回答，转身推开门，走了出去。

十七

一天夜里，我来到大舞台的车站旁，这是我与小白第一次见面的地方。我将小白留给我的那封信点燃了。我看着那火苗，耳边响起的是小白的声音：

亲爱的，我爱你。但我们不能生活在一起。我们相爱，可是也要面对现实。现实是，诗歌可以养活你的精神，却不能养活我们的孩子。

亲爱的，我想和你在一起，生两个孩子，男孩叫兰小白，女孩叫陈小波。可是，我们能用那些抒情的句子来喂养他们吗？

亲爱的，我那个时候的走，你不理解，那就抱怨我吧。

我现在的走，是请你忘却我。我相信，你会成为一个诗人，但我，等不到那一天了。

结局都没有错。错的，是开始。

我去那里等你了。

我的爱人，别忘了去找我，我冷……要抱着你才能睡着。

我想听你的歌。

我又从背包里拿出《爱的拾穗录》——小白一直在寻找的手抄本诗集——我写给她的——展开，一页一页地撕下来，用打火机点燃了。当一页页诗稿欢快地燃烧，又变成一小堆白色的灰烬时，一阵风吹来，将那诗的碎片扬向了夜空。慢慢地，当这些星星点点的诗的精灵再次飘落下来时，化作片片雪花。一场大雪飘落了，从大舞台的上方飘落下来，从故宫的方向飘落下来，很快，雪花就将周围的一切覆盖。

我默默地看着雪花飞舞，然后，弹起了怀里的西班牙吉他——

　　风起的时候
　　爱人，让我
　　在你的长发上
　　弹拨着寂寞

　　月缺的时刻
　　爱人，请你
　　在我的皱纹里
　　找出那条抵达之路

十八

我，站在大舞台的车站旁，歌唱。
我歌唱爱情。我歌唱忧伤。我歌唱月亮。我歌唱太阳。
我歌唱。
我抬起头来，迎着雪花飞扬。
这个时候，我知道，小白就站在身后——穿着一件白色的羽绒服，围着一条红围巾，任凭雪花落在头上……

东北大学情未央 迟 丽

夏与秋怎样划分？截出每个人时间线上那段相同的日子，你会发现其实这个分割点早已约定好，那就是暑期结束、新学期开始。而这个夏秋之交，钟凌迈进东北大学，也迈入了另一段人生……

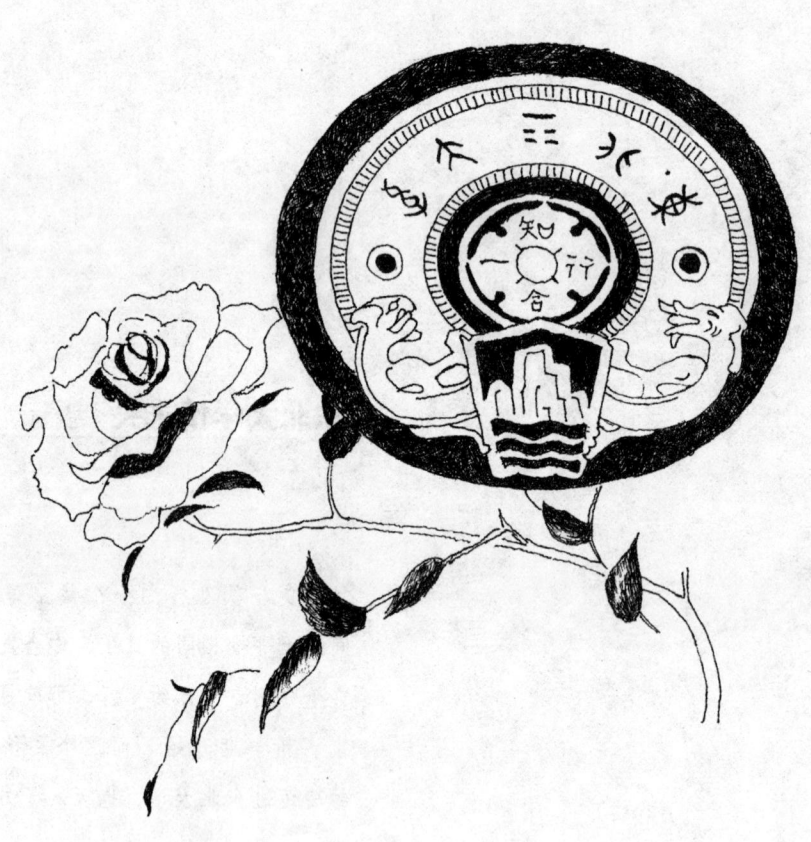

一

A

我是钟凌，电台主持人、记者。我从小有两个愿望，一个是做一名干练的记者；另一个是当老师。大学毕业之后我被分配到电台工作，五年之后，行将而立，被母校东北大学特聘为讲师，从这个秋天起我就在这座理科气颇浓的校园里主讲新闻学。

坐在校车上，激动、紧张竟使我一阵阵眩晕。第一天上讲台的道路不是十分通畅，终于，张学良将军题写的"东北大学"出现在眼前，似乎还透着些当年抵御日本文化控制的铮铮之气。环形喷泉欢快且有节奏地喷洒着，刻着"自强不息，知行合一"校训的石板静卧在花坛里，硕大的花朵热烈地开放着。教学楼前，车子尚未停稳，我便起身准备快点下车恢复一下状态。正在此时，一只松鼠之类的小动物突然从松树林里钻出来，司机的急刹车将我晃了出去。原以为肯定要倒在过道里了，出于记者的职业习惯，我下意识地保护着备课材料多过保护我自己。这个早晨意外太多，我居然没有摔倒，而是扑在了一个人的肩膀上，淡淡的洗衣液味儿混着男人的气息，很特别。这一场拥抱小插曲似的倏然而过，像正剧开始前的过渡，没有多少人在意。老师们急匆匆地下车，由于已经迟到，大家没有回办公室而是直接奔向教学楼。为了显得成熟一些，我那天戴着框架眼镜，以至于刚才那一抱撞偏了眼镜没看清那人的模样,只恍惚见到一只浅玫红色的蝴蝶印在那人肩上,在白蓝格子间若隐若现,又一个恍惚就不见了。再要去寻,那蝴蝶已彻底被人群惊走。我定了定神,悄悄给自己做了个小鬼脸,希望不要给他带来麻烦才好。

三三两两的学生捂着书包拼命地跑,大概收到室友"老师正在点名"的信息。小喷泉欢快地喷洒着却也自有它的节奏。当年自己赶着上课的样子还那么清晰,如今,我成了授课老师,现在的我站在讲台上似乎还在张望寻找着曾经的自己。静了静场,在黑板上写下我的名字和手机号码,说:"你们有问题可以随时打电话给我,只有两个例外。一个是考试前不要问我考题,另一个是考试后不要问我分数。"一百多人会心轻笑,居然有些轻松与爽朗的味道。这是我希望的课堂效果,毕竟新闻理论是较为枯燥的学科。接下来按照在家对镜演练多遍的程序,我又在黑板上写道:"记者是什么?"画了一个大大的问号,转过身说道:"第一节课,我们只讨论两个问题,这是第一个。我想你们把自己的答案写在笔记本上,然后听我点名回答,也让我认识一下你们。"话音刚落,同学们开始讨论问题,而我却对坐在最后一排的男生充满了兴趣,他从开始到现在没有抬过头,一直在写写画画。走下讲台我慢慢向后面踱去,在马上就能抓住那个不专心听课的学生时,我居然看到了那只翩翩的蝴蝶,就在他的右肩膀上。我马上停住脚步,转身逃也似的走回讲台,眼光再也没有到达过最后一排,授课结束便匆匆赶校车回电台,准备晚上的节目。

这个早晨,我的脑子里写满了"居然"!

B

我是沐清,35岁,在东北大学资源与土木工程学院任教,由于比较年轻,我从来不敢说自己是教授。周一第二节有我的课,我习惯早一堂课到校,在教室里备课、画图。早晨在校车上发生一点小混乱,那女孩儿是谁呢?慌乱间虽然看得不是很清楚,但肯定是不相识的,也就是说肯定不是老师。只见她电脑包上别着一枚东大老校徽,林徽因设计的白山黑水图案,大概是个痴迷林徽因的学生吧。

我边想边一脚踏进教室才发现，座位上已经满满坐了足有一个专业的学生。记得上学期这间教室的第一节是没有课的。既来之则安之吧，我拣了最后排不显眼的位置坐下，反正我也不在乎有没有人。这学期我教授的课程是古典建筑，第一课我准备就近讲讲沈阳故宫，也不知怎么了，脑子里总是映出早晨校车上那女孩儿电脑包上的白山黑水校徽，不如这节课就从林徽因切入了。想到这一点，我有些得意，这还要感谢早晨那位女孩儿，突然感觉授课老师正一点点向我走近，真是莫名其妙。分心的时候听到好像这一堂是新闻系的课，老师的声音很好听，饱满脆生，给学生布置了话题"什么是新闻"。抬头向前望去，她正低头在电脑里调文件，多媒体讲台在她娇小的身躯前显得尤其笨重。以前从没想过，和我公用一间教室上课的都是怎样的老师，擦肩而过也是一种缘分吧。呵，我这是怎么了，心底的什么被调动了一样。

　　回到我的古典建筑中，我没有再走神，直到教室里完全安静下来，我才意识到马上该我上课了。人有时候是被安静吵醒的。

　　走上讲台放下教案，通常我会去自动售货机那儿买一杯咖啡，但今天我没有。站在三尺讲台上，突然有种感动，来自于哪儿呢？细细寻去，可能是某种熟悉的味道，也可能是阔别一个假期的重逢。总之，站在这里我哪儿也没去。突然，我又想起了那个校徽，转身在黑板上画了下来。隐隐的，没擦净的粉笔痕显示一个名字和一个电话号码，瞬间就印在我脑子里，再也不曾忘记。

　　学生们陆陆续续走进来和我打着招呼，之前的思绪随着学生们尊敬的问候消散，我终于变回了我——我是建筑学教授。

　　上课铃响了，都是熟面孔，没有寒暄直接讲课。

　　"这学期我讲的是古典建筑，上课之前我们先认识一个人，她就是林徽因……"突然我看到学生们惊奇和充满求知欲的眼神。

　　课间休息，几个学生到前面来问问题。不知怎么的，站在我右边的学生总是带着不可捉摸的表情。

　　下午还有课，午餐在食堂吃。

　　"沐老师，我能坐这儿吗？"英语老师高蕾端着餐盘问。

"呵，你下午也有课？"我挪了挪餐盘示意她坐下。

"是呀，一会儿干吗去？打乒乓球吧。"高蕾没给我留思考的空间，直接建议道。

"呵，我不去了，中午想休息一会儿。"我打算把教案再完善一下。

她低头吃饭不说话了，可能是我有些木讷的态度让她不满意？女人比地宫还要神秘难测。

"沐老师……你……"高蕾突然结结巴巴，见鬼了似的。

"高老师，怎么了？"我着实被她吓着了。

"哦，还以为沐老师多稳重呢。"她说着指了一下我的右肩膀，竟然有些愤恨地端起餐盘走开了。

我像是在地宫里遇到"土著导游"一样惊愕，下意识地按照她指的位置看了看自己的肩膀，天啊！这是什么？哪里来的？油漆？红粉笔？好吧，我不得不承认那是口红印。是她留下的，我这才意识到早晨在校车上和她有一次结结实实的拥抱。

白格子上印着玫红的唇痕，越发鲜艳。怪不得……早晨到现在大伙儿的怪异表情都有答案了。

下午要穿外套上课了。

二

A

其实，去东北大学上课只是我生活的一小部分，是一节插曲或是一段梦，傍晚坐在电台直播间里的才是一直以来的我。在这个现实的世界里，我有我的生活：采访、主持，谈着一场漫长又平稳的恋爱。

我和秦伟认识了将近三十年，换个传统些的说法，我们是青梅竹马。我们一同在辽宁省政府院内汉卿园东侧百步之遥的小区内长大，老人们把这片住宅区叫东新村。据说1928年至1930年梁思成和林徽因夫妇在东北大学任教时便住在这个小区里，他们的第一个孩子再冰就出生在这里。小时候夸谁家女孩子聪明漂亮，往往就以林徽因作喻。当然了，我也是其中一个"小徽因"。但是，我一直都觉得这个荣誉一样的称呼对我来说是诅咒。世上再难有徽因，她萃取了性情与理智、温婉与尖锐，并把它们按照最完美的配比融为一体，缺了任何一种都将是悲剧。依我的性格只能是那个悲情的徽因，我一定会陷在有诗有画的梦幻中找不到归途，悲喜一念间。

秦伟打小儿就是好看的孩子，聪明活泼，画了一手好油画。优越的条件和出众的才情自然让他骨子里铸满了养尊处优和浪漫不羁。

小时候过马路时秦伟总是牵着我的手，他为我和恶狗打架，他把雨伞给我，自己却淋感冒了……就这样，我们一起上学，一起去少年宫，他学油画我学钢琴。一转眼我们上大学了，我去了东大，他去了鲁美。他常让我陪着他去南湖公园画画，我也常去给他收拾屋子——秦伟没有住宿舍，在学校旁租了一间小公寓。在所有人眼里我们是最幸福的情侣，我们的感情世界里只有彼此。大学毕业后，我被分配到市电台，秦伟则依照父母的意愿留校当了老师。

我在电台附近也租了一间小公寓，周末和秦伟一起回家，俨然是回娘家。呵，其实是一起各回各家。我依旧陪他去画画，偶尔给他做饭收拾屋子。每年我过生日他都为我画一张画，再送我一枝亲自栽培的月季花，他常常浪漫得让我不知所措。

"小铃铛，我在你单位门外听广播，下节目早点出来呀。"秦伟每天下班准时到电台报到，他明知道我在直播间里没开机也还是要发这样一条短信，然后我们一起吃晚饭，他再送我回家。自从我去东大任教，他每天晚上把车停在我家楼下，第二天早晨如果我赶不上校车可以自己开车去上课。我的日子就是这么每天沿着既定的轨迹过下去，但他晚上可能赶去朋友们或在KTV或在酒吧的夜场，那个世界不属于我。秦伟知道我不喜欢那样的场合，从不勉强我去。

这就是我谈了二十多年的恋爱。

初秋的早晨，暑气已经不那么理直气壮。任教一个多月，我已经习惯早起。清晨，我绕到学校图书馆后面的中心花园，沿着松间小路边走边思考或者什么都不想,只是贪婪地呼吸着新鲜、宁静的空气。潺潺流水边,伴着水音练声,如同饮一口春茶般清爽。走累了,倚在樱桃红的亭子里,我常常坐在亭子第二节回廊椅上,坐在那里可以看到西北角欧式的建筑馆,与这座古色古香的花园形成风格与意境的碰撞。

不经意地一挥手,惊飞了满地白鸽。

B

我一直认为白鸽是这座城市里的精灵,它们默不作声地洞悉一切,它们了解某些我们自己都不知道的思绪。就如,为什么那件印着吻痕的衬衫我没有送去干洗店,为什么鸽群惊起之处恍惚着一个不相识却又熟悉的身影?

我每天早晨都会在校园里细赏那些精妙的欧式建筑,不能相信它们确是出自老东大建筑师之手,也没想到它们能够和中心花园里的东方古典建筑相得益彰,忍不住在备课本上描下主结构,今天的课程有了鲜活的例子。突然,一群鸽子闯入画中,缩小一个景别,亭子回廊里那个小巧的身影,是她?确实是她,以我专业的判断力。我认人和看建筑一样,抓住的是整体轮廓。她鹅黄的长裙趁着明红的栏杆、翠绿的烟柳,电脑包上一个点那么强烈地折射着阳光,应该是她那枚老东大校徽。此刻真恨自己手里仅是一支不够灵锐的6B铅笔,但我仍把那温婉的线条勾了出来。

一转眼,仅仅是一转眼,那人就不见了,如同惊飞的鸽子一样,转眼就不见了踪迹。她会是谁呢?她坐校车,却从未在教师大会上见过,现在正是上课的点儿,这么分析她应该是学生。我这是在做什么?看着备课本上的工笔素描,着实吓了一跳。我是建筑师,一向以严谨自律,怎么这个早晨的思绪乱得很?边想边打算扯下那张画纸,听到轻微断裂的声音突然又舍不得。算了,由它吧。

自从教室第一节有课,我就再没有去画图。信步向建筑馆走去,踱到刚刚她坐过的地方,我也坐了下来。呵,枉我还是建筑系的教授,还没一个学生的眼光独到,这个位置看到的建筑布局果然别具韵味。难道她是建筑系的学生?我使劲儿揉了揉太阳穴,试图让她快点离开我的思绪。

回到办公室,我不禁拿出点名册,仔细捉摸着上面的名字,会不会她就藏在这里面？我决定下节课点名，这是我执教以来从没做过的事。

踩着铃声我走进教室，已不是激情冲动的年纪，我怎么能让一个年轻学生扰乱了心神。讲台上站定，已经摆到桌面上的点名册被我收了起来。备课本由于在早晨被久久折过，自动翻到了那一页，又忍不住朝下面逐排寻找。我嘲笑自己妄想抓住飞鸽掠过的痕迹，居然做出这么愚蠢的事。我一辈子都没像这样试图了解自己的心。

顺着惯性讲完了课，如此恍惚的感觉难道是爱情？这太荒谬了，我并不知道她是谁，她还有可能只是个学生。

没有心思吃饭，给自己放个假吧，先去赶校车离开学校再说。校门口那一抹鹅黄又出现在眼前，她在张望着，顺着她的眼神而来的是一辆黑色轿车，她笑靥如花熟练地拉开车门坐了进去。此时校车亦开启发动机，我和她、和他们擦肩而过，车窗半掩着，面容俊朗的男孩吻了她的额头。是啊，我怎么也学着矫情酸腐起来，怎么能奢望她不食人间烟火，她有一个体面的男朋友，合理得几乎天经地义。心，倏然痛得厉害。我认为应该去医院做个心电图，生理病变是能够影响情绪的。

车窗外熙熙攘攘的人群快速倒退，我决定回家就把那件衬衫送去干洗店，也把时光退回到脱轨前。

三

A

"钟凌！"一个清亮的声音叫住了我。回头一看，眼前的人轮廓熟悉但怎么也叫不出名字来，我向来记不住人。

"我是高蕾呀，高中时候咱俩同桌呢！你咋在这儿呢？读研还是读博？"呵，高蕾还是那个风风火火的脾气，连珠炮似的问。

"呀，我在这儿教课，你咋也在这儿呢，高中毕业后听说你出国了。"眼前这个打扮入时的女人和高中时候的小胖丫儿实在联系不到一起去。

"回国就来东大任教,教英语。你也在这儿上课?以前没见着你呢。"高蕾拉着我坐在路边的长椅上,初秋的叶子一叶叶地落,记忆般的。

我们回忆当年一起上课、吃饭,互相抄作业,周末换裙子穿去逛街,晚自习课间在小操场上畅想考上大学以后的生活有多么美好……那些单纯的日子,美丽得近乎奢侈。

"哎,你有男朋友没?"高蕾突然问道。

"一直都有啊。"我倒有些措手不及,太久太久没有人问这个问题了。

"不会吧,一直是那个!叫秦伟是吧?你可真行。"高蕾竖起大拇指。她的记忆力还是那么好,连秦伟的名字都记得呢。

"呵,我比较懒。你呢?怎么样?"当年无话不说的友情似乎又被唤醒,高蕾也很兴奋。

"我没你牛,英国读书时候有一个,回国就断了。呵,其实在学校里,我有喜欢的人。建筑系的老师,全校最年轻的教授,叫沐清。"高蕾含着笑,满脸幸福。

"哎呀,我该上课去了。"说着,我翻出一张电台的名片递给高蕾。这个早晨我一直感叹,人生何处不相逢。

秦伟出差两天了,下了节目一个人回家。立了立风衣领子,沈阳的秋天说来就来。

晚上八点多,冲了杯咖啡,准备熬夜备课,反正也空落落地睡不着。

"咚咚咚!"门板被拍得山响,惊得我有些心律不齐。这么晚了是谁呀,有门铃不按。

"呀,你不出差了吗,回来也不说一声。"拍门的是一身酒气的秦伟。

"嗯?怎么来你这儿了……"秦伟口齿已经不大利落了。

我把他扶进屋,嗔道:"怎么喝这么多……"他直摇头,没说出啥来,直接躺在床上。帮他脱了外套,我出去烧水找出铁观音,他一会儿一定起来嚷口渴要喝茶。

坐在床头,我心里住满了幸福。他醉成这样还来找我,我为他的潜意识感动。

"茶……"秦伟朦胧中喊道。

"知道了,别再喝这么多了。"我吻了他额头,出去泡茶。

喝了茶,我帮他脱了外衣,盖好被子。他外衣上有浓浓的烟草味,我将它抖了抖挂在窗口通风处。窗户半开着,微风钻了进来,几张纸在地板上游走。两张沈阳华辰影院的票根,时间是昨晚。欢乐迪的账单,时间是今晚。

我以为电视里的情节不会在现实中发生,但此刻的我却出奇地镇定。我先替他找理由,在怎么也说服不了自己的时候,我哭了。我把票根压在他手机下面,我希望明天早晨他能想到圆满的理由。

今夜的月光格外皎洁,温柔地透过窗帘,落在他的额头上。这么些年我似乎还没有这样仔细地看过他,最讽刺的是,到了这个时候我才第一次意识到他是将和我厮守一生的男人。白头偕老是这个世上最神奇的童话。

一夜无眠。

我盼望又害怕的清晨还是来了,他洗漱完毕看了票根,就在我把煎蛋端上餐桌的时候,我们分手了。

小时候,孩子们会因为聪明漂亮而被划分在一起,但是岁月会逐渐打破这种表象的聚合,这个过程显得那么不可思议与残酷。

B

当然了,衣服我没有拿去洗,我觉得真正该洗的是我的脑子——同时也可以认为这是一个借口。我把衬衫装进西装袋子里挂了起来,就当作一段美好的过往留着回忆吧,反正这辈子我还没啥浪漫的事。叼了一根烟没有点火,我只喜欢烟草没被点燃前的味道。在窗口站到半夜,我第一次这样望着夜幕下的城市,一片橙色,笼罩着莫名其妙的热烈。

两个多月,我已经习惯了每天早起到学校的中央花园走走,发现好的角度,偶尔画两张。只是,我必须戒掉画中那个身影。这是一个蒙胧的清晨,整个校园浸在迷雾之中,像梦境,只是不知道就这么走下去会通向哪里。今早的亭子里没有她的影子,鸽子也迷失不见了。我也迷迷糊糊地游荡着,从没体验过的游荡。

很多人和我说起的"石犬望松"这么些年我也没看出来,这个蒙胧的早晨我终于捕捉到了，居然有点栩栩如生。有些东西怎么会越清晰越看不明白。

隐隐的啜泣声若有若无，难道我也能像书里写的遇着个什么仙？寻声而去，只见一个女子半倚在长凳上，米白的风衣沾着雾气。禁不住脚步，直走到她的身旁，"钟凌"，这个徘徊在心里的名字差一点就冲口而出。第一次这么近地看着她，脑子有点抽筋，不知道该说点什么，只递给她一张纸巾。她明显被我吓住了，惊鹿似的望着我，片刻积聚的泪水断珠倾落。有时候，一个回眸就是游不出的深潭。

"你还好吧？"我问了一句最没创意的废话。她接过纸巾，轻声道："没事，谢谢。"话里缠着哭音儿。迟钝的脑袋终于想起了一个该想的问题：她还认得我吗？

"你确定吗？"我接着又问了一个愚蠢的问题。她再一次抬头望着我，这一次眼神复杂了许多，沉淀在悲伤下的是一丝惊讶——她认得我？！我又慢半拍地分析她为什么一大早晨在这里哭。大概是因为那个小轿车里俊朗的侧脸，或是吵架或是分手，不论是何原因都与我无关，打动我的只是迷雾中她的真实，这么久的漫天漫地的重雾中我看清了她。

我再一次相信，有些东西越清晰就越看不明白。

我还想和她说点什么，但她的眼睛里充满了惊惑好像含着万语千言似的，我默默地等着她。

"沐老师！"一个来自尘世的声音打断了一切。我回头看去，好像是高蕾——这么大雾她怎么知道是我。

再回过头，钟凌已经不见了，好像从来没有出现过。

四

A

在这个生我养我的城市，我却没有几个好朋友，残酷点说，没有一个推心置腹的好朋友。分手的这段日子，我才发现秦伟带走的不只是爱情，同时还捎上了一切过往。爱情的坍塌让我更加渴望友情，高蕾成了我家常客。

"凌儿啊，你们金童玉女似的为啥分手呢？"高蕾逛画廊般一幅幅看着每年我过生日时秦伟送的画，从8岁到28岁。

"这些画画得多好啊，你的神韵全都捕捉到了。你看这张……"高蕾指着去年的那幅画叫道，我当时的表情大概沮丧得很，她没有再继续参观。

"是啊，他的画一年比一年好。"除了画，我还能说什么。

"凌儿，还记得当年我们挤一张床上说悄悄话吗？"高蕾一蹲身盘腿坐在我旁边，顺手拿起沙发上的一个抱枕抱在怀里。

往事一股脑儿涌上来，"当然了，你那时候喜欢高年级学长，拉着我给你们制造偶遇……"

"你还说呢，最后怎么样？他高考结束后居然来找你，后来还有没有联系啊？"高蕾佯怒，把抱枕塞进我怀里。

"还好意思说呢，这事害得我向他解释好久……"笑，僵在脸上。我以为一切都过去了，但实际上秦伟已经融进我的生活，怎么也撇不清。

"到底发生什么了？你们在一起那么多年。"高蕾关切道。

"唉，也许这么些年不是爱情是惯性，惯性用完了，自然而然就结束了。"我起身倒了两杯水，氤氲的水汽磁铁般吸在玻璃窗上。高蕾接过水歪着头思考什么。

"那天晚上，我发现他兜里有两张电影票根。他醉了，我也什么都没说。第二天一早他看到床头压在手机下面的票根，马上从卧室冲出来，见我端着煎好的鸡蛋从厨房出来，他问我为什么不质问他，为什么不生气、发脾气。他发了疯似的撕电影票，碎片飞了一地。我愣了，忽然发现我一点也不了解他，我以为我的信任是幸福，但他在我的自以为是中过得那么压抑。"

"我不知道该说什么，端着煎锅站在原地，一动未动。"

"他走过来，握着我的肩膀说：'你是个好女孩儿，从小大人们就管你叫小徽因，你是个聪明完美的女人，你的温婉比林徽因更甚，但你没有一点她的锐利，你平和得好似不存在，好似也不在乎我。我的感情就像埋在了棉花里，这么些年只有温暖，没有激情。对不起，我不是你的梁思成。'呵，我们就这么分手了。"我一口气讲完那个我这辈子都不愿再提起的清晨。"看吧,现在知道为什么当年我最不喜欢大伙儿说我像林徽因了吧,我怕和她比,我只是她的子集,丢失任何一部分性格的徽因都注定是悲剧,就像我这样。"我找台阶似的自我揶揄道。

高蕾好像听糊涂了,"就这样?莫名其妙嘛!你不质问他是不是另有女朋友?"

我笑道:"还重要吗?我爱他,希望他开心幸福,我给不了就该放手。"

"天呐!你拿自己当女神啊。男人有时候希望你发发脾气、吃吃醋,以证明你有多么在乎他。女人是天生的右脑思维动物,不讲道理天经地义,别总那么懂事。"高蕾颇有心得。

说出了卡在心里的话,我轻松了许多,打趣道:"经验这么丰富,经手多少男人啊?"

高蕾抬眼一愣神,"原来你也会这么说话啊,刚要把你当女神呢!"

"我的性格就是这样,我也愿意相信,在某一个地方,有一个人在等我,哪怕今生不相遇。"和秦伟分手后,我宁愿爱情只是一份期许,甚至希望永远不要走近。

B

秋叶尚未落尽,冬天就迫不及待地来了,我也随之忙了起来。

由我主持设计的城市中心广场获得了国内几个建筑概念奖,实建计划也进入了市政议程,这个项目如果建成有望申报"梁思成奖"。东北大学是梁思成当年任教的地方,学校对我的设计相当重视。今年建筑学院成绩斐然,年底校方要办一场大型建筑展,当然我的设计也在其中。这段时间我既要对中心广场进行修改,又要指导参展的学生创作作品。

"还没走啊?"办公室门开了,我才注意到已经快半夜了。回头望去,原来是高蕾。

"马上走了。"我还在勾勒一个边角,怎么也做不好。

"喝杯水吧,本来想给你冲杯咖啡,又怕你晚上睡不好。"高蕾端了杯热水过来,水汽立即笼着月色升腾起来。

真是的,竟然把高蕾忘了,"啊,我以为你已经走了,不好意思……"我接过水杯,"你怎么还没走?"和高蕾说话的时候,我的脑子里还是那个修不好的边角。

"期末考试快到了,我得准备复习提纲,一转眼就到这时候了。学生嘛,只有临考试了才肯好好读书。"高蕾笑道。

"你还真是个好老师。一起走吧,这么晚了不知道校门关没关。"我边说边关电脑,收拾东西。

"我当然是个好老师了,还用你说。你有没有看过那部很老的电视剧《将爱情进行到底》,记不记得杨铮和文慧晚上翻校门的情景?大不了我们也翻一回呗。"高蕾说着红了脸,但我是真没看过,讪讪地笑了一下。

天真冷,但还没到凛冽的月份,清爽得正好涤荡脑子里各种乱糟糟的设计。高蕾抱着胳膊一个劲儿喊冷,我把围巾递过去,"借你吧,天这么冷,明天多穿点。"

校门还没关,高蕾好像有点失望的样子。

"你住哪儿?这么晚了,我先送你回去吧。"天太冷,车子开了半个小时才暖起来,"冷了吧?不如打车了。"高蕾冻得直哆嗦,却一直微笑着。

回家的路上竟然下起了雪,大片大片的。不知怎么的,突然想找个人说些什么,又一时想不起此刻莫名的心绪能和谁说。抑制不住的想法,我不得不把车停在路边。拿出手机,脑子里印出的却是那个黑板上的清秀的粉笔痕。输入了手机号,内容写了删,删了又写。

"下雪了……"最后只发出这三个字,明天早晨她一定会认为是谁发错了。呵,我怎么能做出这么疯狂的事来——给一个陌生人发短信。

握着手机,一夜辗转。

清晨,窗帘外面一片素白,大概雪已经停了。起床收拾停当之后,拉开窗帘,外面的雪花撕棉扯絮般飘得意兴正浓。

从秋到冬,她几乎每天早晨都在学校小花园里走走停停,或悲伤或恍惚。不知道今天她还会不会来,不知她有没有看到短信。

花园小路上几排鸽子跳过的痕迹已经半掩,那些平时被树影挡住的棱角,现在都被雪描了边。雪把整个世界遮掩,又同时把一切凸现,是隐,亦是显。

五

A

晚上,秦伟的QQ签名换成了订婚的消息。他给我戴上戒指、信誓旦旦要照顾我一生一世的样子,还和我中指上的戒痕一样清晰。从首饰盒里拿出那枚订婚戒指,想哭却没有眼泪。每当心痛的时候我就疯狂地想吃冰块,上次冻的已经吃完了。心脏病人找急救药似的,我从冰箱里拿出八王寺盐味汽水倒进冰盒里。汽水泛着快乐的雪花,六爪钻戒折射着灯光。我拿起戒指,扔进了冰盒,眼泪也就这么掉下来。冰盒放在冰箱冷冻第二层,他告诉过我,这一层制冷效果最好。

愣神的时候,短信铃声划破静夜。我害怕,害怕是秦伟发给我的邀请或是爸爸的转达或是一切与这件事有关的消息。我逃跑似的关了电脑,关了手机,我想等冰块冻好之后再看。抬头,墙上挂着的是我24岁生日的画像。就是那一年他说要订婚,冲一冲我本命年之煞,当时我还笑他迷信。顺手摘下了画,又搬来凳子,把一个个"我"都收了起来。开电话,新信息提示还在,我嚼着冰块打开短信:"下雪了……",一个陌生的号码。拉开窗帘,打开窗户,果真是一场鹅毛大雪,空调室外机上已经积了厚厚一层。路灯晃着大雪,竟是橙红的世界。该埋的都埋了吧。

这场雪从晚上一直下到天明,到校的时候已经停了。通向亭子的小路上两行脚印上覆着薄薄一层雪,突然有种感觉,几个月来一直有那么个人和我一样每天早晨都要来这里走走,只是我们从未相遇过,是雪让我们在这样一个空间相逢。索性沿着脚印走进亭子,这里有他徘徊的印记。回廊第二段座椅,我常坐的位置上摆着一个小雪人,松针做的眯缝眼,松塔瓣贴的小嘴儿还扬着嘴角,憨态可掬的样子,我居然笑出声来,这才发觉我已经很久没有真心笑过了。

"谢谢你。"捡了一片落在亭子里的杨树叶子,给它做了一个风帽。

今天是期末系统复习课,课堂气氛紧张但随意。课堂上,我发现了那个好久不见的"旁听生",他出神的目光看得我心里发慌,莫非他还记得开学第一天的事?他是学生,我是老师,事件与身份不符,浪漫就变尴尬了。

逃开那学生的目光,我没有多余的精力去分析其他事情,到现在为止,我的脑子里还是昨天晚上秦伟的那个QQ签名。课上突然想起林徽因的一首诗,索性念给学生们听,调节一下紧绷的神经。念着念着,那个小雪人清晰起来。

课间休息的时候,我想起了那条短信,发神经地给那个发错短信的陌生人回了信息:"堆一双小雪人儿吧。"

刚下课,接到高蕾电话:"凌儿,一起逛街去吧。"我逃也似的走出教室,头都没敢回。

"你想买什么?"我问。

"看你,是不是女人,逛街不一定必须得买什么。"高蕾数落着我,"不过今天我还真是想买东西的。"

我叹口气:"好吧,今天舍命陪你了。"

高蕾直奔五爱市场针织区,流连在一排排毛线前。"这几个颜色哪个好看?"高蕾托着三五团毛线问我。

"你给男朋友织围巾啊?怎么选这么男性的颜色?"我端详着线团,闲问一句。

"呃……"高蕾吞吞吐吐的,显然被我无意说中了。

"你和那个叫沐啥的……"我把目光从线团转移到高蕾绯红的脸上。

"别八卦了,到前面看看。"说完,又奔向另一个摊位。

最后,我帮她选了一种近似藏蓝的颜色。

B

从小花园出来,我一路思考着那个设计图,总觉得少了些什么。不知不觉来到教学楼,索性还去教室画图吧,免得大冷天来回跑了。

"那一晚你和我分定了方向,两人各认取个生活的模样。到如今我的船仍然在海面漂,细弱的桅杆常在风涛里摇。到如今太阳只在我背后徘徊，层层的阴影留守在我周围……"这是林徽因隽婉的《那一晚》，念这首诗的声音好听得让人无法抗拒，没记错这堂该是新闻系的课，怎么念出这么首诗，我好奇地抬起头……

我着实差一点跳起来！

怎么是她！

开学第一天的唇印，雾林里欲绝的哭泣，中心花园里几个月来的身影，原来统统是她的！而且昨晚，我给她发了短信！

呵，她不是学生，和我一样是老师。"太好了！"当我心里有了这个念头，自己也吓了一跳。第一次这样清晰地端详她，对着学生她干练又亲和，一颦一笑分寸得当。她好像发现了我这个奇怪的"旁听生"，表情有些尴尬。呵，她一定还记得我。

课间休息，她径直走出教室，我正发愣，手机快乐地震动着。点开一看，她的信息——她看到早晨我堆的小雪人了！我正式把那个陌生的号码存进手机——"钟凌"。

这个早晨的震撼实在太大了，下半堂课她总是躲着我的眼神，只是偶尔不经意地碰撞。好容易挨到下课，我觉得该去和她说点什么。收拾好备课本再抬头，她已经急急地走了。

一会儿有课，明天还有设计展，我必须收收心，应付完眼前的事再说。

建筑展在汉卿会堂举办，我的城市中心广场东南角总是一块还需要推敲的地方。我边惦记着如何改进，边应对着各路记者的采访。人群中我好像又见着了她，这个时候我怎么能走神呢，我闭上眼睛使劲晃了一下头。这一晃，突然产生了一个灵感。那个东南角不妨以故宫八旗亭为筋骨，结合现代建筑理念，造一座质朴简洁的亭子，供人们休息。

"沐教授，广场的东南角……"一个熟悉的声音向我发问，我寻声望去，她愣了，我也愣了。足有半分钟的时间，我们才回到即时的身份。

没等她——钟凌问完，我笑道："这位记者目光如炬，东南角是缺一个小建筑，我准备使用我们东北大学建筑系创始人林徽因先生喜爱的八旗亭为筋骨，造一座古典与现代结合的休息区，以体现沈阳这座城市的身后满族文化与人文关怀。"听到我的回答,她的眼睛里立刻弥漫了心事。我也明白了这个灵感的来源,钟凌举手投足间颇有几分林徽因的味道,或许就来自于刚才人群中的一瞥。

院系领导补充道:"这座建筑有望成为我们沈阳的新地标,届时此项作品我们将申报'梁思成建筑奖'……"这一番言论勾起了记者们新的新闻点,我有些应接不暇。

终于,记者们逐渐分散到其他作品前,我四处寻找钟凌,她怎么会是记者!也对,她在新闻系执教,以前又没见过她,一定是这个学期才聘的讲师。就在我的寻找和她的回眸相撞的瞬间,一个声音叫住了我:"沐老师……"我不得不回头,原来是高蕾,她快步走过来笑道:"没看出来,你平时不显山不露水的,对着那么多记者居然应对自如。"我笑了笑,不时回头寻着钟凌,生怕再弄丢了她。"对了,你的围巾……我洗好了,给你。"说着把一个袋子塞给我,转身跑了。我道了谢,径直走向钟凌。奇怪的是,高蕾已在钟凌身边站定,耳语着什么。回头看到我,高蕾的表情复杂得分解不开。

我们三个站在一起,一团麻线三个线头,不知先抽哪一根才解得开。

高蕾先开口了:"钟凌,这是我们学校最年轻的教授,沐清。"钟凌听到我的名字微微一怔,目光直接落到我手上的袋子。

"沐老师,这是我的发小儿、电台记者、咱们学校新闻系特聘讲师,钟凌。"钟凌马上收了神,伸出右手,我忙回了一个礼貌的握手。

我说:"我们认识的。"

她说:"怎么会是你。"

六

A

有些时候真是奇怪,那么多人约好了共同编一个故事,或者说在演一个故事,真想知道谁是编剧,如果能早点知道结局,或许大家都不用那么辛苦。而我终于从那场迷雾中走出来，走回我的日子。

高蕾窝在我家沙发里吃薯片，念经似的唠叨着学校的事，我随手毫无目的地收拾屋子。

"哎，凌儿，过几天是元旦了……"高蕾的注意力突然从薯片和琐事上转向我。

"是啊，三天假嘛，打算干啥？"我随口问着，但她的答案好像已经准备很久了。

"我想……我想对他表白。喂，我追他，会不会有点那个……"高蕾坐直了身子，郑重地问道。

我手里握着什么，愣了很久没有说话。那一瞬间的感受，像丢了什么。

"现在时刻下午五点三十分……"突然的报时声吓了我俩一跳，原来我握着的是电子钟，秦伟送的，尖刻的声音利刃似的。

"哇，你干什么！吓死我了。"高蕾吓得薯片撒了一地。

"没事，你……你打算元旦向沐……沐老师表白？"我收好了电子钟。

"是啊，新年嘛，要有新的开始。只是有点担心……"高蕾难得的害羞模样。

我知道，她动了真心。"别犹豫了，一松手就会丢掉幸福。"

"干吗装过来人啊！不过，他收下了围巾，说明对我并不是完全没意思，对吧？哇，刚才是不是报时五点半了？我待会儿约了人，走了啊，拜拜。"高蕾一直就是这么说风就是雨，关门声之后就好像她从没来过。

"咚咚咚。"没过十分钟，敲门声又响起，一定是高蕾落了什么东西，"你又掉了什么啊，大迷糊……"打开门，敲门的是秦伟。

我站在门口，不知道该说什么，做什么。

"是你啊，我还以为是……"我让开了门，他却没进来。

"我，我是来取回我家……我家门钥匙……"秦伟杵在门口，吞吞吐吐。

"哦，看我多糊涂。你……你等一下。"我狼狈地逃回卧室。

握着那串钥匙，还清楚地记得秦伟当时把它们交到我手上的神情，他说这一串是小区大门门卡、家门钥匙、车钥匙、办公桌抽屉钥匙。我的眼泪直滴在他手背上,他还笑我没出息,说担心再拿出戒指我的心脏会受不了……

钥匙尖扎进手掌,我想起那只戒指,还冻在冰盒里。走出卧室,秦伟还站在门口没进屋。

"呃,钥匙找到了,还差一件东西,恐怕你稍微等一下才能拿出来,要不你……"我侧身示意他进来等一会儿。

"不用了,其实我也没别的意思,只是她……"从没见过秦伟那么紧张的表情,从那张脸上我看到了爱情。

"没关系,没关系,我明白。"说着,我把钥匙递出去,"只是那枚戒指还在……"

"那不重要了。"秦伟接过钥匙,"小铃铛,其实你不用那么懂事,你可以骂我、打我……"

"那不重要了。"我不知道自己在说什么,可能因为这句话深深扎进我心里。

"这是你家钥匙,那什么,我先走了,她在楼下。"秦伟轻描淡写地和我交换。

周一早晨,又下起了雪。

这些日子,只要地上有雪,亭子边我常坐的地方就会有一对小雪人,今天这么大的雪,我的心里竟然升起了期盼。

恍恍惚惚,大雪里出现了两个大雪人。沿着两排模糊的脚印,我又不知道是不是在梦里了。

居然是他,他在堆一个大雪人,自己身上落了很厚一层雪花,竟像另一个雪人。

"呵,没想到沐教授不只会造房子,还会造雪人。"看着他一脸认真的样子,我笑出来。

"啊,你今天这么早!"他被我吓到了,这么一句话脱口而出。

"以前比今天早吗?"我一时没听明白他的话,努力分析着,"那些小雪人,是你……"我恍然大悟。

"那些小雪人不是我。"沐清的否定不知怎么的让我有些失望，他接着说："我哪有那么小，这个大雪人才是我。"他居然还是个幽默的人。

"哇！"他突然向后一倚，大松树上的积雪统统落在我头上。惊乱中，我护着书本，只想找个安全的地方躲起来，只是没想到，那个我下意识里的"避雪港"居然是他怀里。

这是第二次拥抱了。熟悉的味道。

B

钟凌扑进我怀里的那一刻，我真的变成一个雪人了。但是我发誓，那场"人工降雪"我是无意的。

"对不起啊，弄你一头雪。"我帮她拂去落雪，耳边荡着她刚才的笑声，"平时很少看你笑，其实你笑起来很好听，像小铃铛。"

可能是我的话让她不高兴，她被刺了似的，一个激灵推开我站在一边，眼睛里居然还含着泪花。

"对了，以前那些小雪人都是你堆的？"钟凌收回了笑容。

"是啊。"我不知道该说什么，只能回答她的话。

"为什么后来由一个变两个？"她问。

"因为有人和我说要堆一对儿，怕孤单吧。"这一次我仔细品着她的表情，希望她知道那个温暖的短信是回给我的。

她没说话，只看着雪人旁那个手提袋。那是高蕾的，我今天早晨才发现那天高蕾还回来的围巾不是我那条，应该是拿错了，正准备还给她。钟凌喃喃道："哦，是高蕾。"

"对呀，就是她，大大咧咧的。"我以为她说的是围巾，补充道，"我特意拿来的。"

"不妨碍你了，我去上课。"她突然冷得像个雪人。

上课的时候我还一直回忆早晨的情景，绵绵雪天不期而遇，这么浪漫的事怎么就演成不欢而散了呢？这么些年我从没对哪个女孩儿做过这么多事，虽然我没期望会有什么回报，但也没想到会是这样的结果。但是，她淡淡而去也让我做了好几个月的梦突然醒了，我究竟在做什么？我每天都想见到她，我希望看见她笑，所以我起大早堆雪人，我甚至还常去听她的课，这半年"意见领袖""地球村"……新闻传播学知识学了一肚子。难道我喜欢她？

稀里糊涂上完课，我走出教室，电话铃响了，看到手机上高蕾的名字我突然想起，糟了，装围巾的手提袋忘在中心花园雪人旁边了！我边接电话边向花园跑，她说什么我没太听清楚，反正一会儿还围巾还要见面，只含糊答应着。

手提袋不见了，围巾却围在雪人的脖子上。我激动地四下张望，一定是钟凌回来过。

"你多粗心啊，幸亏我捡到了。下次你再弄丢了，我可不只送给雪人那么简单了。"高蕾从我身后走出来，吓了我一跳。她的一番话让我好像明白了，原来围巾不是拿错而是特意送给我的。

"哦，我早晨从这儿路过……"我不知道该怎么解释，同时也在努力回想是不是我做了什么让她误会的事。

"别解释了，有什么紧张的，看你一头汗……"高蕾说着把围巾围在我脖子上，"别忘了啊。"扔下这一句，她红着脸跑开了。

真是一个奇怪的早晨啊，所有人都中了邪似的莫名其妙。

七

A

从那个下雪的早晨之后，我没有再去过花园。

"喂，前面穿宝蓝色大衣的女人站住！"我下课后往停车场走，高蕾的声音叫住我。刚回头，人已经到眼前了，快乐的样子写了一脸，高蕾就是这样，永远都藏不住一点心事。

"大呼小叫的，什么事这么高兴？"我问。

"元旦放假了，有什么打算？这么难得的日子，该表白的要表白呀！"高蕾挽着我的胳膊使劲靠向我。

"我没什么，回电台做完节目还要回来，系里老师们年末聚会，我第一次参加，不能缺席。倒是你啊，你和沐老师，呃，怎么样了？"问出这句话的时候，我承认心里有些莫名的难受。

"哈，他答应放假去我家吃饭啦！"高蕾幸福得阳光灿烂。

"啊？！啊，那挺好啊。"这个消息把几天来拧在我心里的结一下子剪断了，烟消云散之后，沉淀下来的竟然是一丝惆怅。

"我也没想到啊，那天我只是试探性地问他过节是不是回不了老家，要是不回家就去我家吃饭吧，反正我也不回家。他居然一口答应了！今天晚上七点半，嘿嘿。嗨，其实他也不是第一次去我家了。凌儿，有没有相中的人，抓紧表白啊，神灵告诉我，今年元旦是个好日子。"高蕾掐了一下我手臂。

"别胡说了，快点准备今晚的烛光晚餐吧。"我的手不禁握紧了。才早晨十点钟，就隐隐有礼花炸响。

高蕾走后，我坐在车里嘲笑自己。

做完节目出来，天色已晚。我匆忙开车赶去学校，答应了接两位住在南区教师住宅的老师去参加聚会。

吵吵闹闹，呼杯唤盏，歌舞升平，我就是个局外人。时不时还在想，沐清……突然我意识到，最近脑子里总是想着沐清，甚至都没怎么想起过秦伟，元旦这样的日子，记忆里本应该都是秦伟呀。

手机短信铃声连着震动强烈地响起，没有淹没在嘈杂的气氛里，"钟凌，提前祝你元旦快乐！有时间吗？很想和你说说话。沐清。"

这是怎么回事？他怎么会在这个时候约我？他怎么会有我的电话号码？他的号码很熟悉，在哪里见过？我握着手机，脑子瞬间短路。

我早早地从宴会逃出来，手里一直握着手机，确切点说是握着短信，无论如何我得回复。

我没有直接回家，把车停在校门口，心里很乱。信步走进大门，校园像一锅煮沸了的水。小情侣们挽着胳膊亲昵地散步，没着落的三五成群准备出去吃饭。图书馆、自习室依旧灯火通明,每一盏灯下都有不闻窗外事的学生。五舍楼下蜡烛摆了一地,娇羞的女孩子在一片起哄声中红了脸……

我躲开热闹的人群,双馨苑居然还开着,走进去借了一间钢琴室,推开窗子才感觉到夜凉如水。

88个琴键从头到尾打了一遍招呼,很久没弹,谱都不记得了。好在弹琴的人记的不是谱,手指触碰到琴键,熟悉的位置和轨迹,感觉自然而来,钢琴曲是流淌出来的。

《童年的回忆》,又名《爱的纪念》。

B

元旦放假,我推了聚会一个人在办公室里赶画一张图纸。不知不觉屋子里的灯光显得格外亮,原来是天黑了。望着窗外三三两两的年轻人,我不得不感叹岁月匆匆,转瞬老矣。每到年节,我的抑郁症都会发作。

拿出手机很想找人说说话,看到两个未接电话,手机调振动居然没听到,高蕾打来的,还有一条短信:"新年大餐向你招手,不要迟到哦!"这个高蕾,我已经说过不去参加系里的聚会了。我没回电话,随手翻着备课本,那张素描跳脱出来,我不得不承认我很想画里的人,她充满心事的眼神,她活泼有趣的授课,她偶尔流露出的快乐都让我着迷,她甚至能带给我创作灵感。我打开短信息,字斟句酌地给钟凌发了短信,还附上我的名字。短信发出那一刻,我的心不是想象中的狂跳而是静止的,就那么静静地等着回答。

"沐老师,我在参加聚会,新年同乐!"许久,我等来了这样一个回信。其实也是意料之中,我和她之间几乎是不相识的。不知道是否有人经历过这种朦胧的情感,不确定近似虚无的悸动却建立在强烈并且单纯的思念之上,这好像应该定义为"早恋"吧,可悲的是我想早恋都晚了。屋子里充满了压抑。

我收拾好东西,关了手机,一个人游荡在热闹的校园里。我是出来躲清静的,没想到清静总是躲着我。

断断续续的钢琴声从双馨苑方向传过来,这样的夜还有人沉得住心弹琴？我不会弹琴，但喜欢钢琴流水般的声音。越走越近，琴声是从一扇开着的窗子流淌出来的。曲子很熟，但叫不出名来，前奏平稳轻快，就在即将陶醉的时候突然转急，至高而低的音符如山泉激流而下，叩打着心弦。稍事停顿，曲子便悠扬起来，款款的像是回忆遥远的往事。琴音即心音，我猜弹琴的是一个女子，她定有一段悠长凄美的爱情在记忆深处。此刻的她完全沉浸在追溯里，轻盈、甜美的旋律从她修长的指尖、细腻的心灵汩汩流淌。完美的高音干净地收尾，曲停了，梦还沿着惯性飘向远方。停顿了许久，我仿佛听到泪珠砸在键盘上的声音。我轻叹了口气，也回过神来，腿有些发酸。

回家的路上我脑子里一直都是刚才听到的那首曲子，也在想弹琴的究竟会是什么人，她的心里为什么压着翻江倒海的心事？

也许是受了琴声的感染，回到家居然做了一件我自己都想不到的事，我申请了一个QQ号。我是建筑师，电脑天天用，但对聊天工具我天生迷糊。琢磨了半天终于搞定了，就在申请成功那一刻我才知道为什么要这么做，因为节前最后一堂课上钟凌留了QQ号码给学生，说空间里有复习资料。我对数字是敏感的。

她的空间日志都很简短，文字美丽且深刻，和她年纪不相符的深刻。又链接进了她的微博，原来她定期去养老院做义工、资助失学儿童……一个善良又充满正义感的姑娘，填充了一直以来她在我心里缺失的一面，钟凌在我心里真正活了。我也才发现，原来，这么些年来在我心中一直有一个我想要的人，今天我看清了那个人的模样。

八

A

元旦在家陪爸爸过得很清静，没开手机，没上网，甚至没出门，因为那个院子里到处都是回忆。

开学第一天，在食堂遇到高蕾，我意识到这几天清静的日子里其实一直有一件事梗在心里。高蕾主动过来打招呼，没等我开口她先问道："凌儿，元旦咋过的？"

"回家找我们家男人。"我故意逗她，准备牵出话题。

"谁？"高蕾真的惊了。

"呵，我老爸呗，还能是谁。你呢？晚宴怎么样？"我大大盛了一口饭塞进嘴里以掩饰我的慌张。

高蕾好像并没有听到我的问话，四处张望，终于眼光落在不远处的角落里。我循着望过去，原来沐清在那里。他好像也在四处寻找，正好同时望过来，我躲过他的目光，高蕾走了过去。沐清恰巧起身也要走过来的样子，见高蕾走去又坐了下来。我把目光转回我的饭菜，之前假期里萦绕不去的种种都硬生生地沉了下去。我累了，情太伤人。

一盏茶的工夫，高蕾跑回来拿包转身又跑出门去，我分明看见她眼角的泪，高蕾很少哭。

沐清起身向我这边转来，我知道发生了什么，也立即端着餐盘逃走了。我真的是逃走的。

电台今年评选先进，我被评为"最佳主持人"，同事们说要给我庆祝。庆祝当然免不了喝酒，晕晕乎乎的，回家已经11点了。平时我很少喝醉，今天我似乎是存心一醉，为了什么想不清楚，索性就彻底不清楚吧。可是随着身子发飘，我的思绪却清晰起来，我脑子里都是沐清，是他今天早晨向我走来时，满是心事的眼神。我失眠了。

打开电脑，自动登录QQ，咳嗽的声音在夜里惊着我的心。想都没想就点了确定，管他是谁。一个戴着眼镜的头像立刻闪了起来，这是谁啊，半夜蹲点逮我呢，我的第一个反应是我老爸。

"你好钟凌，我是沐清。"简短的几个字跳了出来，我却吓了一跳。他怎么什么都知道，隐隐作痛的太阳穴不允许我做太多思考。

"哦，你好。"我等着他说话。突然他发来一个拥抱的表情，又吓我一激灵，酒醒了一半。

"对不起，我不太会用QQ，不知道按到什么快捷键，请原谅。"他解释得很慌忙，我会心笑了一下，他是什么年代的人啊，顺手看看他的等级，果然是新申请的。他为了和我聊天，新申请的QQ？

"没关系，你有什么事吗？"我原本打的是"沐老师有什么事吗？"临发出去的时候改成了"你"。

"我是想说，今天在餐厅我其实是找你有话说。"这么一行字他输入了很久。

"高蕾是我的好朋友，我不希望她难过。"我隐隐觉得自己已经被卷进去了。

"说来话长了，今天太晚了，你早点休息吧，别熬夜。"他字里行间的关切给了我久违的温暖。

"你们的新年晚餐不顺利？那天你为什么会发短信给我？"这个问题压在心里好几天了，今天仗着酒劲儿居然就这么问他了。

"你知道晚餐的事？说实话，好像这里有什么误会，有一天早晨高蕾给我打电话，就是那个，那个下雪的早晨。当时我着急回花园找那个因为早晨和你……落下的手提袋，里面是高蕾送我的围巾，我打算还给她并解释清楚其中的误会，所以并没有听清她说什么，可能就是那时候她约我放假那天一起吃晚饭。"沐清一口气打了五六行字，他为什么要向我解释这些？可能是想让我帮忙劝劝高蕾吧。

"这么说，那天晚上你没去？她没给你打电话吗？"听着他的解释，我的心里居然畅快了许多。

"打了，没接到，我以为她是催我去参加系里的聚会，就没回。后来，后来我给你发了条短信，想找你出来吃饭，收到你的回信后，我就关机了……"他说得很轻巧，但我品得出当时他的纠结有多深。

"再后来我在校园里闲逛，在双馨苑门口听了一首不知道什么名的钢琴曲……"沐清好像努力找证据证实自己所说的话。双馨苑的钢琴曲？我脑子里嗡嗡的，找到理查德·克莱德曼的《童年的回忆》给他发了过去。

我盯着对话框，半分钟后他回了三个字："就是它！"

五分钟后他又回了一行字："那天晚上听的要比这首有心事……"

看着屏幕，我的眼泪大颗大颗滚下来。

"是你吗？"他恍然大悟似的。

我下线了。

B

高蕾的事不知道是不是哪位神仙和我开的玩笑，餐厅里她的质问打乱了我约钟凌的计划。仔细想想一定是那天早晨没听清楚电话惹的祸，本来是个美丽的早晨，福兮祸之所倚啊！还好现在我清楚了自己的心。世上怎么会有这么巧的事，元旦前夜如泣如诉的琴曲出自钟凌之手。

"钟凌，有一家茶餐厅不错，下班一起吃饭？"我打了好几遍草稿，最后还是用了最老土的一种。

"哦，沐老师，今天我加班。"钟凌是个不善于撒谎的姑娘。

"呃，没关系，下次吧。"拒绝在我意料之中。

不要以为这只是一次对话，这样的对白一个礼拜内最少进行了五次。她躲着我——这很明显。

发现不合适就要修改，不然会越来越离谱，这是我做设计图的心得。

我忍着没有在下班点儿给她打电话，盯着手表，差不多七点，时间刚刚好。

"喂，钟凌，下班了吗？"握电话的手有点颤抖，不知道声音有没有抖。

"哦，沐老师，我在吃饭。"钟凌是个不会撒谎的姑娘。

"一个人吗？在哪儿？"趁着她没反应过来，我问了最关键的问题。

"一个人，百联，圆缘园。"她果然顺口回答。

"是吗，我刚从施工现场回来，快饿晕了。反正你在吃饭，帮我先点好，我到了就能吃了。"我当时也是真的饿了。

"这……好吧，你吃什么？"钟凌犹豫了一下还是答应了。

"随便什么，我就快到了。谢谢。"挂了电话我的心情没办法描述，不是因为我终于能和她面对面解释一些事，更重要的是她的语气里透着关心，虽然被努力压制过了。

开车去餐厅的路上我发现现在的我，好像是另一个我。

"你来了？"幽暗的灯光下，她松松绑着的头发散着温和的气息，和我打着招呼,"服务员,麻烦上菜。"她熟悉地按了召唤铃,轻轻吩咐道。

"你经常来?"说话间饭已经端上来。

"……不常来。刚才你说饿了,我点了香炸大排饭,怕太油腻又配了一碟清炒荷兰豆,还有一壶水果茶。"她心细周到地安排着。我没有再说话,静静地享受着。

现场演唱乐队若有若无地唱着古老的歌,我们都没有说话,倒像是一对老夫妻。

"钟凌,有些事情我想解释一下。"我酝酿了好久,喝了口配餐里的柠檬水说道。

"我们之间,有误会吗?"钟凌抬起头望着我。

"也不是,是高蕾,她好像对我有些误会,我们……"说来说去不知道从何说起,对着一个女孩说我和另一个女孩之间的误会。

"呵,那你该找她说清楚。"钟凌垂下了眼睫毛,努力掩藏着眼睛里的话。

"钟凌,我不是你们学文的,我找不到什么更好的词汇来表达我的心。我只有一句实话……"我握着杯子,捕捉着钟凌的反应。

"什么?"她的反应吓了我一跳,钟凌抬起的眼睛里居然含着眼泪。

"自从你在我衬衫肩膀上留下那个淡红的蝴蝶开始,我就觉得你是一个不一样的女孩儿,那时候我还以为你是学生,为此苦恼了好一段时间。我见过你哭,你笑,你一肚子心事,半年来你没有一天离开过我的生活……"我语无伦次,之前打的腹稿统统忘记了。

九

A

下班之后,我一个人走在火树银花的青年大街上,回想着那些个很久很久之前快乐的傍晚。

坐进圆缘园餐厅，服务生要我点菜之前，我都不知道是怎么走进来的。是啊，太熟悉了，有些东西是深深烙在记忆里，随时能够支配行为的。有些人，有些事，不能说，不能想，却也不能忘。

"凤梨炒饭，谢谢。"我被记忆支配着点餐。

"对不起小姐，凤梨炒饭已经下线不供应了。您可以试试新推出的素什锦饭，很多客人都喜欢点的。". 这里的服务员一向快乐又热情。

"好的，再来一份烧仙草。"我抬头递出了点菜单。

"咦，很长时间没见着你了。"服务员小姐居然还记得我，很高兴她没有问一起的先生怎么没来。我庆幸地微笑着点点头，是很久没来了，算算也有半年了。就是在这里，秦伟给我戴上了订婚戒指。

我打开电脑，漫无目的地浏览着网页。沐清打来电话，冻得有点发抖又有些疲倦的声音，把我压了很久的思想牵扯出来。我帮他点了饭，"就当是上次大雾的清晨安慰我的回报吧。"自我解释道。

没多久他带着一身冷风寒气来了，我们相识已久，他见过我哭，见过我笑，听过我弹琴，但从某种意义上讲我们还是陌生的。饭菜茶水端上来之后，我们没怎么说话，他说和高蕾之间有误会，我以为是想让我帮他和高蕾解释没太在意。

笔记本右下角QQ上线通知，秦伟的头像亮了，个性签名换了，内容是：2月15日我和亲爱的她大婚。

瞬间我的思维停滞了。虽然是情理之中的事情，但为什么一定要选在那个日子？沐清好像在等待我的回答，我强忍着眼泪望向他。

他说从开学那天起，他每天都去中心花园，最开始是画图，后来就是为了看我；他说他有意无意听了很久我的课，原来那个教室第二节就是他的课；他说第二节上课时，发现黑板上写着我名字和电话号码的粉笔痕；他说看到我坐在大雾里哭，他的心都跟着碎了；他说发现我不是学生而是老师的时候，高兴得有些发疯；他说今年第一场雪，他在路边给我发短信；他说小花园里的小雪人都是他堆的，是为我堆的；他说双馨苑窗外听到浸满心事的钢琴曲，他一夜未眠；他说，要照顾我一生一世。

我的大脑彻底短路了，不清楚了。如果说人生就是一场戏，那么我真想把写剧本的抓出来大骂一顿。

　　相恋了二十多年的男朋友要在我的生日那天结婚，新娘不是我；一个在校车上偶尔碰到的人，我不得不承认他莫名其妙地已经走进我的心里，但却是我最好朋友的暗恋对象；最离谱的是，这个人在前男友给我戴订婚戒指的位置，在前男友宣布婚期的日子，向我表白！暴风雨来得太猛烈了，我像是一艘小船，飘摇着靠不了岸。

　　"钟凌，是不是我太唐突吓到你了？你的脸色很不好。"从沐清的脸色看出，我的脸色确实不太好。我失语了，什么也说不出来。

　　"对不起，我不该这么鲁莽。我送你回家好吗？"沐清伸手摸了摸我冰凉的额头，"你最近经常熬夜吗？饮食也不太规律吧？"

　　我点点头，差点哭出来，已经很久没有听到这样关切的语气了。

　　"服务员，买单。"沐清抬手叫了服务员，起身帮我拿大衣，"穿好衣服，你开车来的吗？"我摇摇头，他迅速结账，"走吧，我的车在楼下，你得给我指路。"

　　路过我家楼下药房，他把车停下来，走进药房，不一会儿他拎着大包小包从水果店出来了，"你有指甲棱，脸色发白，眼圈略黑，饮食中蔬菜偏少，我怀疑你缺乏维生素，还可能贫血。这些给你。"

　　我点点头，像个生病的小孩子。

B

　　我在钟凌家楼下等她到家报平安的电话，三十多年来，我第一次感觉到责任，作为男人的责任。

　　我早早起床，去KFC买了早餐，候在钟凌家楼下。见到她出来，我鸣笛示意。这样的早晨已经有二十多个了，送她回家的傍晚也同样有二十多个。

　　"你怎么又来了？不会告诉我昨晚没走吧？"钟凌居然和我开着玩笑，这使我有些意外。

　　"我是肯德基的外送员，小姐，您的早餐。"见到她心情不错，我也跟着开心。

钟凌瞪着大眼睛望着我，接过早餐，捧着热豆浆一小口一小口地轻啜着。我发动了车子。

"你不吃吗？"钟凌歪过头问道。

"我吃过了，是去学校吧？"我没转头，打了转向灯驶入大路，那种感觉很甜美。

"其实，其实你不必这样。"钟凌喃喃道，声音很小，但我听到了。

"不必什么啊？别以为我是故意来接你，只是路过。早餐也不是故意买的，只是我吃完打包一份。"我尽量稳地开车，怕豆浆溅出来。

"我的意思是，我什么都给不了你。"钟凌依旧低着头，"我刚分手，还没准备好，更不想拿你疗伤。"说着，她快哭出来了。

"小脑袋里想了多少事？送你上班，顺便带一份早餐，你就得以身相许了啊？"我知道，这时候不能安慰。

"呵，你这个人！"她终于笑了，"还是我多心了。"

进了校门，她笑道："好久没有小雪人陪我练声了。"

"有我这个真人勉为其难陪你还不行啊。"我不想给她太大的压力，心里的话已经和她说过了，这种朋友的身份她应该能自在些。

亭子还是那个亭子，终于我和她不再隔着时间和空间，站在一起了。

"钟凌。"叫出她的名字，我的心竟然一阵酸疼。

"嗯？"她抬头望向我，笑眼里藏着哀伤。

"虽然我很喜欢看你笑的样子，但心里要是有什么不痛快，趁着这么早没什么人，想发脾气就发脾气，想哭就哭吧。"我走近她，帮她捋了捋风吹乱的头发，这半个多月来她眼睛里的哀伤从未散去。

她退后了一步，强撑着笑道："你不是人啊？"

我半蹲在椅子边说："我是雪人。"她扑哧笑出声来，回身拭了拭脸颊。

"你啊，就剩下嘴硬。"我坐在回廊上，"咦，这个林徽因设计的老校徽，你怎么会有？"

"开学时候发的啊，你没有呀？"她用标准的播音腔回答我，"哎，高蕾一直说她喜欢你。"钟凌轻描淡写略带戏谑的口气转移着话题。

"可是我喜欢你啊。"我笑着说。

"没个正形,我去上课了。"她边说边抱起上课材料走开了。

我没有跟钟凌去听课,她说得没错,我也该和高蕾解释清楚。我不善于处理感情纠葛,但我知道这种事拖越久越麻烦,边想边往院办公室走。

"沐老师,这么早?"我还在想怎么开口,高蕾就已经走进我办公室。

"高老师,早!"我想起她送的围巾还在卷柜里,起身去拿。

"这是朋友从巴西带回来的咖啡,你常熬夜,尝尝。"她把咖啡递给我,正碰到我刚拿出来的围巾,她吃一惊,抬头看着我。

"高老师,我想我们之间有什么误会,这条围巾不是我原来那条,可能是你拿错了吧……"我把围巾递给她,她递咖啡的手僵在那里一动不动。

"为什么?我们一直都好好的……真的是因为她?好几次看到你们在亭子里,她也真行,好朋友也骗!"高蕾哀伤的眼睛里燃起了怒火。

"谁也不为,是我的原因,可能我做了什么让你误会,请原谅。但我们是成年人,感情的事与别人无关。"我要保护钟凌。

"好几次看到你们在亭子里,今天早晨还有说有笑,好一个钟凌,好一个好朋友!" 可能我的话让她感到羞愧,继而演变成愤怒并统统加诸于钟凌身上。说完,她夺过我手中的围巾,转身跑了。

但愿时间能平复一切。一会儿下课我得给钟凌打个电话。

十

A

"钟凌,你给我站住!"下课刚出教学楼,我就被高蕾尖利的声音喝住。

"高蕾,怎么了?"望着一腔怒气的高蕾,我吓了一跳。

"你跟我来!"高蕾没等我走近,转身往中心花园去了。我隐隐知道发生了什么事。

"沐清说他不能接受我,因为他爱上了你。"高蕾瘫坐在长椅上,像是自言自语。

"他是这么说的?"我一惊。

"别管他是怎么说的,你是怎么想的?明知道我喜欢他,你背着我和他约会了小半年!"高蕾哽咽着。

"约会?"她应该是指每天早晨我们都到花园里来,我都不知道她是怎么知道的,我又一惊。

"你别装了,我都看见了,原来没放在心上,没想到你真是那样的人。怪不得呢,怪不得你上一个男朋友说你像林徽因,别的没看出来,抢人家心上人如出一辙!你把沐老师的浪漫当成徐志摩了啊……"高蕾愤怒得全身颤抖。

她的话,字字句句如响雷般在我头顶炸开。那个名字我已经遗忘很久了,突然被人这样大声说出来,紧箍咒似的缠得我头发懵。高蕾还在说着什么,我都没听清,只记得她又求我把沐清还给她云云。

我摆了摆手示意她不要再说了,从花园到校门口,我一路跌跌撞撞。

向电台请了假,窝在家里我莫名地害怕,秦伟分手时候的话也清晰起来。我知道,我早就知道,我是那个悲情的她,我是注定得不到幸福的女子。我从来不迷信,但屡屡真实的情境不断地警告着我,从小便埋在心里的畏惧终于长出根苗。没有人能够理解我的畏惧,可笑的是我的命运似乎掌握在一个不相干的人手里。桌角《林徽因传》上那甜美幸福的笑容,让我直打冷战。根据旁学杂收来的心理学知识,我想,大概和秦伟终结二十多年的恋情后,我患上了创伤后应激障碍。

沐清来电话,我不想接,不是生他的气,而是不想带给他痛苦甚至是不幸。大家都知道,徐志摩的结局是什么。我的脑子已经彻底混乱了,本能地只想逃避。我关了手机,打开电脑。

沐清:

想来我和你之间仍存在一些误会,很显然我们的误会已经伤害到了其他人，在一切没有变成悲剧之前结束吧。好好珍惜你身边的人，我累了，一个身心俱疲的我没有给别人带来幸福的能力。

钟凌

打开QQ，给他留了言，我知道他找不到我会上网等我的。信息发出的那一刻我整个人虚脱了，这才知道，他在我心里远不只朋友那么简单，一切都会过去的，我对自己说。

之后的日子忙碌又紧张，期末考试监考、阅卷、录成绩。通过校报我得知他去法国参加建筑展，他每天都会在QQ上给我留言、发照片汇报行程及进展，而我总是隐身没有回应，我知道他平安就好。

顺理成章地，漫长的寒假如同漫长的冬天一样来临。

B

自从妈过世到现在十多年了，我没有掉过眼泪。收到钟凌的留言，我的视线模糊了。

寒假一到，钟凌整个人消失了似的。电台说她请了长假，电话永远接不通。这期间高蕾找过我很多次，开始是质问，后来是请求，最后她说下学期会申请去东北大学分校任教，会离开这座城市。说实话，高蕾是个好女孩儿，她离开的瞬间一身哀伤。感情这种事真是很奇怪，追来逐去的，明知道满地坎坷还是要一脚踏进去。

整个冬天，铺天盖地的大雪冰封了世界。

春节的热烈还没有散去，我早早从老家赶回沈阳，第二天是电台上班的日子。

"喂……"二十多天来，我打了上百次的电话终于拨通了。

"钟凌啊……"除此之外，我也不知道该说什么，只是她的声音很弱。

"小铃铛，你怎么了？声音都不脆生了。"我希望她只是听到是我不高兴。

"哥，我头晕……"她几乎带着哭腔。

"钟凌，别着急，你等着，我马上来。"我挂了电话，上次她就有贫血的症状，记得她家楼下有药房，不知道她家里有没有东西吃，抓起电话在她家楼下餐厅订了卤汁鹅肝、白灼芥蓝、八宝酱菜、红豆粥。

阿胶、饭菜、水果，大包小包进了大厦才发现，我不知道她住几楼。

"钟凌，我买了药，你住几楼？"电话那边有半分钟的停顿。

"你在楼下？你买了药？"她好像完全不记得刚才我们已经通过电话。

"呵，你病糊涂了，刚才还管我叫哥。"说完之后我明白了，她不是叫我，她把我当成了别人，"别说那么多了，头还晕吗？自己看看眼睑有没有发白。你住几楼几号，我马上上来，不行的话我送你去医院。"我从来没有试过这样牵挂一个人。

"哦，我刚吃了药，没事了，想睡一会儿，谢谢你。"她淡淡的。

"帮你买了饭，你肯定是贫血，一定要吃饭的。"我第一次这样婆婆妈妈。

"呃，刚才那个电话是你打来的？"她小心翼翼地问我。

"是啊，不然你以为是谁？"我觉得有些尴尬，"要不，你下来拿吧，活动活动也好。"我现在只想看到她好好的。

"我不想动，想先睡一会儿，不好意思，麻烦你了。"说完，她挂断了。

旋转门变魔术似的，变换一个个场景。

"钟凌在家吗？有一些东西我想应该还给你。""好，我马上上来。"那个男人颇有艺术家气质，手里抱着个收纳箱。

"伟，等等，想了想我还是陪你上去吧。"就在那人刚要关电梯门的时候，一个娇娇小小的女人冲了进去。

我恍惚记得高蕾和我摊牌的时候提过钟凌有一个青梅竹马的男朋友，鲁美教油画的，就叫什么伟。我的直觉推着我立刻冲到电梯边，数字灯停在19楼。上了另一部电梯，希望能赶得上。

19楼楼道里，两个压低了的说话声。

"你还是别进去了，多尴尬。"男人说。

"有什么啊，你心虚啊！"女人撒娇。

"你怎么这么不懂事呢,这样她看了多难受。"男人有些急。

"你心疼她是不是!"女人拖着哭声,"让开,是这家吧?"话音未落,门铃声响了。

我在心里祈祷上帝,希望那不是钟凌家,希望钟凌睡着别听到门铃。可是上帝没有听到我的祈祷,门开了。

"你……哦,你们上来了。"钟凌杵在门口,苍白的脸色叫人心疼,"要不进来吧……"她有些不知所措。

"你脸色这么不好,老毛病又犯了?吃药了吗?"那男人上前问道,旁边的女人笑靥如花挽着男人抱着收纳箱的胳膊,没说进门也没说不进。

"早听人家称赞你像才女林徽因,依我看你更像美女病西施呀。是吧,哥……"女人的表情我看不见,但钟凌的脸色素如白纸。

我加重了脚步,提着大包小包,笑道:"凌儿,我带了药和饭上来,你怎么站在门口,这两位是你朋友?"

钟凌瞪大了眼睛,这个早晨有太多惊讶,"呃,对,他们送东西来。"

"怎么不招呼人家进去坐?别在门口吹风,两位一起进来吧,我先把东西放下。"我挽着钟凌胳膊,扶她进屋,其实我根本不知道该往哪里走,总之,进屋就对了。

"这些东西是钟凌的,我们送过来。"女人指了指收纳盒,男人像个雕塑一样一动不动,一言不发。

"谢谢你们,进来喝杯水吧。"我把手里的袋子交给钟凌,伸手从男人的手里接过盒子。

"不坐了,不打扰你们了,哥,我们走吧。"女人靠着男人,男人牙缝里挤出两个字:"嗯,走。"

门关上了,我抱着箱子,钟凌拎着袋子,对视许久,"快放下吧,我帮你热饭,你先把药拿出来喝了,这个东西放哪儿?"我打破僵局。

钟凌站在那里,哭了。

十一

A

关上门,委屈、感动一齐涌上来,眼泪一次又一次地证明着万有引力是多么正确,直到我的头皮有些发麻、发木,我知道不能这样把自己哭死。

"喂,你有没有人性,都不借个肩膀靠一下。"此刻,对于眼前这个木头似的男人,我不知道该说些什么,只是一个"谢"字说不出口。

沐清更是一个字都没有说,放下大箱子,接过我手上的大包小裹,分出一盒药、一包水果、一包保鲜盒。

"喂,你这个人,说话费电啊?一句安慰都没有!"嘴上的尖利只是为了掩饰窘相。

"你这个人,我好心给你送药、送饭、送水果,你大小姐一句感激的话都没有,还在那里大呼小叫。平时没看出来,你这么牙尖嘴利的。"他边把饭盒收拾出来边数落着我,我倒恍惚了,刚才门口那一幕是不是真的。

"能说会道的,看来病得不严重。厨房在哪儿?热一下就能吃了。"沐清端着菜问道。

我指了指右边,感激他没有苦口婆心地安慰我,他竟是个懂我的人。我跟着他进厨房。

"你厨房有保险柜吗?"他一本正经地问。

"没有,只有冰箱。"我不知道他要保险柜干什么。

"没有保险柜你跟着我干什么?头晕不知道啊?回去躺着,好了我叫你。"他命令的口吻听着那么温暖,看来我真是病得有些糊涂了,好在病总会好的。

我回到房间,"先把药喝了,茶几上那盒。"厨房里沐清喊道。

我喝了药,可能是贫血,也可能是刚才哭得大脑缺氧,居然很快睡着了，倒像是晕倒了。

"喂，起来吃饭了，看你像小猫似的。"茶几上已经摆满了，沐清端了杯水坐在我对面。刚才还是一个个白花花摧残食欲的快餐饭盒，现在变成了一桌子香喷喷的精致饭菜。

"你怎么知道我不爱吃盒饭？"我端起粥碗，抬眼问道。

"呵，认识你这么久，只这一刻你的眼神里有些温柔的光芒。"沐清笑道。

"你！我平时什么样儿啊？"放下碗，我问。

"你平时也很好，也很好。"他撑不住笑，"就是太庄严肃穆了……"

"你语文是体育老师教的吧？措辞挺有个性的啊。你吃不吃啊？"我白了他一眼，继续吃。

"我吃过了，又活蹦乱跳的，我就放心了。"他从纸抽里抽了张纸巾递给我。我接过来没说话，只是吃饭。

"介不介意说说刚才的事儿？"他见我酒足饭饱，试探地问。

"刚才，你不是都看见了。"我叹了口气，"能帮我拿块冰吗？在冰箱里。"我一心情不好就想吃汽水冰块。

"别吃冰了，大冷天的，你身体不好。"他收拾着杯碗盘碟。

"我来吧……"想来想去还是说不出谢谢。

"你坐着别动了，再晕了咋办。"他一趟趟收拾着。我从来没被人这样照顾过，妈妈去世得早，从小就是我照顾爸爸，秦伟更是饭来张口。看着他来来回回的身影，发昏了似的幸福感轰然袭来。

"你呀，不要什么都压在心里，想说就说出来。"他擦着手上的水，竟然连碗都洗了。

"帮我拿块冰吧，就一块。"我恳求着。

"真拗不过你，"沐清走去厨房，"冰箱冷冻室第二层那板是不是啊？"

接过冰块，我迫不及待地掰出一块，塞进嘴里。

"咦，你的冰块很特别啊，怎么还有气泡？"沐清发现新大陆似的。

"是八王寺汽水。"我含着冰，模糊答道。

"盐味的？你还挺会吃，我尝一块行不？"他抬眼询问我，我点点头。我们一起吃着汽水冰块，我腾出精神回想着刚才的事。

"嗯？！"沐清的表情惊讶得夸张。

"怎么了？"我被他召唤回来。沐清从嘴里拿出了一个东西，我定睛一看脑袋就炸开了。

订婚戒指，捏在沐清的指间，像个笑话似的。

B

钟凌和我讲了她的故事，我终于了解了她冷漠的源头，也知道了她心底的恐惧。我决定给她时间和空间平复，我也做好了持久战的准备，一幅好设计总是要经过千万遍斟酌修改的。

开学了，我没有去接钟凌，而是凌晨五点钟到校，在中心花园里堆了两个大大的雪人，因为我一整天都要带学生出去上实践课。

第一站是故宫，我把学生带到大清门前，让大家从这座宫廷建筑的外部进行感受，忽然想起八十多年前林徽因也站在这里授过课，她问学生："你们谁能讲出最能体现这座宫殿的美学建构是什么地方？"今天，我也问了同样的问题。

大家很热烈地讨论起来。有的说是崇政殿，有的说是大政殿，有的说是迪光殿，还有的说是大清门。

我指着一座亭子笑道："你们注意到八旗亭了吗？它没有特殊的装潢，也没有精细的雕刻，跟这金碧辉煌的大殿比起来，它还是简陋了些，而又分列两边，就不那么惹人注意了，可是它的美在于整体建筑的和谐、层次的变化、主次的分明。中国宫廷建筑的对称，是统治政体的反映，是权力的象征。这些亭子单独看起来，与整个建筑毫不协调，可是你们从总体看，这飞檐斗拱的抱厦，与大殿形成了大与小、简与繁的有机整体，如果设计了四面对称的建筑，这独具的匠心也就没有了。"——这是林徽因的原话，说完之后，我脑子里全是钟凌展览会当日众里回眸的样子，也想起她和我说，林徽因是上天给她的咒语时的惊慌。

下午去北陵，这里更是当年梁林夫妇重点研究的地方，今天注定逃不出林徽因的影子了，最离谱的是报社记者做林徽因专题，院系派我接待。有时候连我都觉得有些事是上天注定的，甚至疯魔地认为如果非要说钟凌是小徽因，那么我作为建筑学院的教授自然是梁思成了。

记者的采访地点在东北大学旧址，也就是辽宁省政府大院内，我隐约知道钟凌小时候住在那儿附近。采访结束，我随处走走，遥想着小时候的钟凌是个什么样子，想着想着，那个影子就从省政府南门走了进来。一时也分不清是不是幻觉，直到看见另一个影子。

钟凌和秦伟一起走了进来，我躲进杨树林里。他们真是一对璧人，我禁不住描绘他们从小到大青梅竹马的一幅幅画面。

远远的，钟凌站住了，秦伟抚着她脸庞，动作里充满怜惜，钟凌为什么掉眼泪？画面又开始移动，秦伟牵起钟凌的手，钟凌调皮地朝他肩膀歪了一下头，轻轻巧巧的样子……我倚着白杨树患得患失，突然想起不知从哪儿听来的一句歌词"有一种爱叫作放手……"爱一个人，她悲伤时我定会悲伤，可是她快乐时我未必快乐，但也要保持这个姿势。

笔直的杨树干上无数只眼睛望着我，突然我笑自己怎么也学得那么矫情起来。过了好一会儿，天色渐渐暗了下来，我从南门离开，沿着河边在雪中漫步。

"钟凌。"忍不住拨了电话。

"嗯，早晨我看到你的雪人卫兵了。"她心情不错，我的心就沉了一下。

"刚才我看到你了，和秦伟……"我决定不再这样折磨自己了。

"哦？你在院里？"她的惊讶在我意料之中，"秦伟啊，我刚才回家的时候在门口遇见的。他为那天的事向我道歉，我们怀念了一下小时候的事，二十多年的感情，如今变亲情了，或许一直以来都是亲情……我把戒指还给他了。"钟凌一口气解释道，语调里还带着紧张。

"这样啊，我还以为要做金岳霖了呢。"我高兴地抓起地上的雪握成一团扔了出去，嘴里小声感叹道。

"你说什么？"钟凌大概没听清，"你干什么呢？"

"没说啥，你陪爸爸好好吃饭，今晚回家吗？明早我顺路接你，外加顺路早餐？"我快乐得不知干点什么才好，钟凌发掘了我性格里的另一面。我也发现，在我心里这个女人的位置已经根深蒂固。

十二

A

我弄丢了那枚东大老校徽。

我是下课时才发现的，早晨出门还别在电脑包上的。我沿着来路细细寻找，人来人往的甬道上还有斑驳雪痕，大冷天我急了一头汗。最有可能是在中心花园了，早晨我在那里停留最久。

"喂，你寻宝呢？还是找不见回家的路了？"沐清的休闲鞋出现在眼前。

"我丢了东西。"我没空应对他的揶揄。

"什么东西？"估计他见我一脸紧张，就知道是个非比寻常的物件不见了。

"校徽。"我依旧顾不得回答他。

"啊！你一直别在包上的，今天早晨我们聊天的时候还见着了。"沐清也低头寻找。

"是吗？你确定说话的时候还在？那就不是在外面丢的了，应该还在亭子里。"说着我一路往亭子方向加快了脚步。

我俩几乎翻遍了亭子里每一寸土地，还是没找到。我绝望地坐在回廊里。

"那枚校徽那么重要？"沐清问道。

"嗯，那是我妈的，是当年她和爸爸的定情信物，他们都是东大建筑系的教师，当年被称作'新梁林'。我妈是个很有才气的女子，我弹钢琴就是她启蒙教授的，她一直要把我培养成她崇拜的林徽因那样有才华的女孩儿，后来考大学时我学文却选择了偏重理科的东大完全是受她的影响。我九岁那年，妈妈就去世了，得的是肺病，居然和林徽因一样。她临走之前把那枚校徽交给我，说校徽承载着幸福，就当是她陪在我身边，希望我和她甚至和林徽因一样幸福……"我泣不成声，"我注定是个得不到幸福的女人……"我开始胡言乱语。

"钟凌你听着，伯母是希望你幸福，可是各人有各人的幸福，你整天把自己缩在魔咒里，是她当初给你校徽的初衷吗？现在丢了我倒觉得更好，那罩在你头上的乱七八糟的思想也该清一清了……或许是伯母看清了你的幸福在哪里，收回去了！"沐清突然大声说道，眼睛里充满了心疼和坚定。

我被他的气势震慑住了，他对我的沉疴下了重药，我被药力药得无力思考对错。

第二天一早，我感觉天旋地转，脚抬起了就不知道将会落在哪里，胃里一阵翻腾，好容易扶着墙挪到卫生间，便开始呕吐。

我心里还是清楚的，摸索出手机给沐清打了电话。

"小凌子，我刚到你家楼下，现在开始和我心有灵犀了呢。"他健康有力的声音传了过来。

"我头晕，有些严重……"每说一个字我都想吐。

"你别动，我马上来。"他的声音让我有了依靠。

"咚咚咚！"沐清没有按门铃，直接砸起门来。我勉强开了门，随即晕倒在地上。

再醒来时，我在病房里，手背上扎着针，顺着塑料管向上看，一个大药水瓶倒吊着，咕噜咕噜吐着泡。屋子里一点声音都没有，我呆呆地望着那瓶子，隐约感觉到冰冷的药水流进我的血管，这些外来的液体真的能够融进我的血液吗？我脑子里生出各种怪想法。

"你终于醒了，刚才吓死我了，医生说你的血红蛋白再低一点就得输血了！"沐清的嘴唇上起了一层白色的皮。我的大脑还没有清醒过来，接受沐清刚刚灌输给我的信息，正在组织着血红蛋白、血小板的画面。

"你傻了啊？愣什么呢？"沐清的手在我眼前晃了两圈，我清醒过来了。

"你盼着我傻啊？"我笑着，可是说出的声音却很弱，完全是靠嗓子挤出来的。

"会开玩笑就好，原来还想给你好好庆祝生日的……不过现在也不错，你肯定没在医院里过过生日。"沐清如释重负。

"怎么没有啊，我第一个生日就是在医院里过的。"我还是微笑着，突然我想起了什么，今天这个日子不只是我的生日……

B

打过点滴钟凌就嚷着出院，我拗不过她，也心疼今天是她生日，征求了医生意见就载她回家了。学校那边都请了假，今天必须陪着她，只是给她准备的礼物还在学校办公室里。

安置她躺好，我坐在床边的书桌边，打开电脑包，看到备课本。

"钟凌，今天是你的生日，我要送你一份礼物。"说着，我小心翼翼地撕下备课本里那张画，写上"祝小铃铛生日快乐"，又顺手画了一朵小花，双手递给钟凌，"这幅画是第一次在亭子里见到你时画的，一直觉得画里的你很眼熟，感谢你这么久以来让我体验到以前从未有过的人生，也感谢你给了我创作中一个又一个灵感。昨天的情人节我忍了又忍才没送你玫瑰花，今天一并送上吧，种在画里的花不那么容易凋谢。"

钟凌接过我的画，手是颤抖的，我的心也跟着揪起来。

"灵感？什么灵感？"钟凌咬着嘴唇，似乎在寻找最不起眼的话题。

"很多，最大的一个是中央广场的八王亭，林徽……"我差一点说出那个她心底最怕的名字。

时间凝固了很久。

"沐清……"钟凌抬头，我没说话也没有动，好像在等待着宣判。

"我们不要再见面了吧。本来我们的生命也不该有交集……"钟凌依旧咬着嘴唇说。

"为什么？如果是我们性格不合或是其他自身的原因，我就不再坚持。你不就是摆脱不掉心里那些虚无的阴影吗？！"我很激动，我不知道该拿眼前这个女人怎样，又心疼她正病着。

"沐清，我觉得一切又要开始轮回了。你知道吗？以前每年生日秦伟都要送我一幅画，他也会在画上写'祝小铃铛生日快乐'；他还要给我种一盆花，说这样不容易凋谢；他总是说我是上世纪那个美女加才女的化身,给他的创作带来了一个又一个灵感……"钟凌扯着被头哭诉着,我没有打扰她,憋在心里的总要发泄出来。

"可是沐清,他最后说:'你是林徽因,我不是梁思成,我们注定不能在一起。'"钟凌忍着啜泣,"我害怕,我真的害怕,我经不起再来一次。还有,上次高蕾说我只是被你制造的浪漫吸引,就像那个诗人一样,可是我们都知道那个人的下场!我还弄丢了那个代表幸福的校徽,我注定是个悲情的林徽因,我害怕,我害怕……"钟凌有些语无伦次,所有的细节都被她强硬地编织在一起。

我什么也没说,无意间我触动了她内心深处的悲恸和恐惧。后来我才知道,那天是秦伟结婚的日子。

钟凌靠在我的肩膀上,和初次相遇不同的是,她端庄坚强的表象已经崩塌,她的心是脆弱的。

良久,钟凌抬起头,低垂着睫毛说:"下周我去北京进修,接着要参加全国优秀主持人颁奖,我们分开一段时间静一静吧。"

"好吧,但是钟凌,我会让你明白,你的幸福和上世纪那个才女没有任何关系,即便你是林徽因转世,我也要证明给你看,我是你的梁思成!"我有些激动,"该吃药了,我去倒杯水。"

站在窗口,我深深吸了一口气。我想问问那群洞穿世事般的白鸽,这世上究竟有没有宿命?

尾　声

A

北京,大雪。

坐在舞台下,我异常激动。并不是因为我有机会获得优秀主持人奖,而是因为昨晚收到的一条短信:"我会飞去看你领奖。沐清"。他是要用这种方式证明,即便我是林徽因,他也不是徐志摩!

"接下来我们将公布获得广播类优秀主持人奖名单……"主持人激动

的声音和我的激动叠加起来，形成了一个波峰。

"钟凌，钟凌。"身边的同行一个劲儿推我，"你获奖了，准备上台领奖啊！"

"哦。"我呆呆地应着，心里念着："傻瓜，这么大雪不要来，不要坐飞机啊！天堂里的妈妈，我不再相信人生注定是悲剧，你也希望我是幸福的……"

登上领奖台上，我握着奖杯一言不发，整个演播厅也突然静了下来。我站在明亮的灯光里寻找……

"说话啊。"耳麦里导演提示着我，我被突然来的声音吓了一跳，往角落里导演的方向望去。

天啊！竟然让我看到交叉着双臂正对我微笑的沐清，他那么真实近在咫尺。我跳丢了的心，终于找回来了。

"感言，说话。"导演又提示我，我长长舒了口气轻轻说了句："感谢我的妈妈……"台下回复了热烈，我望着角落里的沐清，哭得想骂人。接着是合影，采访……我再去寻他，已不见了人影，我怀疑刚刚是幻觉。演播厅里不许开手机，我又出不去。

终于结束了，我握着手机，才发现原来手机搜索信号的时间是那么漫长。

"您所拨打的客户已经将手机转移到中国移动来电提醒系统……"打了几十次，永远是这个客气的女声，我彻底怀疑刚才的一切是幻境。

手机不断有短信传进来，我拼命地寻找。

"钟凌，站在领奖台上的你真好看。我还有一个重要的会需马上赶回去，沈阳，东大见。沐清。"看到短信，我蹲在地上又哭又笑。

B

从机场接到钟凌，我拉着她直奔我们的花园，在花园的雪人前，她问我，大冷天的为啥外套里只有一件衬衫？我笑着脱下外套，她愣了，因为那只蝴蝶还印在我的衬衫肩膀上。

我拿出了那枚林徽因设计的东北大学校徽，她几乎哭出来又笑道：

"你不是说我该摆脱这个诅咒吗？"

我郑重地说："我坐飞机去看你领奖，就是想告诉你，我没有在奔向你的时候死去，是不是可以证明我是你的梁思成？"

钟凌抚着我的脸，哭着一字一句道："不，不，我是钟凌，你是我的沐清。"我也激动得不知道该说什么，仿佛幸福轰然降临。

"你是怎么找到的？"钟凌指着校徽问我。

"不是我，是高蕾捡到的。她知道这是你的，让我转交给你。"我牵起钟凌的手，把校徽郑重交到她手上，"高蕾去秦皇岛分校了，她临走的时候对我说希望你幸福。"

"高蕾？她还是放不下，她真的那么说？"钟凌握着校徽看着我。

"嗯，这世上还有谁会像你这么一根筋，我就真的有那么好吗？"我刮了一下钟凌精致的鼻子，她白了我一眼。

"不要再为别人计划了，不过伯母说得还真对，这枚校徽确实是幸福之物。"我扳过钟凌的肩膀，郑重地说，"钟凌，我答应你，你可以随时用这枚校徽和我换一样东西。"

钟凌傻站着，眼睛里的泪花泛着光彩。

明红的栏杆，隔岸犹绿的烟柳，"白山黑水"老校徽闪闪发光。洁白的鸽子展开翅膀徘徊在东北大学的上空，俯瞰着古与今、宿命与现实的纵横交葛。

这就是以东北大学为经、以我们为纬细细密密编织出的故事，或许它只能算是爱情的序曲，但这是人生最美的刹那——将爱未爱时。

娑婆怀远门 郑 阳

人生有八苦：生、老、病、死、爱别离、怨憎会、求不得、五蕴盛。不管芸芸众生对圆满、超脱有着怎样的向往，人世间的相爱似乎还是唯有别离、方能永恒。

慈恩居士告诉英顺：爱不重，不生娑婆。

人生有八苦：生、老、病、死、爱别离、怨憎会、求不得、五蕴盛。不管芸芸众生对圆满、超脱有着怎样的向往，人世间的相爱似乎还是唯有别离、方能永恒。

慈恩居士告诉英顺：爱不重，不生娑婆。

引　子

历史上，沈阳曾经叫作盛京。盛京城据说是严格按照《易经》中阴阳八卦之理设计的——"太极生两仪，两仪生四象，四象生八卦"。所以，盛京古城以今天的沈阳故宫为中心向外延展，建有中心庙（太极）、钟鼓二楼（东西两仪）、东西南北四塔（四象）和八门八关（八卦）。八门上八座城楼，加上四个角楼，12个城楼代表12个月。清皇太极天聪五年（公元1631年），盛京新城初步完工，八座城门沿用清太祖努尔哈赤为旧都辽阳确定的城门名称命名：南、北偏东的城门称德胜、福胜，偏西称天佑、地载；东、西偏南称抚近、怀远，偏北称内治、外攘。怀远抚近、内治外攘，是努尔哈赤和皇太极治国的国策；天佑地载、德胜福胜则取天地眷佑、国运绵长之意。岁月沧桑，斗转星移，如今，和沈阳许多其他古建筑一样，盛京八门除了怀远门、抚近门以外，都荡然无存。沈阳的老百姓大部分也不记得这些城门原来文绉绉的名字，体现在地名上，就成了直白的大南门、小南门、大北门、小北门、大东门、小东门、大西门、小西门了。

所以，很多沈阳人习惯把怀远门称作大西门。现在的怀远门是仿照古城门复建的。三个大小门洞里边都没有门，旁边也没有绵延的城墙，就只是对历史的一个纪念。现在的怀远门仍然外侧镌刻汉文门额、内侧镌刻满文门额，门额都是金色镶边、蓝底金字，字迹古朴苍劲。铅灰色青砖砌就的高大城门墙和上面红漆琉璃瓦、清朝宫廷风格的三层木结构巍峨城楼，远远望去，雄伟气派。透过城门看里面的街路、店铺，或者从城门穿行，会触动人们一点思古幽情，感觉总是不太一样。

怀远门和抚近门之间是沈阳路，中间经过著名的沈阳故宫。沈阳路两侧都是雕梁画栋、飞檐斗拱的仿古建筑，各类店铺看上去古香古色，整条街道古朴宁静、别具风情。沈阳人把这条路叫作清代一条街。

2010年9月21日上午，秋高气爽。怀远门到抚近门的清代一条街上，一个白皙丰腴、面容姣好的女人踽踽而行。女人穿了一套深灰色运动服，松松地挽着头发，随意的装扮让她普通得扔在人群中就会找不到。这女人温和沉静，举止轻柔，一身书卷气。她应该不是太年轻了，但她的脸却很漂亮，漂亮得几乎看不出年龄——细瓷一样的肌肤、五官精致；一双眼睛像森林中的两汪潭水，清澈深幽。尽管素面朝天，这女人还是婉约清丽得像电影、电视里的古装美人。她不引人注目，但不经意间看到她的行人通常都会忍不住再看上两眼。这女人一早就从怀远门那边的城门底下穿过来，在这条街上徘徊很久了。

女人在这条千米长街上漫无目的地流连，慢慢地走过一间间店铺、一座座建筑。五颜六色的灯饰、招贴、牌匾、橱窗、门扉、楼阁，待售的各种货物，匆匆忙忙的车辆，进进出出的行人……女人对似乎没有谁会经心的这一切一一注视观摩。往返流连，踽踽了不知道多长时间，女人好像突然下了决心，她坚定地快步返回怀远门，拐进了怀远门内侧的西顺城内街。她轻车熟路地穿街过巷，一会儿就来到一个闹中取静的居民小区。进了小区，女人的脚步迟疑了；离小区中央的一座普通楼房越来越近，女人远远地站住了。她在观望那座楼三楼的一个阳台。不知道是什么让她惊讶，她好像怀疑自己的眼睛，揉了揉眼睛又看，确信没有看错，她情不自禁地微笑了一下，眼中却噙满了泪水——那个阳台上分明有一个枝叶茂盛果实累累的葡萄架，那个阳台上居然结满了葡萄！阳台上没有人，屋子的窗口也没有人出现，只有葡萄树浓密的枝叶和褐色的藤蔓在阳台玻璃窗里安静地勾画出一个小小的生机盎然的绿色天地，青翠欲滴。几个紫色的葡萄串悄悄掩藏在绿色枝叶间，看上去饱满多汁、甜美诱人。女人远远地望着这个特别的阳台，伫立良久，然后悄悄擦掉泪水，默默地离开了。

这个女人叫英顺，农学院果树研究所的副研究员、农学硕士，一个小有名气的葡萄育种专家。

英顺刚刚在一众亲朋好友的叹息声中辞去工作，准备明天离开沈阳，去河北某地一个专门教授中华传统文化的学校做义工。

已经40岁的英顺没有孩子。特别喜爱孩子的她，希望以这样一种方式为这个让人焦躁的社会、为可爱的孩子们做一点事，以这样一种方式赎回自己曾经的罪孽。

一　英　顺

1970年夏天，沈阳市妇婴医院。

英海山、关洁夫妇的第一个孩子呱呱落地。八斤多重、粉妆玉琢的小女孩受到亲友和医护人员的由衷夸赞："啧啧，看看这眼睛细长的，长大了一定是大眼睛。""呵呵，这小头发还带点羊毛卷儿。"最让众人惊奇的是孩子的眼睛：眼珠看上去是蓝黑色的，但不是外国人那样的蓝色，也不是一般中国人那样的黑色或者棕色，是深深的蓝黑色——带点蓝色倒让眼珠看起来更黑的那种蓝黑色。英海山夫妇努力回想，双方祖上似乎也没有什么外国血统。好在医生说孩子十分健康，女儿蓝黑色的眼睛也很漂亮，夫妻两个也就不研究这个问题了。

这个女孩，就是英顺。英顺的名字是邻居刘奶奶给取的。刘奶奶来看产妇，给产妇送来自己煮的小米粥、自己养的鸡炖的鸡汤和一些鸡蛋，还特意给孩子包来五块钱压在小枕头底下——这是当地习俗，在初生婴儿的枕头下压上一点钱，可以帮孩子压住邪祟带来富贵，外人、高寿的人帮着压祟更好。刘奶奶并不富裕，这珍贵的礼物和祝福让英海山、关洁夫妇感动了一辈子。这故事听妈妈讲了多次，也足以让英顺记一辈子。刘奶奶是山东人，一辈子没参加过工作，只是照顾刘爷爷和他们的几个子女、孙子女、外孙子女，一辈子都只习惯说山东话。

当英海山夫妇请老人家给孩子取个名字的时候，慈眉善目的刘奶奶操着山东口音说话了："小丫头，一辈子顺顺当当就好，就叫个英顺得了。"于是，就叫英顺了。

多少年后，人到中年的英顺，想起慈祥的刘奶奶，想起自己名字的由来，无限感慨——女孩子，一辈子顺顺当当的，多好啊！

英海山、关洁夫妇两人都在市油脂化学厂工作，两口子都老实巴交做了一辈子的普通技术人员。出身不好的英海山没念成大学。关洁只读到中专毕业。虽然丰富的技术实践经验和勤勤恳恳的工作态度让英海山实际上一直是单位的技术骨干，但少一纸文凭，他还是没有多少发展机会也没得到过相应的待遇。两口子的日子一直过得紧巴巴的。漂亮的英顺和比英顺小两岁的弟弟英良，是他们全部的希望和寄托，是他们最大的快乐。

英海山夫妇温和善良，但没有机会好好读书的遗憾让他们对英顺姐弟俩的学业空前重视，要求十分严格。努力学习，自然也就成了姐弟俩童年、少年甚至青年时代生活的唯一重心——差不多也是全部。好在英顺懵懵懂懂地贪玩儿了若干年后，终于领悟了父母的心意。她开始发奋努力。孝顺的英顺知道自己的好成绩能让父母由衷地喜悦，为了多看到爸爸妈妈开心的笑脸，英顺乐意心无旁骛、刻苦学习。

英顺的书就这样一路埋头读下来，由小学到重点初中，再到重点高中。1987年，年仅17岁的英顺顺利地考取了西北农林科技大学。两年后，英良考上了南开大学。1993年，23岁的英顺取得农学硕士学位——这是英氏家族从英海山父辈开始的三代人中第一个正规大学硕士。英良也顺利毕业。

英顺毕业后回到沈阳，进入市农学院果树研究所，在知名果树专家于正声教授的指导下从事葡萄良种的引进、选育、栽培试验、示范推广等工作。英顺功底扎实，严谨勤奋，谦虚好学，吃苦耐劳。英顺的努力加上于正声教授的引领、指导，她的工作很快就有模有样并开始小有成就。1996年前后，中国大陆葡萄种植业也开始大规模地加速发展。到1998年，英顺所在项目组选育、推广的葡萄新品良种栽种面积超过100万亩，并成功在南方多个地区移栽成功，取得了良好的社会效益和经济效益，年纪轻轻的英顺在业内崭露头角。

英顺姐弟俩用自己的努力给父母带来了实实在在的骄傲，英海山夫妇非常知足。唯一让他们的母亲关洁万分遗憾的，是英顺的婚礼。

英顺和杜明远在1994年五一劳动节结婚。不知道小两口是怎么商量的，最后他们选择了旅行结婚。出于杜明远在市药学院排队分房的需要，他们过完春节就举行了订婚仪式、领了结婚证。两人把英顺的衣物用品嫁妆往新房一送，然后去了苏、沪、杭，回来发了喜糖就算结婚了。唯一算是个标志的，大概是两人回来后的第一个星期天，两家人一起到"鹿鸣春"吃了顿团圆饭。英海山、关洁夫妇甚至还没咂摸出滋味儿，没来得及对不举行婚礼仪式明确表示反对，事情就已经过去了。

新房是杜明远父母早就帮着张罗的，虽然不是新楼，但粉刷油漆了一番看起来还好。这间房子在大西电子市场后面的居民区里，离刚刚重修的怀远门不远——大西电子市场与怀远门隔着一条西顺城街遥遥相对。新房在五楼，不大的一个单间。英海山夫妇过去看了，没挑剔什么。

英顺的嫁妆，当然是关洁精心积攒、准备了多年的；四床托人从杭州带回来的十二彩真丝被面做的被子。杜家订亲时给的彩礼，关洁又添了点钱，给英顺买了彩电、洗衣机和一堆各类床上用品、生活用品，还请人给英顺打了一个新书柜。东北人都讲"娶媳妇儿满堂红，嫁姑娘一场空"，咳，只要英顺将来过得好，空就空吧！可是，关洁多想看看女儿穿上婚纱做新娘的样子啊！多想看着女儿接受亲友的祝福啊！那样的时刻，那样的场合，自己和英顺爸爸，还有英顺的爷爷奶奶、姥姥姥爷，该是多么幸福啊！

但是英顺没有举行婚礼。没有婚纱和花童，没有礼服，没有喜庆热烈的鞭炮，没有迎来送往的笑语喧哗，没有左邻右舍亲朋好友的祝福和年轻人的玩闹，甚至也没拍一套刚刚开始流行的婚纱照。这些个"没有"，让关洁对高大英俊、一表人才的杜明远和他的父母十分不满意。她觉得虽然自己和英顺爸爸同意了这桩婚事，但杜明远和他的父母还是应该主动登门来征求他们的意见才对。结婚是多么大的事情啊，辛苦养大的漂亮女儿，才刚刚毕业不到一年，自己还没和女儿相处够哪！他们怎么能只征求英顺的意见呢？当然，关洁一点儿也不责备自己的女儿。她像一切护犊子的家长一样，觉得自己的女儿没什么错，总是样样都好，何况英顺还比很多孩子出色，又还那么小。

英海山虽然也觉得英顺的婚事多少有点潦草的意思，但想想杜明远和英顺也认识有四五年了，确定恋爱关系也有两年了，婚已经结了，亲家也做成了，还计较什么呢？他劝妻子也别计较细节了，毕竟英顺自己愿意，再说杜明远这孩子总体上也很不错。

平心而论，对英顺的丈夫杜明远，关洁其实也是满意的。杜明远1968年出生，比英顺大两岁，家在沈阳本地；1991年毕业于西安医大，并考上了北大医学院药学系研究生；1993年毕业，取得药理学硕士学位。毕业后为了与英顺团聚，杜明远放弃了留在北京的机会，返回沈阳，去了市药学院任教。想想，有几个人能考上北大的研究生！出色的学业成绩，加上身材高大、相貌堂堂，关洁认为杜明远和英顺还是年貌相当、比较般配的。但是经过结婚这件事后，关洁对英顺的生活隐隐有了一丝担忧。

英顺与杜明远相识，缘于英顺的好朋友叶华。叶华是个文弱安静的女孩子，与英顺初中、高中都是同学，非常要好，算是铁杆、死党。1987年，英顺去读西北农大，叶华则去读西安医大的临床医学，虽然与杜明远不是一个专业——杜明远学习药理，但因为都是沈阳老乡，慢慢就熟识了。西北农大位于陕西杨凌，地方偏僻。那时交通还不是太方便，英顺放寒暑假回家，经常先到西安和叶华会合，叶华会订好两个人回沈阳的火车票在学校等英顺。当然，除了搭伴儿坐火车比较安全的考虑，好友愿意寻找各种机会在一块儿玩儿、在一块儿说话是更重要的因素。1989年还是

1990年的一个假期，杜明远也恰好一起回家，两人就认识了。英顺和杜明远，相识得顺理成章，交往得按部就班，以至于当英顺和杜明远在研究生毕业前明确了恋爱关系后，不论是叶华、英顺还是杜明远，三个学业繁重忙忙碌碌稀里糊涂的人竟然谁也记不清楚英顺和杜明远到底是什么时候、在哪个场合第一次见面的。是在叶华他们学校还是在火车上？准确时间是哪个假期的哪一天？这成了三人之间的一个笑料。

说起来，英顺与杜明远的相识、恋爱，时间跨度虽很大，但他们真正经常在一起的时间实际上却很短。那个假期之后，两人只是放假时与叶华三个人一起坐火车回沈阳，假期见上三五次面，有时是他们三个人，有时是英顺和杜明远两个人，一起去买书、买东西或者到谁的家里去玩儿。1991年9月，杜明远去北京读研，英顺和杜明远才开始通信。直到1993年寒假，两个人都很快面临毕业，必须考虑去向了，才明确了恋爱关系，开始约会——用叶华的话说，这俩人太"肉"了！

对杜明远，英顺一直是心存好感的。在感情方面，英顺不敏感，也不算太热情。高中三年、大学六年，男同学写信给她，英顺都不回，除了杜明远。当然，英顺也是有过心仪的男孩子的，也是春心萌动过的，但她宁可让这些都埋在心底，绝不会主动创造机会甚至去追求——严格说，英顺不知道杜明远算不算是她的初恋。而对她有好感的男同学，偏偏都不是她暗暗倾心的，英顺的方法就是回避。一则忙，她觉得"谈"恋爱会耽误时间；二则她也不知道应该怎么处理这些事。杜明远的好处是他让英顺觉得自然，没有压力，英顺和他在一起觉得安心、不紧张。杜明远照顾英顺，也不是讨好式的，他像哥哥一样，凡事该怎么安排就会怎么安排，这让英顺觉得省心——这个年纪的英顺，还不知道应该怎么参与生活，因此也不愿意参与生活；这个年纪的英顺只喜欢躲在象牙塔里读书。

所以，1993年1月27日，正月初五，当杜明远带着礼物到英顺家拜了年，并在两个人单独相处的时候略带不安地表达了打算回沈阳工作以便和英顺相聚的想法的时候，英顺很自然地接受了他的安排，很自然地说："那我也回来工作吧。"对英顺，她认为这就是杜明远的表白了；对杜明远，则认为这就是英顺接受了自己。他们就这样明确了关系，并得到双方家长的认可，开始光明正大地频繁约会。除了去书店和逛街，他们的约会还增加了一些事。比如一起看电影，杜明远会在黑暗中悄悄握住英顺的手；一起去公园或者出去散步，杜明远会揽住英顺的腰、绕过她的后背搂着她的肩膀或者胳膊。两人单独相处时，英顺有时能听到杜明远不怎么规律的心跳和粗重的呼吸。

　　沈阳的冬天天黑得早。杜明远向英顺表白心迹后不久的一天傍晚，在送英顺回家的路上，他在路边的暗影里第一次热烈地拥抱亲吻了英顺。这是英顺的初吻。慌乱，惶惑，羞涩，温暖，甜蜜。杜明远温柔地反复亲吻英顺的额头、脸颊、双唇，最后硬生生地撬开英顺的牙齿把舌头挤进来纠缠英顺的舌头。杜明远的舌吻让英顺十分惊恐，她本能地向后仰。杜明远却一只手牢牢地扶住她的头，一只手牢牢地抱住她的腰，使她挣脱不得。他越来越用力，英顺觉得快要窒息，拼命推他。这样不知道过了多长时间，杜明远终于平静了一点，送英顺回去了。这样又不知道过了多少天，两个人都快开学了，一天，杜明远把英顺压倒在了自己家的炕上。

　　那时候，杜明远一家还住在平房里，勉强分出三间卧室和一间厨房的房子里住着杜明远的父母和兄妹四人。东北的平房都是砌着火炕的，冬天用炕炉子烧火取暖、做饭做菜。杜明远的父母都是普通工人，他是老大，下边还有两个妹妹一个弟弟。英顺一来，杜明远的父母和英顺聊了一会儿天，然后就想办法把其他孩子都支出去了。最后老两口也借口出去买菜，到邻居家串门去了。英顺对此觉得十分过意不去，杜明远却很珍惜这个难得的空当。在杜明远两兄弟住的小炕上，他扑在英顺身上亲吻她抚摸她。杜明远的手越来越重了，呼吸越来越急促。英顺制止了他的手。他没有强求，继续亲吻英顺，最后，他在英顺耳边喘息着说了一句："毕业我们就结婚吧。"

　　按英顺的理解，这就算是求婚了，虽然英顺老是觉得有点怪怪的——求婚是这样的吗？为什么电影、电视里演的不是这样的呢？书里写的也不是这样的呢？当然她没有人可以询问，她觉得也没办法询问。这毕竟是私密的事情。还有，这是不是爱情呢？这样，有没有亵渎了爱情、亵渎了婚姻呢？自己不应该计较求婚的形式吧？英顺不知道。英顺知道的，是和杜明远亲热她并不反感，甚至还有点羞答答的喜悦，她要制止的，只是他的手。

半年很快就过去了。1993年夏天，两个人各自毕业离校，到各自单位报了到，杜明远就开始张罗结婚了。夏天穿得少，杜明远和英顺约会，控制自己越来越困难。有几次，英顺明显地感受到杜明远身体的异样，羞愧难当，不知如何是好，但她还是坚决制止了杜明远的进一步动作。好在英顺工作的地方离市区很远，平时基本没有时间，两人只能在休息日见面；筹备婚事杂事多，工作有时也偶尔会需要英顺加班加点，有时他们就会连休息日也没时间单独相处。这在无形中缓和了一些尴尬的局面。对英顺的渴望和排队分房的需要，让杜明远为结婚进行的筹备显得十分急切。和英顺比起来，杜明远在药学院的工作不是特别忙，他和父母一起承担了收拾房子准备家具等大部分杂事。

1994年春节后，英顺就在杜明远的劝说下，征得父母同意，和杜明远领了结婚证。拿到结婚证的当天，杜明远就把英顺带到了他们的新房。房子刚收拾好，除了床和衣柜，其他的东西还都没齐备。他们的婚床是杜明远的父亲托熟人帮忙做的，用厚钢管、角铁焊接成结结实实的框架，四角铆上成串的大号螺丝，钢管、角铁和焊接处的毛刺都仔细地用砂纸打平，又给床架刷上厚厚的油漆，再在框架上搪上几块厚厚的平整的木头床板，就成了。杜明远在床板上铺了厚棉垫和一条干净的床单，这就是他们的婚床了。这天，杜明远就在这张婚床上，占有了英顺。他一天也不想等了。英顺虽然还有点别扭，但是既然领了证，那就是合法的夫妻了，也不应该再拒绝他了，英顺这样想。杜明远先安抚了英顺，但他很着急——他忍耐很久了。两个人都紧张得微微发抖，一番不得要领的探索之后，杜明远就更着急，只顾害羞的英顺却什么忙也帮不上。最后他们终于还是成功地结合了。石破天惊。杜明远不管不顾地撕裂了英顺。疼痛始料不及。英顺的眼泪，和着她的处女之血一起洒在了床单上。英顺的婚姻，就这样开始了。

杜明远的父母收入不高，双方老人还都需要照顾接济，加上有四个儿女，杜明远又一直读书，家中只有他们老两口和杜明远的大妹妹有固定的经济收入，他们的家境并不好。为了儿子的婚姻，杜明远父母倾其所有，但是张罗好房子和家具，新房具备了基本生活条件之后，他们就囊空如洗，再也拿不出钱来了。杜明远坚决不让父母借债给自己办婚礼。他把自己家的实际情况告诉了英顺，英顺提议他们可以对外宣称旅行结婚——但是说是旅行结婚，说是去一趟苏沪杭，其实他们哪里也没去。整个假期，他们就躲在自己的小家里，读书、缠绵；或者到处溜达货比三家，置办小家庭还缺少的大小物件。英顺的单纯、质朴、善良、通情达理、善解人意让杜明远深深感动。比起英顺的美貌，婚后，英顺的端庄、节俭和种种优良品质更让杜明远惊喜和心动。白天闲暇无事或者晚饭后，杜明远经常拉着英顺到怀远门那边去散步。英顺非常喜欢沈阳路的格调和氛围。两个人平时话就不多，散步也没有太多话，就这么安安静静地拉着手或者挽着胳膊走，但英顺觉得很满足。

　　英顺很快就发现自己怀孕了。英顺把医院的化验单拿回家，两个人又高兴又发愁。高兴的是两个人健康正常，这么快就怀上了孩子；发愁的是这么小的房子，孩子生下来，放张小床的地方都没有。两个人收入不高，也没什么积蓄，拿什么养孩子呢？最主要的是，他们根本就没有思想准备要做父母。虽然英顺喜欢孩子，可他们还这么年轻，刚刚开始工作，什么成就也没有，有了孩子，不是会拖累他们吗？两个人商量了几天，决定还是过几年再要孩子。当然，两个人也都估计到他们的想法肯定会招致双方父母的反对，他们自作主张决定瞒着双方家里人。

　　早孕检查，英顺是在一家知名中医院做的。给英顺开验尿化验单的脸色蜡黄的刀条脸女医生看了英顺的检查结果，面无表情地问英顺："这孩子要还是不要？不要就早点做掉，早做可以选择药流，少遭罪。""刀条脸"的话让英顺初次怀孕的喜悦顷刻间无影无踪。从她的话里英顺获得了这样几个信息：一是怀孕了不见得就非得做母亲；二是她可以做药流；三是人工流产在医院是家常便饭。

　　现在决定打掉孩子，英顺自然想到了"刀条脸"。

　　"刀条脸"这次热情地接诊了英顺，她给英顺开了药，简单嘱咐几句就打发英顺回家了。英顺请了几天假，按医嘱吃了药。在几次剧烈的小腹疼痛、几次在便池里流满了多得惊人的鲜血和暗色的血块之后，英顺拖着虚弱的身体到医院复查。"刀条脸"听了英顺的叙述，扫了一眼B超，说孩子已经打掉了。可是，英顺的血怎么还是淋漓不净呢？"刀条脸"说你回家休息休息，再观察观察。过了二三十天，英顺的状况仍然没有好转。杜明远也着急了，他请了假陪英顺来到医院。"刀条脸"又让英顺做了B超，这次，她说孩子没流干净，还需要刮一次宫！"刮宫"这个词让英顺觉得像掉进了冰窖一样，全身发冷。"刀条脸"力主让英顺立刻手术，并一再保证这只是个小手术，没有危险，稍微有点疼痛但还是能忍受的，不会伤害英顺的身体。她建议说今天这边医院手术比较多，英顺可以到离此不远的分门诊完成手术，那里人少，手术立刻就能做。英顺和杜明远都是请假来的，都希望尽快把病看好——他们不能老请假，他们谁也没有怀疑——到正规的大医院看病，谁会怀疑医生呢？他们到"刀条脸"说的分门诊去了。分门诊的简陋让英顺心生恐惧，但"刀条脸"很快就过来了，她让英顺服药，说是帮助消炎以免感染。但是英顺认识那上面的英文，那分明是止痛的！英顺不想待在这里了。"刀条脸"反复哄劝，又威胁英顺，说不尽快手术会发生很危险的情况。英顺和杜明远都没了主意。看他们犹疑，"刀条脸"找出一本杂志给他们看，说你们看这是采访我的文章——杂志上果然登着"刀条脸"的照片和以妇产科副主任、副教授、主任医师身份接受采访的文章，不乏溢美之词。英顺和杜明远相信文章，他们不知道文章也是可以花钱刊登或者雇人写的。

"刀条脸"还是把英顺劝上了手术台并警告她不能乱动否则子宫穿孔什么的后果自负。英顺不得不万分羞耻地张开双腿并允许"刀条脸"把自己固定好，觉得自己就像屠宰场中待宰的牲畜。冰冷的金属手术器具在英顺温暖的肉体中不停地撕扯翻搅。在一阵痛彻心肺的折磨之后，"刀条脸"收拾起器械，草草卷起地上沾满污物的报纸，告诉英顺回家吃点消炎药，走了。

多年以后，在英顺和杜明远终于有了一些人生阅历和社会经验之后才知道："刀条脸"的一系列安排目的就是赚钱，而且是最不用担责任地赚钱。

可惜当年的英顺和杜明远，两个硕士毕业的高级人才，他们都没有这经验。他们是那么单纯幼稚地任人摆布！身体是自己的，要自己爱惜，为什么要交由别人控制摆布呢？他们不知道这个道理。

当然，最初那个糊涂、自私、不懂事、随意的错误的堕胎决定，是他们自己先做出的。

英顺的灾难开始了。做了刮宫手术，英顺只好回父母家去休息、调养，堕胎的事自然就瞒不住了。杜明远的父母没有当面责备英顺，但在此后的四年中英顺一直不能再次受孕，英顺觉察到了他们深深的失望和无声的疏远。双方父母都只严厉批评自己的儿女，却也都只能接受事实。

事实并非"刀条脸"所说，这次药流和草草刮宫事实上严重伤害了英顺的身体。从小身体健康的英顺现在的生活除了工作就是跑医院。反复做各种检查，吃各种药，治疗盆腔炎，治疗附件炎，治疗贫血，治疗输卵管堵塞。慢性妇科炎症通常都很顽固，很难彻底治愈。到1998年夏天，英顺把中药西药吃了差不多一麻袋，同时忍着钻心的疼痛做了第二次输卵管疏通。这一年，英顺的工作渐有起色，杜明远赴德国留学的各项准备也做得差不多了，英顺却发现自己意外地怀孕了。她本来应该狂喜，可却高兴不起来。英顺一直在吃那么多药，杜明远马上就启程了，这是开的什么玩笑啊！

本来，因为学校课不多、待遇一般，又没分到房子；没有孩子，家里事情不多；英顺这几年身体不太好，在家里难免情绪低落，需要考虑给她换个生活环境；双方父母都还挺健康也还不太老……杜明远是综合考虑了方方面面的因素，才决定申请奖学金赴德读博的，他希望通过此举改变暮气沉沉的工作和生活的现状，让事业和生活都有个新的发展契机。他想多赚点钱让全家人都能过得宽裕一点，他想等他稳定下来、英顺的身体也好一点了，让英顺去陪读或者也去读博。但是，英顺却在这个时候怀孕了。服用过大量的药物，是可能导致胎儿畸形的。工作已经辞掉了，出国手续也办好了，不出去也不行了。怎么办呢？这次，他们不敢擅自做主了。他们向双方老人报告了情况。矛盾了一段时间后，对孩子畸形的恐惧和小家庭的现实情况，战胜了全家人对孩子的渴望，全家人达成了默契。全家人都相信，英顺能正常受孕表明身体已经恢复，将来是可以再生育的。28岁的英顺含着眼泪选择了人工流产。这次，两个母亲都亲自出动，选择了最好的医院和他们信任的医生，回家后精心给英顺调养。

休息了一段时间后，英顺回果树所上班了，杜明远也远赴德国。

他们都满怀希望，觉得新的生活开始了。

二 柯 林

柯林1978年出生在丹东农村，家乡盛产大米，也出海鲜，算是个相对富庶的鱼米之乡。父亲是基层村干部，母亲在乡中心小学任教，两个哥哥两个姐姐年龄都比柯林大很多。作为家里最小的孩子，从小品学兼优、性格腼腆的柯林在家里备受宠爱。

柯林的父亲是个铁杆京剧迷，柯林从小耳濡目染，深受影响。到2001年柯林作为上海外国语学院法国语言文学硕士毕业前夕，他的兄姐均已完婚，23岁的柯林也长成了一个清瘦结实、文质彬彬的小伙子。柯林中等个头，戴一副眼镜，皮肤微黑，在帅哥靓女风云人物云集的上外不显山不露水。不过，柯林对此很是无所谓。柯林专心于学业，有机会就去旁听用外语讲授的企业管理课程；闲暇时读原版法语和英语小说、打羽毛球、游泳、学开车；偶尔在系里组织联欢会时唱上一段有板有眼的京剧，在同学自己办系刊时写写中文英文法文的诗歌文章练笔。不显山不露水的柯林把自己在上外六年的学生生活过得丰富多彩、明明白白。

2001年一个偶然的机会，在沈阳新农鑫果业科技有限公司从欧洲引种葡萄新品种的过程中，在上外法语系读硕士的柯林被推荐担任了临时翻译。柯林的素质、才华和外语水平打动了新农鑫公司董事长谭新，谭新的学者商人风度和对事业的执著、热情也感染了柯林。2001年7月，柯林一毕业就打起背包来到沈阳，加入了新农鑫。

谭新对柯林十分器重：安排他做自己的助理，签聘用合同时明确指示人力资源部给予柯林比一般刚毕业的大学生丰厚得多的薪酬和待遇。在柯林初到沈阳时，谭新甚至亲自关照柯林的生活。柯林踏上社会的第一步，稳当又愉快。

柯林选择到沈阳工作还有另一个原因。柯林一个终生未嫁、没有子女的姑姑退休后选择回丹东老家居住,姑姑在紧挨着怀远门的西顺城内街上有一套很不错的两室一厅的住房——三楼、格局方正,她把房子留给了柯林。西顺城内街在怀远门内侧,就是怀远门往故宫方向去的这一侧,过去应该属于故宫方城的内城边缘。这里是沈阳的中心地带,而且与皇帝住过的地方相邻,算是上风上水的所在了。这套房子地点好,楼层和小区环境都不错,姑姑舍不得卖掉,她希望柯林将来在这里成家立业。房子也是大事了。

柯林一毕业就能在大城市安顿下来,工作生活都有着落,柯林父母对此很满意。

这套房子后来和怀远门的一沙一石一草一木一砖一瓦一起见证了柯林的爱情。

英顺和于正声教授很早就开始与沈阳新农鑫公司合作了。新农鑫是农业科技公司,以果树良种选育和种苗繁育、生产等为主业。公司老板谭新的父母作为老一辈农学家,在农学院德高望重。谭新自己是留日博士,早年也毕业于西北农大。博士毕业的谭新在日本研究了几年葡萄良种后,1993年回国创办了新农鑫。谭新头脑灵活,精明强干。新农鑫公司创业初始就开始与果树所密切合作,他们共同选育推广的几个优新品种葡萄在种苗市场深受欢迎,谭新的公司也很快走上正轨,迅速发展壮大。

2000年,经过调研,于正声教授和谭新一致认为酿酒葡萄产业在我国将有很大的发展空间,决定开始酿酒葡萄良种引进和选育研究工作。

2001年,谭新花重金从法国、德国引种了一批葡萄新品种,新农鑫和果树所开始合作进行杂交培育和栽培技术研究等工作,希望选育出适合本土生长环境的优质酿酒葡萄品种。果树所这边人手不足,外语人才储备也不够,精通法语的柯林被谭新派来协助这个项目。

柯林出现在英顺面前是在2001年7月的一天。上午,谭新带着柯林来到果树所为大家介绍:"这位是于教授,这位是×所长,这位是×老师……

这是刚加盟我们公司的柯林,我的翻译兼助理,上海外国语学院的法语硕士,高材生。"

柯林十分礼貌地一一鞠躬、问好、握手。介绍到英顺的时候,柯林不由自主地愣了一下,然后点点头说了一声"英顺老师好"。英顺答了一句"你好",紧接着却又鬼使神差地加了一句:"到我这个老师这儿好像少了一个鞠躬和握手。"大家都笑起来,柯林的脸红了。不过,他很快反应过来,"因为英顺老师看着不太像老师"——英顺相貌年轻,看上去像只有二十五六岁的样子。大家又都笑了。英顺也笑了,说"我怎么看着不像老师"。大家开始说说笑笑,气氛变得轻松愉悦起来。

英顺的亲切自然和善意的玩笑成功化解了柯林的拘谨。随后的交流中,柯林忍不住带着一丝感激对这位年轻美丽的"英顺老师"多看了几眼。英顺不化妆,衣着简朴,身上却有一种遮掩不住的韵味,他觉得像秋天苹果的味道,甜甜的清香沁人心脾。这个比喻让柯林觉得心猛然跳了一下。

英顺对初次见面的柯林显然也印象颇佳。她和柯林东拉西扯地聊天,像和善的长辈看到了一个招人喜欢的孩子那样,婆婆妈妈毫无顾忌地打听柯林的情况,很快就把柯林的身世学业生活状况了解得一清二楚。

听到英顺也住在怀远门附近,谭新插了一句:"柯林,公司有辆旧夏利,你先开着吧,上下班可以带一下英顺老师,接送于教授去果园也方便。公司的果园现在就不近,马上建成的新基地离得更远。"柯林喜出望外,说:"非常荣幸给各位老师做司机,不过我得练一练才能开好。"

柯林就这样闯进了英顺的生活,轻松随意,猝不及防,毫无征兆。不过,生活中很多事,事先都是毫无征兆的,总是要过去了,你才会幡然醒悟——或者庆幸,或者追悔。

上班时,英顺差不多每天都要去果树所的果园,后来因为新农鑫的合作项目,英顺又多了一个要常跑的果园。新农鑫的果园离果树研究所比较远,英顺上下班也非常远,她每天骑着自行车到处奔波,消耗在路上的时间差不多有四个小时。回到研究所,英顺还要查资料、做实验、统计数据、出报告,完成一些只能在所里完成的工作。同时,英顺还要写论文。偶尔有点空闲，英顺就抓紧时间学点德语。英顺觉得自己疲于奔命。

柯林的加盟，加上谭新支援的夏利，让英顺很快解放出来，英顺心里充满感激。柯林的工作是做他们这个项目的翻译和助手，大部分时间是和英顺在一起工作。除了翻译资料、协助于教授和英顺与国外技术人员沟通，柯林也经常和英顺一起去果园。看着忙碌的英顺，柯林除了做自己的翻译工作，总是尽可能地把查资料、统计数据等力所能及的工作主动接过来。柯林也会及时和谭新沟通、汇报情况——谭新派柯林加入这个项目，除了需要他承担一些具体的辅助工作，更深远的考虑是希望通过这个项目让柯林迅速掌握公司的核心业务，真正成为自己的得力助手。柯林明白谭新的希望，他也希望自己能尽快熟悉业务。

柯林非常勤快。他在果树所，扫地，擦桌子，帮所里的老师们打水、打饭——很多时候，柯林甚至两只手端着四五个饭缸从食堂回来，而且每个人点的饭菜还不完全一样。他总是乐呵呵的。还精通电脑，英语法语都不错——谁的电脑出现小问题了，喊他一声，基本上手到病除；着急翻译资料，柯林也有求必应，从不会不耐烦。这样，柯林很快赢得果树所男女老少上上下下一致的喜爱和欢迎，人缘奇佳。每次柯林来，大家不太忙的话，其他项目组的人也常过来唠嗑儿。对柯林最热情的是所里计算机室的小姑娘曲月。基本上只要柯林来果树所，她一定会到英顺他们办公室找柯林说话。曲月也是刚毕业的大学生，十分秀气，比柯林小两岁。

每次忙完工作，英顺都喜欢在葡萄园里或者温度湿度适宜、通风良好、满目葱茏的苗木大棚里休息一会儿。坐在空地上，四周葡萄架上到处是奋力攀爬的葡萄藤，枝叶葳蕤，仿佛小小的森林。置身其中，看着青翠欲滴的葡萄叶和晶莹剔透的葡萄串，英顺的心就满满的，快乐、陶醉。他们工作的葡萄园和苗木大棚里栽种的葡萄品种较多，成熟期有早有晚，栽种时有疏有密，葡萄的颜色五颜六色，大小形状也各不相同。比起露地栽种的葡萄，不同品种的大棚葡萄的生长期加起来比较长。这些保证了英顺每年有比较长的时间天天能够看到不同的绿色风景。柯林也渐渐喜欢上了这些葡萄。英顺常常在葡萄树下坐着发很长时间的呆，柯林有时就陪她一起坐着。英顺不发呆的时候，他们会聊聊天。

　　当初英顺选择学农，英海山夫妇并不是很赞成，他们深知这个专业的工作条件艰苦又不能赚太多钱。但是英顺喜欢大自然，喜欢花草树木。花朵、树叶和果实的香味让她宁静，陶醉。英顺喜欢自己的专业和工作，不怎么介意农村的环境，甚至喜欢泥土。英顺说这些的时候，柯林发现他们两个人本质上非常相像。柯林家在农村，在家的时候他经常帮父母干农活儿，他也喜欢泥土。因为这，柯林向英顺他们学习挑选砧木、给接穗消毒、嫁接、锄草、整枝、支架、间苗、埋土防寒，听他们讲解施肥、节水灌溉、病虫害防治、新梢管理、苗木干重和根系生长发育，柯林总是不觉得陌生并很快就学得像模像样。于教授、英顺和组里的其他人为此都经常由衷地夸奖柯林，有时连雇来帮忙的果农都称赞柯林"是个好把式"。两个人还都不怎么羡慕出国：柯林是有机会出国的，不过柯林好像更喜欢在自己熟悉的环境里悠哉游哉地过熟悉的日子；而英顺，说起为什么一直不去德国和丈夫团聚，只是简单地说自己德语还不好，工作也脱不开身。

　　柯林帮忙干活的时候，英顺发现柯林有一双好看的手：结实有力，修长灵活。

　　一转眼，2002年元旦快到了。果树所要开个元旦联欢会。英顺的工作冬天时相对不那么忙，大家开始张罗演节目。项目组自然也邀请了柯林和谭新，请他们作为嘉宾也演个节目，谭新把演节目的任务交给了柯林。

　　柯林和英顺商量演什么好。英顺说："听你平时常哼哼京剧，唱一段就行，比唱歌有意思。"然后英顺还给柯林推荐了几个适合在联欢会上表演的唱段。英顺的内行让柯林又惊又喜。他极力要求英顺和自己一起表演。英顺起初不肯："我只是自己瞎唱，从小到大就没登过舞台。"无奈柯林纠缠不休，大包大揽地表示演出效果由他负责，英顺哪里卡壳他全权负责接上救场。柯林的孩子气和兴高采烈感染了英顺，她答应和他一起练习。两个人下了班还特意一起去清代一条街上的"墨客音像"买了几张CD、VCD，供学习模仿和伴奏之用。"墨客音像"位于沈阳路和朝阳街的交叉路口，是由市戏剧家协会戏迷学会开办的，比较专业，戏曲音像制品非常全，柯林在这一带住了没几天就发现了这个地方，没事就来转转。

他们最后商定表演《四郎探母》中《坐宫》里的一段，柯林演杨延辉，英顺演铁镜公主。排练时，柯林自己先唱了几句，英顺热烈鼓掌——柯林的确唱得有板有眼像模像样，很有水平；轮到英顺，柯林好好鼓励了一番，英顺才红着脸开口："听他言吓得我浑身是汗，十五载到今日才吐真言。原来是杨家将把名姓改换，他思家乡想骨肉不得团圆……"居然珠圆玉润，字正腔圆！柯林忘情地跳起来拥抱了一下英顺——"我说英顺老师，您这是深藏不露啊！还说自己是瞎唱！我还一直在您这儿班门弄斧！"

柯林对英顺，是真的刮目相看了。他觉得，过了这么长时间，英顺对自己好像非常了解；而自己对英顺，好像了解，其实却一无所知。

他们的演出珠联璧合，大获成功。英顺在果树所工作多年，居然隐藏得这么深，在随后的聚餐中，当然受到了人民群众的攻击，大家吵闹着让英顺罚酒。英顺勉强喝了几杯就有点晕了。谭新和柯林过来帮英顺挡酒，也都喝得迷迷糊糊的。

啊，快乐的元旦联欢会！

春节前，新农鑫和果树所合作的一个葡萄良种项目获得了省级科技奖项。谭新决定宴请一下×局领导、相关员工、项目参与者以示感谢和庆祝。于教授年纪大了，身体也欠佳，通常是不参与这类应酬和热闹的，英顺就只好代表果树所这边的人员出席了，尽管她也不太喜欢参与这类活动。似乎是约定俗成的规矩，谭新自然而然地把项目主要功臣之一、年轻漂亮的英顺安排在了局长旁边就座，而柯林则坐在了英顺右边。估计谭新本意只是入乡随俗以示敬重，这位局长酒过三巡之后却有点兴奋起来。他仗着酒劲儿，先是把胳膊搭在了英顺餐椅的靠背上——柯林心里不知道为什么强烈地不舒服了一下；后来更把手直接搭在了英顺的肩上——柯林此时非常想把这位脑满肠肥的局长油光闪亮的胖脸揍个开花。当然，柯林不能站起来打人。谭新也有点发愣，当然，他和其他人一样，很快就装做没看见这一幕——这样的场合，一般人是不会当场翻脸的，没法翻脸啊！谭新赶紧给局长倒酒、劝酒，希望转移注意力。局长却似乎浑然不觉，他笑呵呵地夸奖英顺,大包大揽地表示以后英顺工作上遇到什么问题了只管来找他。柯林看见,英顺的眼睛好像飘起一团蓝色的雾。她看着局长微笑了一下,却没答话。然后她像是无意地,转头定定地看着局长留在自己右肩上的手,一动不动地盯着。大概盯了两三秒钟,局长把手拿回来了,忙着给英顺的酒杯倒满酒,给英顺敬酒。然后英顺又微笑了一下,客气、礼貌地表示了感谢并且主动干杯。局长大概觉得也没丢面子,一直喝到尽兴才告辞。不过他再也没有把手搁在英顺的餐椅靠背上。

散了饭局,柯林送英顺回家,忍不住说起饭桌上这一幕并哈哈大笑。英顺白了他一眼,"这有什么可笑的。"柯林说:"你当时实在太酷了,哈哈,实在太酷了!"又问:"你怎么盯着人的手?哈哈!哎,你的眼睛,为什么会变成蓝色?"英顺有点没好气,"不盯着手盯着哪儿啊?眼睛天生就这样我有什么办法?"不过,说完英顺自己也乐了。

其实第一次见到英顺,英顺特别的眼睛就让柯林惊奇。后来,柯林发现英顺高兴或者生气的时候眼睛会呈现蓝色,平时则基本是黑色,这让英顺的眼睛总是看上去十分深邃。人的眼睛也会变色,很稀奇,柯林忍不住开起英顺的玩笑来,"英顺姐,你是不是波斯猫变的?"

英顺说:"你说什么?"

"我说你是不是波斯猫变的?"

英顺笑起来,"没大没小的,你才是波斯猫。"

不知道什么时候,柯林不再称呼英顺为"英顺老师",而是改成了"英顺姐"。

开春了,作物春播,果木育苗也正是时候,果树所的工作又繁忙起来,英顺又变得异常忙碌。

柯林开始特意安排一点时间,和英顺打打羽毛球,有时候还约英顺去游泳,帮助英顺调节放松。随着时间的推移,柯林连英顺姐也不叫了,只喊"英子"。"英子,打球去了""英子,今天去果园吧?""英子,你的饭",诸如此类。英顺有时候忍不住嘟囔:"礼貌点,你得叫英顺老师才对。"但英顺生来随和,纠正了几次没有效果,也就不在意了。

离得近的时候，英顺的身上似乎总有一种特别的香气散发出来，这香气即使混杂在各类花草、果木、果实的芬芳中，柯林也还是能一下子区别出来。英顺的味道很淡，但很特别。柯林不好意思总是挨在英顺身边，但英顺确实像磁石一样吸引着他。她的美丽、含蓄，她工作时专注的神情，她轻轻的笑声，她的味道，她看人时深邃的眼睛……柯林总是不由自主地想待在英顺身边，想长时间地和她相处。工作，对柯林来说，变成了享受。有时候，柯林也会冒出几个下流的念头。这时候柯林就会有深深的罪恶感，他觉得这样亵渎了英顺。但欲念就像杂草一样，铲除了这茬，还会冒出下一茬。柯林发现自己越来越依恋英顺。英顺也会出现在柯林的春梦中。好在英顺永远不会知道自己这些乱七八糟卑鄙下流的想法。柯林庆幸自己还有点理智，还有点自制力。

五月的一天，于正声教授突发急病。老教授的孩子一时赶不回来，英顺和柯林一起在医院帮着忙了一夜。凌晨的时候，于师母在观察室陪伴，于教授也暂时脱离了危险，英顺和柯林便到走廊的空座位上去休息一会儿。英顺不好意思躺着，疲惫地坐在椅子上睡着了。看英顺的头一下要倒下又努力撑住，一下要倒下又努力撑住，柯林把英顺的头靠在了自己肩上。

柯林也很困倦，但他的心一直怦怦乱跳，睡不着。

淡淡的香气，不知道是发香还是体香。柯林用力吸了吸鼻子，又做了个深呼吸。柯林的身体发热了。一阵战栗从头皮传到脚底，柯林脸红了。他把背包放在腿上遮掩自己，双拳紧握，极力控制自己的冲动，强迫自己冷静。好在英顺并没发觉，一直熟睡着。柯林侧头看看英顺，在心里叹了口气：这个总是说别人是小毛孩的女人，自己才真像个孩子。似乎她从不防备柯林，也不知道危险。他很想摸摸英顺的头发和脸，但又觉得不妥。柯林突然想起在哪里看过的一个故事，说拿破仑寄给情人约瑟芬的情书中，有一封是告知约瑟芬，自己将在数日内回到巴黎。拿破仑在信末加上了一句简短的要求——请不要沐浴。柯林看到这个故事时还觉得奇怪，觉得这名人、伟人是不是都有点怪癖。现在，柯林却突然懂了。原来，女人的味道,自己喜欢的女人特殊的味道、是如此令人着魔。

六月的一天,下午柯林和英顺一起去果园。因为开会,英顺今天穿了一套米色的西服套裙,里边配了一件白色的丝质收腰衬衫。这套衣服剪裁合体,恰到好处地勾勒出英顺凹凸有致的身材,风韵十足又不失典雅;肉色连裤丝袜,也让英顺匀称修长的双腿显得有点惹眼。从不打扮的英顺突然"隆重"了一下,让柯林眼前一亮。想着今天没有太多要动手的工作,英顺没换衣服就去了果园。

英顺脚上穿着一双黑色休闲鞋。这双鞋内侧有拉锁,从脚腕到鞋面竖着掐了很多褶,这双鞋让她的脚看上去十分纤巧秀气。英顺喜欢舒服的衣服和鞋。柯林的眼睛一直落在英顺的脚上,又落到她的腿上,然后轻轻说了一句:"英子,你的腿挺好看,真的,不只是吸引。"英顺仔细观察葡萄苗,本来没注意柯林在看自己,听到柯林的话,头也不抬笑骂了一句:"一个毛孩子,在这儿做广告呢?真是……"她本来想说"好色",突然觉得不妥,就打住了。柯林倒满不在乎,自己给她接上:"这么流氓,是吗?"英顺直起腰,扭头看看柯林,发现他虽然笑着,脸却有点红。英顺突然觉得这样的谈话很危险,心里也感觉有点异样,就不再说什么。

这天下班,柯林一定要请英顺吃饭,说是这么好看的衣服要多展示一会儿,不然浪费。柯林笑嘻嘻开玩笑说,英顺倒也不好意思太严肃了。这顿饭吃到很晚,柯林喝了很多酒。送英顺回家的时候,柯林突然用力拥抱了英顺,然后还没等英顺反应过来,就转身走了。

英顺不敢掉以轻心了。她意识到柯林其实早就不是孩子,是正值青春的小伙子,是成熟的男人。自己一直毫无顾忌,太大意了。英顺开始客气地对待柯林,不再和他说笑斗嘴,更尽量避免单独和他在一起。柯林当然知道为什么。他沉默了。他压抑、落寞的神情,让英顺觉得非常歉疚。

不管人有了怎样的变化,项目还在继续,工作总还得做。七月初的一天,英顺和柯林一起去葡萄园进行一些必须做的例行工作,还没忙完,突然下起了大雨。这时候的葡萄园，因为气温日渐升高，早就在逐步撤棚、炼苗，只留下少数几个苗木大棚还没撤。两人只好跑进没撤的大棚里避雨。

雨太大了，就像是从天上兜头倒下来的一样。狂风裹挟着箭簇一样的大雨点，噼里啪啦地打在棚顶上，又急急地弹出去落到地上。没办法跑到停车的大马路上去了。新农鑫的种苗繁育基地很大，但基地外面的配套设施还没跟上，路还没有修好，车开不进来。每次他们来果园，总是把车停在大马路上，然后走路去工作。这段土路，好天气也要走上二十多分钟。除了工作特别多时要雇请一些果农和工人帮忙，新农鑫的基地平时除了英顺他们，也没有多少人来。

突然的暴风雨，就这样把他们两个人单独留在了苗木大棚里。

两人的衣服都有点湿了。英顺找来两块塑料薄膜铺在一处空地上，坐下，示意柯林坐到另一边——她示意的地方离她比较远。

他们就这样坐着，既不能不说话，又不知道说什么好。原来那么熟悉亲切的人突然这么不自然，两人都觉得很别扭。

不知道什么时候，柯林还是来到了英顺身边。他看着英顺，抓住了英顺的手。英顺挣脱，柯林就不顾一切地扑上来抱住了她，凭她怎么推挡躲闪都不肯松手。英顺没想到平时文质彬彬的柯林力气竟然这么大，他用两条粗壮有力的胳膊把她牢牢固定在自己怀里。他吻住了她的嘴，又吻她的脸颊、脖子，两个人都剧烈地喘息着、颤抖着，甚至能听到彼此的心咚咚乱跳。柯林激动、紧张；英顺恐惧、羞耻。过了一会儿，柯林的手不能控制地伸进了英顺的衣服里面，英顺一边躲闪着他的吻和手，一边挣扎着脱身，但她的反抗反而招致了柯林更猛烈更霸道的进攻。两个人筋疲力尽，英顺还是不肯就范。柯林在发抖，却没有丝毫退缩的意思。他红着眼睛攥住她的手腕，警告她：“我要你，你是想让我强奸你吗？”柯林脱下自己的衣服铺在塑料上，把英顺按在那里。英顺颤抖着，眼泪汹涌而出。看到英顺的泪水，柯林松开了手。短暂的静寂后，英顺颤抖着站起来整理衣服，但柯林突然跳起来，再次抱住她并且迅速把她压倒。他压住她的时候，很自然地用手垫在了她的后脑勺下边，护住她的头。这个温柔的、充满怜爱的动作在一瞬间彻底击溃了英顺。她放弃了抵抗，双手掩面，任柯林剥光了自己的衣服。柯林用身体覆住英顺，发疯一样吻她，用他结实有力又修长灵活的手揉搓她的乳房和身体，一边喃喃地说着"我爱你，我爱你"，然后，在一阵羞涩、慌乱、不安的试探和找寻之后，柯林强硬、粗暴地进入了她的身体。陌生的、粗野的、充满激情、狂风暴雨般的摇撼和冲撞，让她体验了愉悦和快感……第一次高潮，柯林毫无顾忌地、酣畅淋漓地大叫了一声："啊——"不知道为什么，英顺觉得，暴风雨中柯林发自心底的这一声大叫，会在她心里回荡一辈子。

他拿开英顺挡着眼睛的胳膊，捧着她的脸、认真地看着她的眼睛："我对你是真心的，你是我的第一个女人。"柯林的脸还红着，眼睛也是红的，目光却是柔和的、深情的。英顺的心，像春天的冰雪一样融化了——女人的直觉告诉她柯林说的是真话。

暴风雨不知道是什么时候停的。

事后，英顺有时难免会再次想起那个上午。她奇怪的是，柯林明显紧张慌乱、有点笨拙，自己则浑身发抖，但他们在这件事上似乎非常和谐，天生地和谐。柯林没有经验却真挚热情。他的年轻、活力、才华、幽默和偶尔的玩世不恭，其实自己内心是喜欢的、被深深吸引的。这是爱吗？

爱的感觉很微妙。经过了这个荒唐的上午，英顺开始相信，柯林是真心爱自己。而男人女人，有了第一次，后面往往就一发而不可收——已经撕掉了伪装。他们开始幽会。柯林怀远门的房子，越来越多地盛满了他们甜蜜的亲昵和絮语，见证了柯林疯狂快活的汗水以及英顺越来越放荡和没有顾忌的呻吟。年轻的柯林想象力丰富，激情、霸道却不粗鲁，他在英顺身上开始了第一次，对男女之事却远比英顺有悟性，所以仅仅几次，英顺就只是任其摆布了。在他的身下，英顺开始变得真实、敏感，尽管有夫之妇的身份经常让她觉得羞耻，对柯林的迷恋和他们和谐的性爱带来的快感还是让她欲罢不能，让她一次次答应柯林的邀约，一次次躺在柯林的床上、地板上、沙发上甚至按他的要求趴在书房的书桌上，任柯林在自己白皙丰满的身体上为所欲为。本质上，英顺到底还是温柔的女人。

对柯林的感情，英顺也说不清楚，是爱情吗？或者仅仅是欲望？柯林平时很少说"爱"，除非在极其特殊的时候。柯林对男女情事的看法是：风月就是风月，没必要裹上文化的包装；风流就是风流，没必要贴上爱情的标签。

英顺有时会追问："你对我，是风月呢还是风流呢？"柯林通常不回答英顺这样的问题。英顺认真，柯林就会不认真。只有英顺恢复冷漠、不那么认真的时候，他才会认真。也有极少数的时候，他会告诉英顺："爱不是挂在嘴上说的，真爱是不用说的。"

当然，英顺这辈子，除了柯林，没有人和她讨论这样的问题。什么样的感情是爱情？什么样的感情只是欲望的游戏？英顺无从鉴定。关于性，他们也会坦诚地交流，但通常都是柯林说得多些，他会给英顺灌输一些观念，因为英顺以前从没有好好思考过这个问题，实在是没什么发言权。柯林会告诉英顺：性并不可耻；在有感情的前提下，和谐的性是美好的，是每个男人女人都应该享受的。柯林不赞成没有约束的滥交。他说：这事还是私密的吧，还得有感觉吧，人和动物毕竟还是不一样的吧。道德的话题，他们从不讨论，在这一点上两个人高度默契——两个人都知道，对他们来说，这个话题大概会是永远的禁区。遇到柯林之前，英顺一向保守、传统；而柯林，从骨子里，和英顺其实是非常相像的——他的潇洒和偶尔的玩世不恭只是表面的。

不过有一点英顺还是清楚的，就是现在，他们是情人——这样的词，英顺曾经认为，这辈子都不会和自己有什么关系。有一次她忍不住把这些说给柯林，柯林当场就掉下眼泪，狠狠地咬着下唇，流血了都没意识到。这是她第一次看到柯林流泪，也是唯一的一次。从那以后，英顺再也没有提过这个词。

虽然没有太多经验，不过没吃过猪肉总看过猪跑，柯林还是十分相信自己对女人的鉴赏力的。在英顺之前，柯林与法语系的一位清纯美眉谈过一次校园恋爱。青涩地开始，然后在毕业的时候随着两人各走各路，无声无息地寿终正寝。柯林甚至都没来得及、也没有机会和女孩好好说说自己的伤心。这个经历让柯林觉得，女人还是成熟自然才算得上珍品，因为和这样的女人才能过日子，才能让日子过得舒服——男人和女人在一起，总得用不着"装"才行，总得能什么话都可以说、什么话都有得说才行！总得想做什么不用总是刻意藏着掖着——至少上床的时候应该这样，才行！当然，柯林对英顺的欣赏，还包括了英顺不加修饰的美貌；也包括了英顺的妩媚性感——柯林自己在英顺面前不太愿意承认这点，但他心里确实是这么认为的。在他们的关系非常亲密之后，柯林日益证实了自己的判断，更加觉得：英顺这样的女人，实在是不可多得。

柯林认为，英顺的婚姻生活并不幸福。他没有见过英顺的丈夫，但是英顺发呆的时候，他很容易就能感受到她的孤独、寂寞和无助——英顺应该是鲜润的幸福少妇才对啊！柯林觉得有点费解，英顺的丈夫怎么会舍得离开她这么长时间呢？柯林觉得，像英顺这样的女人，她的丈夫应该寸步不离地守护她、好好呵护她才对。这些，柯林只是在自己心里想想，没有在英顺面前说。

高校的外语系通常都美女如云。柯林上大学的时候，除了青涩的恋爱，美女也是遭遇过一些的。但在感情上，柯林还是属于比较腼腆、生涩的那一类。有些现代美女们咋咋呼呼的架势、刁蛮强硬的作风、故作深沉或者故作浪漫的矫情，经常吓得柯林退避三舍。当然，对于那些眼睛生在头顶上的美人们，柯林的家世和身价大概也缺乏足够的吸引力。好在柯林没什么野心，也不好面子，倒是不在意这些。

柯林喜欢自然、天然、轻松、水到渠成。情调、聪慧、气质，甚至是性感，故意做出来的，那就不是了。与清纯美眉的初恋，柯林认为是非常美好的，以至于那个时候的柯林都忘了，美好的爱，最后要落地才能生根、发芽、开花、结果。柯林喜欢和清纯美眉恋爱的感觉，不过扪心自问的时候，他承认自己没有考虑过与清纯美眉的婚姻。当然，开始追求英顺的时候，他更迷恋的是英顺的身体，这时候，他也没有考虑过婚姻。

八月底，成功获得博士学位的杜明远回来休假了。这是自1998年出国以来杜明远第二次回国休假。出国后，为了节省路费，也为了多赚点钱，杜明远在假期一般都是打工，很少回国。暑假假期长，短期工作又好找，他就更舍不得回来。他第一次回国，是2000年的寒假，在家没待几天就匆匆忙忙走了。当时，杜明远的匆忙让英顺多少有点失落。但是英顺要求自己理解杜明远：他所有的努力都是为了这个家，在德国读博必定不容易。

其实杜明远在德国读博，有奖学金又有收入，英顺是可以申请过去陪读的。杜明远也多次建议英顺到德国继续读书深造或者陪读、工作。但是英顺从心里不太想出国，她喜欢她熟悉的生活和工作环境。英顺的德语一直没有学到能够应付正常交流的程度，英语也达不到能听懂全英文授课和写作英文专业论著的水平，她不知道自己出去了能做什么。而且随着时间的推移，她也渐渐习惯了一个人的生活，甚至感觉不到对杜明远的思念。那时候的英顺对夫妻之事觉得可有可无。而杜明远，出去了就不愿意再回来。夫妻俩一直也没个共识，日子却在他们来来回回的讨论中飞快地流走了。

杜明远博士毕业，导师推荐他进入了一个世界一流的实验室，从事研究工作。这个暑假，杜明远说他可以在家里多待一阵子。那边的工作都接洽好了，可以休完假再回去上班，他还要为他的导师在国内考察几个高校找合作单位。英顺请了10天假。

结婚八年来，夫妻两个头一次终于有一段比较长的休闲时间可以一起度过了。尽管英顺的身心已经受到柯林的影响，但夫妻两人还是很快就重新熟悉了彼此，回到了正常的生活状态。杜明远和英顺还特意去看了清朝皇家礼仪大游行的表演。惟妙惟肖的演出似乎激发了杜明远和英顺两个人的拍照兴趣。英顺说我们拍些照片吧，弥补一下结婚时的遗憾。两个人到故宫门前专门出租古装的小店租了几套清代风格的服饰行头，在故宫、清代一条街上和怀远门前拍了很多照片。照片上的英顺，看上去面若桃花，"巧笑倩兮，美目盼兮"，颇有点风华绝代的意味。两个人精心挑选、放大了两张合影，杜明远把其中一张小心翼翼地装进了旅行箱。

不知道是因为柯林的回避还是什么原因，尽管英顺没有刻意安排躲避，但他们一次也没有遇到住得近在咫尺的柯林。

杜明远的回国探亲，让柯林第一次不得不明确地面对现实：英顺已经成家了，是有夫之妇。这让柯林十分恼怒、嫉妒、暴躁、心乱如麻。柯林不知道应该怎么办。柯林几乎天天彻夜难眠，本来就清瘦的他很快就更瘦了，甚至熬出了黑眼圈。他太想英顺了，几天没见到英顺，柯林觉得自己快疯了，要死掉了。连一向不怎么细心的谭新都看出了柯林的异常，问他是不是生病了。

柯林第一次产生了希望英顺离婚的念头。但他拿不准，如果自己破坏了英顺的婚姻，英顺能否原谅自己。当然，即使英顺离开杜明远，将来的事他也没有把握——他们毕竟相差了八岁。柯林不知道他们能不能一起应付各方面的压力。柯林还是太年轻了。

但是他想念英顺，他也太想要她了。十多天后，英顺来到公司的果园。柯林终于找到两个人单独相处的机会。他不顾一切地抱住英顺，疯狂地揉搓亲吻起来。英顺体谅柯林的心情，柯林的消瘦也让她心惊，但她又有点别扭——杜明远在家，作为杜明远的妻子，英顺觉得自己现在身心分裂，她无法想象，自己怎么会同时面对两个男人。她拒绝了柯林的手，这让柯林恼羞成怒。

柯林放开手，咬牙切齿，"对你来说，我算什么？性伴？"

英顺的脸腾的红了，嘴唇哆嗦起来，"柯林你怎么说得这么难听。"

"那你希望我怎么说？"

"……"

"你觉得我应该怎么说？你老公回来了，我就应该离开你，因为你有人了，不需要我了？"

"你……"英顺气得直哆嗦却说不出话来，她愤怒地把手里的活页夹子摔到柯林身上，蹲在地上无助地哭了。

英顺很想告诉柯林，杜明远对自己算不上热情，但他们是夫妻，他们都习惯按照正常夫妻的生活模式安排生活。但是英顺说不出口，也不知道应不应该说、应该怎么说。她只有哭泣。

柯林不肯哄她，但过了一会儿，还是叹了口气，递过来一张面巾纸。

英顺止住哭泣，恢复了平时漠然的表情，"你没说脏字，但你是在骂我对吗？我有丈夫，还跟你睡觉，你看不起我对吗？你觉得我很随便对吗？"柯林定定地看着英顺蓝黑色的眼睛，说："我爱你。"英顺的眼泪又下来了。柯林再叹一口气，轻轻地拥抱住她。

　　这是他们第一次吵架，很短暂。当时两个人谁也没有意识到，伤人的话对感情的影响，都是深远的、后发的，就像一件细瓷餐具上细微的裂痕，也许不影响使用，甚至也许不易觉察，但裂痕就是裂痕。

　　英顺还是答应了柯林的恳求，中午到柯林家里去了。柯林一进门就把英顺放倒在床上。他像报仇一样、像要驱赶什么一样，粗野地蹂躏英顺。柯林的粗野让英顺难为情，更让她难为情的，是柯林粗野的、长久的、无所顾忌报仇式的做爱，竟然让她出现了少有的高潮！一波一波的暖流淹没了英顺，快感击穿了英顺。英顺满面潮红，头皮发麻。她和柯林一起绷紧全身，像触了电一样不由自主地挺起下身、反弓身体、屏住呼吸。英顺的身体融化了，一切都消失了。那一瞬间，她失去了意识。

　　柯林发现了英顺的变化，又惊又喜。这天，柯林亲吻英顺的时候，在英顺的脖子上留下一枚紫红色的吻痕。英顺整理头发的时候在镜子里看到，非常吃惊。她没说什么，但她本能地觉得柯林是故意的。英顺第一次觉得他们的关系是危险的。

　　英顺在杜明远回沈的这段时间里，身心俱疲又不能自已地奔波在两个男人之间，分别扮演着妻子和情人的角色，自己觉得十分不安、十分不光彩。偶尔冒出来一些堕落的念头，英顺会拼命自责。

　　过完了"十一"假期，天气一天天凉起来，秋风萧瑟。杜明远要走了。英顺这几天却总觉得不舒服，恶心，没有胃口。杜明远开始还安慰她："你希望我经常回来的话，那我以后只要有假期就回来吧。"然后，两个人都看着对方静下来——他们突然不约而同地闪过一念：英顺是不是怀孕了？杜明远催英顺去检查。

　　检查结果证实了他们的猜测。杜明远欣喜若狂，英顺的心里却像打翻了五味瓶，混合的滋味——因为，直觉告诉她，孩子是柯林的！

　　双方家人当然马上知道了这个喜讯，关心、叮嘱的电话一个接着一个，英顺只有嗯嗯啊啊地答应，无言以对。

杜明远带着欣慰、幸福、满足回德国去了。在英顺这里，孩子，却成了一个问题。

知道英顺怀孕，柯林十分惊讶。显然，他没有思想准备，他从没想过男欢女爱带来的除了快感、快乐外，还会有孩子！孩子，对柯林来说，太陌生、太遥远了，太不可思议了！

英顺思前想后犹豫了很久，才告诉柯林自己怀孕这件事。她不想让柯林认为她有什么企图。也许是烂剧烂片看多了，那些拿怀孕做砝码威胁男人结婚、索要财物或者希望达到什么目的的情节，总是让英顺反感——对于英顺，孩子只能是爱的产物！再者，英顺觉得成熟的女人应该自己对自己负责了。自己与柯林交往，当然就不能要求柯林全权负责。

柯林的反应还是让英顺寒心——他惊讶了一下，然后怀疑有没有弄错——我们大部分时候不是采取了措施吗？然后沉默，就是没有高兴的意思，更没有说要怎么办。

柯林的沉默，还让英顺读出这样的话来：杜明远不是也在家吗？为什么你这么肯定孩子是我的？

突然想到这一层，英顺浑身一激灵，什么话也不想说了。她不知怎么突然觉得貌似成熟的柯林其实不过就是个小毛孩子。自尊心让她不想也不能向柯林这个小毛孩子仔仔细细地陈述原委来证实孩子确实是他的。何况，英顺想，就算证实了，难道自己要发动两场地震——离开杜明远，嫁给柯林吗？但柯林并没有提起婚姻！为了生下柯林的孩子自己要向柯林求婚吗？地震！英顺不想地震。她害怕地震。她不喜欢地震。她也不想用孩子逼迫任何人和自己结婚。

柯林无意要他的孩子。打掉孩子吗？人流多么让人毛骨悚然。何况自己32岁了，何况自己好不容易怀孕！生下来吗？让蒙在鼓里的杜明远抚养柯林的孩子？不，这让英顺的良心不安！想到杜明远知道检查结果时欣喜若狂的样子，英顺惭愧得脸上发烧、浑身发热。英顺没有勇气向家里人坦白。英顺觉得走投无路。她现在唯一能求助的，只有叶华了。

和杜明远同龄的叶华一直像姐姐一样照顾英顺。1993年毕业后叶华一直在口腔医院做医生，每天帮人矫正牙齿。叶华聪明过人，事业心却不强。她工作后接受了同事的追求，与英顺差不多同一时间结婚，很快怀孕。1995年她生下一对可爱的龙凤胎儿女，从此更加与世无争，有滋有味地过着小日子。用叶华自己的话说：自己一个平常女人，能不用别人操心过好日子大伙儿就应该给她及格，不能要求更高。说是这么说，叶华做事却是认真负责的，她的安静让英顺十分佩服。英顺看过她们医院大门口光荣榜上叶华的照片，也看过叶华在放了一屋子大床小床、转个身都费劲却收拾得窗明几净的家里心满意足地亲手为两个孩子缝制小衣服。现在，叶华的一对龙凤胎儿女已经7岁了，上小学了。现在，英顺对叶华安稳的生活，满心羡慕了！

英顺把叶华约了出来，羞惭地说出了实情。叶华倒是果断："把孩子生下来。英顺啊，你已经32岁了，现在生产就已经是高龄产妇了。为什么要告诉杜明远实情呢？没有必要。那个什么林的，不要再搭理他。有了孩子，和杜明远好好过日子。"叶华的果决让英顺的心安定了一点，但她还是说："让杜明远抚养别人的孩子，我实在是不忍心！叶华，你不知道他知道我怀孕的时候有多么高兴，我实在是不好意思欺骗他。这得欺骗他一辈子啊！"叶华是熟悉杜明远的，她也不知道说什么好了。两个女人都沉默了，长久地沉默。

不知道过了多长时间。英顺的声音打破了寂静："我想这个孩子还是不要了吧。"她产生了幻觉，似乎声音是从嗓子眼里自己溜出来的，不受控制。叶华没有直接回应英顺，而是问了一个问题："你还爱杜明远是吗？那个什么林，你爱他吗？"英顺语塞了，她回答不出来——她是真的不知道。叶华搂住英顺的肩膀，深深叹气，"你这个糊涂的人啊！"

英顺不肯欺骗杜明远，叶华也没法替英顺拿主意，只好让英顺回去再好好想想。她说："你怎样决定我都帮你。我是真希望你过得好。要这个孩子，就别太较真了，糊里糊涂过下去也是一样的；不要这个孩子，对将来你要有思想准备。如果你觉得开得了口，就回家和关阿姨商量一下。"

英顺开不了口。柯林没有询问英顺打算怎么办，他只是小心翼翼地看英顺的脸色。杜明远来电话嘱咐英顺加强营养注意休息别累着了别摔倒了。妈妈和婆婆打电话来问英顺要吃点什么。

英顺的脸色让柯林心疼、心痛。这天,柯林对英顺说:"要不,你把孩子生下来,我来养吧。"英顺哭了。

英顺受不了了。她无法接受自己是一个身份不明不白的孩子的母亲。在英顺的世界里,一个青年科技精英、农学硕士,和一个身份不明不白的孩子的母亲,实在无法融合成一个角色。英顺决定了。

叶华和英顺一起流了半天眼泪,还是托了朋友,给英顺安排了有经验的医生,拿掉了孩子。英顺躲在自己家里休息,叶华天天下班来看她。

英顺对外的说法是自己不小心跌倒在楼梯上意外流产了。杜明远又急又气大发雷霆,摔掉了电话;婆婆还是没说什么,但是没有再打电话给她,也没来看她,倒是两个小姑子来了两次;妈妈隔几天过来做一次饭,唉声叹气。英顺坚持不要妈妈过来陪伴,她说自己能照料自己,保证做什么都用热水不碰凉水穿得暖暖的,她觉得对不起白头发越来越多的妈妈。

一天清早,柯林来了。他给英顺家里打电话,英顺一听是他的声音就挂了,然后情绪瞬间爆发,泪水怎么也止不住。反复打了几次电话英顺都不说话,柯林着急了。他是真的挂念英顺。他到英顺家敲门,敲不开,就在门口站着等。英顺没办法了,总不能让邻居看着奇怪吧。

这还是柯林第一次到英顺的家里来。英顺问柯林来做什么、还有什么话要说。柯林不回答她的问题,只是仔细地看她的脸。英顺的苍白憔悴让柯林震惊。英顺天然卷曲的头发看上去乱七八糟的,眼角似乎突然长出了若隐若现的细纹。英顺的眼泪不由自主地源源不断地流淌,眼睛红肿得几乎睁不开了。英顺无声无息地躺在那里,只有眼泪的流淌表明她还活着。

柯林觉得自己的心碎了,觉得自己罪孽深重不可饶恕了。但他没有赔罪、道歉,只是把特意从饭店买的蘑菇鸡汤端给英顺,让她别跟自己一般见识趁热喝了吧还是身体要紧,说如果她不解气就先调养好身体等有了力气再来收拾自己,打骂杀剐都由着她自己保证不还手不动弹不逃跑,前提是英顺得有力气。英顺喝不下鸡汤,但她不再赶柯林走了。柯林临走时,轻轻地吻了一下英顺的脸——这一次没有任何欲望。

柯林每天早上过来看望英顺,带来各种适合将养身体的清淡汤和粥,看着英顺吃完再去上班。二十多天一晃就过去了，英顺的身体慢慢恢复，她说自己恢复得可以了请柯林不要再来了。柯林说好，然后亲亲英顺，走了。出门的时候，柯林的眼圈红了，但他没有让英顺看到。

看着柯林走出去，带上房门，英顺的心突然空了。

生活恢复了平静，恢复了原样，好像一切都不曾发生。

杜明远从上次摔了电话之后，基本不怎么给英顺打电话了。叶华拖儿带女地忙碌，也没时间和英顺见面。英顺不再学习德语了，她变得沉默寡言。英顺仍然认真负责地工作，发呆的时间却多了。于正声教授改做顾问了，他的身体需要更长时间的休息，新农鑫的项目就交由英顺负责了。柯林不再要求和英顺单独见面，但他经常搜集各种笑话来讲给英顺听，希望能把英顺逗笑。英顺偶尔会笑一笑，这时候柯林就特别高兴，他像孩子一样摩拳擦掌地表达他的高兴，然后再去搜集更多的笑话。

2003年春节，英顺突然很想一个人待着。她给公婆送去年货，给父母送去两千元钱，告诉他们自己觉得身体还是容易疲劳想在自己家里休息休息，老人们都表示理解地同意了。英顺彻底地收拾了房间，买了一个大大的中国结挂在墙上，在窗上、门上贴上剪纸和对联，还在阳台上挂了一个红灯笼，在窗台上摆上一盆新买的竹节海棠。家里好像有点喜气了。英顺又跑到中街，给自己买了一件水粉色的羊毛衫和洋红色的呢子大衣——英顺需要自己一身喜气。英顺不太想做饭，她买了点速冻饺子、速冻汤圆和青菜，还买了两瓶红酒。英顺想安安静静地自己过一次年。

大年初三，英顺睡醒了，胡乱吃了点东西，然后懒懒地靠在床上看书。有人敲门。她很奇怪：应该没有谁会来啊。然后她心里突然闪过一念：是柯林！她紧张地问了一声："谁呀？"果然是柯林。打开门，柯林手里提着一大堆东西，就那么站在那里看英顺。英顺也呆呆地站了一会儿，心里转过无数念头，最后，她还是把柯林让了进来。

英顺问柯林："放这么长时间假，你没回家过年？"柯林说回去了，昨天才回来。英顺问他怎么不过完年再回来。柯林不说话了，他只是盯着英顺的眼睛，觉得英顺多此一问：你说为什么呢？两个人就这样凝视着，用目光互相询问，用目光答复对方。他们的目光纠缠着，心念乱转着。柯林的眼睛又烈焰腾腾了。英顺避开了柯林的注视，她低下头，说："柯林，我们还是不要再来往了，我们不合适。"柯林用拥抱回应了英顺："英子，如果你想要的是婚姻，那我们就结婚吧，我能让你幸福。我不在乎别的。"英顺想说我已经结婚了，想说我们的年龄差距太大了，想说……但她什么也没说出来。因为柯林已经吻住了她的嘴。柯林忘情地亲吻英顺，深情地亲吻英顺，他想把他的歉意、把他对英顺的爱、把他对英顺的承诺，都通过这个吻传达给英顺。英顺心里的冰层又一次融化了。

　　柯林紧紧地抱着英顺，像抱着失而复得的珍宝，生怕自己一松手这珍宝又丢了。他们吻得呼吸急促、天昏地暗，他们像两条突然被丢到陆地上的鱼必须相濡以沫。柯林用力地揉捏着英顺的后背和胳膊，轻微的疼痛让英顺感知了柯林对自己的思念和渴望。

　　英顺觉得他们似乎亲吻了一个世纪。大概是因为在喘息的空当突然瞥到墙上的钟，她轻轻挣开柯林的怀抱，问："饿吗？"柯林笑了，英顺也笑了——因为他们突然意识到现在这样的场合这句普通的问话倒很像双关语。柯林说："我想吃你。"便作势要扑上来，英顺躲开了。英顺开了一瓶红酒，煮了饺子，柯林这才把他带来的东西一一拿给英顺。他带了很多海产品、海鲜和家乡土特产，还给英顺拿来两箱大米。他们喝酒、吃海鲜、吃饺子，絮絮叨叨地说着闲话。

　　伤痛就这样过去了，慢慢被他们遗忘了。

　　柯林请求英顺到自己家里去住，他说自己家里只有他们两个人的气息。英顺答应了。她穿上新买的衣服，跟着柯林出了门。柯林说："英子，我们这样一起走你没觉得我们很般配吗？根本看不出来你比我年龄大。将来老了，差别就更不大了，反正都是老头老太太。"

　　这天，英顺第一次在柯林家里过夜。他们做爱、说话，差不多折腾了一夜。柯林说英顺是这个家里第一个也将是唯一一个女人，将来如果英顺不跟自己好了，这个房子里也不会有别的女人住进来，因为这个房子里只能到处都是英顺的气息。

英顺发现自己更容易达到高潮了。

柯林和英顺的关系就这样恢复了。

又一个春天来了。又一个夏天过去了。英顺和柯林很自然地互相照顾，小心翼翼地避开大家的关注，也小心翼翼地避孕。两个人静静地享受着所有能够一起消磨的时光。他们差不多吃遍了怀远门附近所有的饭店；在清代一条街上散步，买些有用没用的东西。柯林喜欢拖着英顺的手，但是除非是在晚上、在柯林家那条行者寥寥的小巷子里，英顺通常都只肯不远不近地跟在他旁边。柯林当然知道缘故，这让他很受伤、很不爽。

9月21日是柯林的生日，柯林希望英顺能给自己过个生日。英顺精心安排了晚饭，精心准备了礼物——一套正版精装铂金CD《名家荟萃·四郎探母》和一块防水防震的运动手表。柯林高兴极了。他们沿着清代一条街往回走时，柯林却突然说我还没有吃到生日蛋糕。

他们在街边找到一家不太起眼的西点屋——创意烘培工坊。这家西点屋环境不错，布置得很有情调。两个人一进来就喜欢上了。英顺问柯林喜欢哪种生日蛋糕，柯林说我不要生日蛋糕我要吃黑森林切块。英顺点了一块黑森林切块、两杯咖啡，她笑柯林怎么像小孩一样。柯林一直笑呵呵地看着英顺，他的心，被幸福涨满了。

两个人静静地坐着，听着若有若无的音乐，看着街上的行人。不知道是不是受到了街上一对对情侣的感染，柯林再次提起了婚姻。他问英顺："我们什么时候才能拉着手在大街上光明正大地走？"英顺无言以对。英顺不回答，柯林就自我解嘲地说："呵呵，我有的是时间。"但他的眼睛还是暗淡了一下。英顺看到了他的失望。

年轻的柯林真的能担负起生活吗？年轻的柯林能平息地震吗？英顺不知道。

杜明远很少给英顺打电话，也不提什么时候回国。偶尔通话，杜明远也不和英顺多说什么，一副惜字如金的样子。英顺因为觉得愧对于他，倒也不好太计较他的态度。

为什么不离婚呢？英顺自己也不明白。杜明远没有提过离婚。自己要离婚吗？她知道自己是愿意和柯林在一起的。如果她还没结婚，如果没结婚的时候同时遇到了杜明远和柯林，她大概会选择嫁给柯林——这样想的时候英顺瞬间明白了一件事，就是她一直逃避和柯林讨论未来，其实不是因为她特别在意他们的差距，而是因为她和杜明远的婚姻！虽然，她和柯林年龄的差距在外人看来也惊世骇俗。这个念头，这番比较让英顺觉得很不自在，也很害怕。自己分明是珍惜杜明远的，分明是很满足地嫁给他的，一直以来丈夫和家庭都是非常令人骄傲的，工作和生活分明一切都应该好好的，自己为什么会走到今天呢？事情怎么会变成这样呢？但有一点英顺觉得自己想明白了，就是杜明远做的一切都是为了这个家，除非杜明远嫌弃自己，否则自己不应该离开他、离开这个家——不光是因为道德感。英顺善于忍耐，她觉得自己能忍受任何一种生活。那，柯林怎么办呢？

　　与柯林的勇敢坚定充满活力积极进取相比，英顺的胆怯柔弱小心谨慎显得很消沉；与柯林的无所顾忌挥洒自如相比，英顺的思前想后顾虑重重显得很刻板。柯林对英顺的爱和耐心，被英顺的消沉和刻板一点点侵蚀着。柯林理解不了英顺的犹疑，但他还是坚守着自己的爱情。他期待着英顺的改变。

　　又一个冬天过去了。又一个春天来临。2004年春天，英顺再次意外怀孕。英顺和柯林一直采取措施避孕，但他们如此激情四溢，出现意外也难免。这回柯林很高兴，他觉得他们离正常的家庭生活越来越近了。事实上，从2003年春节开始，英顺和柯林一直过着事实上的婚姻生活。他们除了不一起出入公共场所，两人其他的生活安排与一般夫妻别无二致。而杜明远，倒好像是从英顺的生活中消失了。英顺虽然还是不知道应该怎么解决和杜明远的婚姻问题，但是这一次，她决定留下孩子。她想，就顺其自然吧。

　　英顺决定顺其自然，但她的身体却好像不太正常了。没多久，英顺觉得小腹痛，下身也有少量出血。她向单位请了假。

　　英顺没有办法向家人求援，因为她没办法解释怀孕的原因。她也不好意思再打扰叶华，只能自己想办法了。

柯林送英顺去了医院，他们没办法避嫌了。他们选择了妇科比较权威的盛京医院。检查结果让英顺如雷轰顶：宫外孕。英顺不知道这个病是怎么回事，但是总之是不能正常做母亲的，这个她知道。她没想到的是，她永远也不能做母亲了。

手术比较成功，但是医生的一番话让两个人深感绝望："你再怀孕会有生命危险。手术不得不切除左侧输卵管，理论上，您还有50%的机会受孕。但是您的子宫壁太薄，子宫环境附件系统等情况都不理想。这种情况受精卵很难正常着床，万幸怀胎也很容易流产。就您个人的身体情况看，您再怀孕还很可能再次造成宫外孕并出现高危状况。再怀孕对您非常危险——有生命危险而且能正常生育的机会微乎其微。您的年龄，也过了生育的最佳时期。"最后医生建议，从自身安全角度考虑，英顺可以选择绝育手术。英顺拒绝了医生的建议。

英顺不能做母亲了。即使她愿意冒着生命危险尝试，也只有少得可怜的机会——甚至是没什么机会了。英顺躺在病床上，第一次觉得自己曾经努力追求的那些东西，自己曾经引以为傲的那些东西，现在都不重要了。英顺想起了刘奶奶，想起了刘奶奶对自己的祝福，感慨万千。她第一次觉得，老人们也许落伍，也许贫困、寒酸，但他们平平淡淡的生活、唠唠叨叨的絮语，其实却蕴藏了真正的智慧！那些，是生命的真智慧。

英顺不能做母亲了！漂亮的英顺，作为年轻的科技精英备受赞誉的英顺，温婉可人令那么多男人恋慕的英顺，从小女孩到成熟女人，都一直那么想成为母亲的英顺，不能再有自己的孩子了！这个残酷的事实，让英顺在床上呆呆地躺了一个多月。

柯林天天过来照顾英顺。

知道英顺生病了，家人都来看望英顺。当然他们不知道英顺生了什么病。

身体还是一点点恢复了——英顺自己很奇怪，为什么这么轻易地就丢掉了生育能力，自己的生命力却好像还是很强！看着自己从小就让大家夸赞的脸,英顺悲哀地想:尽管自己并不重视外貌,尽管自己兢兢业业,但是红颜薄命这句话也许是真的。

英顺做了手术,人变得萎靡不振。柯林想方设法哄她,却收效甚微。英顺的精神,好像随着失去的孩子一起流失了。柯林无可奈何。

她越来越缺乏热情了。虽然柯林还是一如既往。

柯林不厌其烦地开导英顺。他更加耐心、体贴、温柔,有时候甚至有点小心翼翼。

2004年冬天到来的时候,杜明远还是没有回国。果树所和新农鑫的酿酒葡萄合作项目取得了初步成果,他们合作选育的第一批酿酒葡萄新品种可以进入区域化试验阶段了。柯林在果树所这边的助手工作告一段落,回到公司去了,但柯林和英顺还是保持着来往。他们不再一起工作,工作之外也渐渐恢复了他们各自的生活。柯林更加小心地对待英顺,亲热的时候尤其小心。

英顺的腹部留下了刀疤。柯林没有介意英顺身体的变化。不过,有那么一次,柯林从英顺身上翻下来,捧住了她的脸,仔细地看着英顺的眼睛说:"你的眼睛里,现在写着两个字。"英顺淡淡地问:"什么字?"柯林说:"畜牲。"停了一下,柯林又说:"你在心里骂我。其实你可以骂出来,如果还难受,想哭就哭出来。"英顺很想说"是",说出来的却是"不是",还加了一句:"别这样想,我没有责怪你。应该责怪的是我自己,我不是小孩子了。"英顺这样说的时候,他们两个都悲哀地发现了气氛的异常,都心知肚明:他们彼此坦诚、无话不说、无话不谈、似乎没有什么秘密不可以和对方分享的时光,大概一去不返了。

柯林仍然经常和英顺提及婚姻,但会小心地回避孩子的话题。除了有一次,他半开玩笑半认真地建议英顺:"将来,其实我们可以领养一个孩子。又做好事、减轻社会负担,又不用自己麻烦。"英顺对所有关于婚姻和孩子的话题,一律保持沉默。她少言寡语,看上去甚至比从前更冷漠。唯一还能看出英顺还有点生机的时候是她工作的时候,英顺保持了对工作的认真和热情。

剪不断，理还乱。岁月就这样一点点流逝。柯林说要等上10年，不信英顺不能改变。英顺反复说两个人还是应该分手，甚至支持柯林相亲，但是也没有离开柯林。这样反反复复纠缠不清，一晃就到了2006年。

2006年的一天。英顺从"墨客音像"走出来，走到门口，看到柯林，她笑着想打招呼，却发现柯林表情不太自然。然后，她就看到了柯林身后的曲月，再然后，她看到柯林拉着曲月的手。她的笑容就凝固在脸上了。

英顺不记得自己是怎么离开的，仿佛没听见柯林都说了什么，她只记得她眼前一黑往后跌倒的时候，是曲月先扶住了她，关切地叫着姐姐，问她怎么了。英顺勉强挪到公交车站，看也没看就坐上第一辆开过来的公交车——她只想尽快离开。但她不知道应该去哪儿。她望着窗外，泪雨滂沱。锥心的疼痛过去一点儿后，她告诉自己：一切都结束了，终于结束了。

这天之后，他们再也没有联络过。柯林也再也没有到果树所来过。

英顺删掉了柯林的QQ号码和MSN号码。柯林也没有给英顺打电话或者去找她，他知道这没什么用——什么也改变不了。

英顺还会想起柯林。这种时候她会痛心。不过，她没有后悔。她想，因为柯林，她终于有免疫力了——对爱情或貌似爱情的感情，对男人。她想，感谢生活，她终于有免疫力了。有了免疫力，她应该能够比较正常、健康地生活了吧？她还有没有资格有没有能力正常健康地生活呢？

逻辑性比较强的英顺随后也对自己的想法感到吃惊：爱情不是美好的吗？难道爱情是病毒和有害细菌吗？自己居然会认为要对男女之情、对男人有免疫力才安全，才能正常健康地生活！自己付出了惨痛的代价，好像还是没有活明白！

没有人回答英顺的问题，就像没有人教过她要怎样去爱。

英顺当然是向往幸福的。对美好人生的向往和血肉模糊的现实，经常让英顺不由自主地泪流满面。

与柯林分手后，英顺决定离婚。

为离婚这件事，柯林和英顺争执过，柯林请求过、旁敲侧击地威胁过，英顺都没有这样做。现在两人分手，英顺却下了决心离婚。她累了、够了。

英顺在电脑上给杜明远写了一封长信，坦白了和柯林的私情，解释了2002年自己为什么打掉孩子；告诉杜明远，自己2004年再次怀上了柯林的孩子，宫外孕手术后自己已经丧失了生育能力，这辈子都不能再给杜家生儿育女了。英顺真诚地承认错误，向杜明远道歉，请求他和他的家人原谅，并在感谢了杜明远之后提出了离婚。

英顺写好信，给杜明远发了一个电子邮件。

发完邮件，英顺莫名其妙地觉得松了口气，心反而安定下来。她自己也糊涂了，自己应该难过啊，可是自己为什么没有难过呢？

她还想起了柯林说过的一句话，那是他们缠绵的时候柯林贴在她耳边说的。他问英顺是不是爱自己，他说他们的身体是彼此欢迎、彼此爱慕甚至彼此贪恋的。柯林希望英顺能放开一点，好好享受男欢女爱。他说："肉体总是比心灵真实，心灵总是比表现真实。"这句话让英顺印象深刻，一直记忆犹新。英顺当时认为这话有道理。现在英顺想给这句话后面再加上一句：生活比肉体、心灵和表现都真实，生活本身，比什么都真实。

当然，英顺不会把这话告诉柯林。她觉得没有必要。

三　杜明远

如果说柯林的人生是一点点从浪漫走向现实的话，杜明远的人生就是一点点从现实走向浪漫了。人生就是这么奇怪——钱锺书老先生的围城之论，真是高论。

最初的激情慢慢消退之后，时间一天天过去之后，年纪一年年增长之后，柯林认识到浪漫还真的不能当饭吃。柯林开始期待"三亩地一头牛，老婆孩子热炕头"的生活，期待踏踏实实的柴米油盐酱醋茶的平凡日子，期待天长地久长相厮守的普通人生，期待拉着自己女人的手光明正大地走在大街上，带着她拜见自己的父母、认识自己的亲朋好友，再老一点，当然还要多牵着一个自己的孩子。柯林在与英顺反复探讨了婚姻却无可奈何之后开始越来越多地和研究所、大学里的小女生们打情骂俏，还开始相亲，并在这样的心态下接受了曲月毫不隐瞒的爱意，直到英顺在"墨客音像"门口撞见他们。

　　而杜明远，在最初的激情慢慢消退之后，时间一天天过去之后，年纪一年年增长之后，却感觉到没有浪漫这饭还真的没法吃。他爱英顺，满意自己的家庭和生活状态；爱工作，满意自己在这个领域的成就和地位。他不明白英顺为什么似乎总是不满。他不认识柯林，但英顺的冷漠——那是发自内心的冷漠，他一直都感受得到，却无法言说。很多时候，夫妻之间的交流是不需要通过言语的。英顺哪里不好呢？似乎没什么不好。杜明远哪里不好呢？哪里都挺好！作为妻子，英顺无论哪方面，杜明远都挑不出毛病来，英顺和气、善良、简朴、漂亮、文雅、事业有成，对自己温柔体贴，小家庭经营得也算井井有条。而且，最重要的一点：杜明远相信英顺的人品。他和英顺自然地相识，他们的恋爱顺风顺水、波澜不惊——两个人年貌相当门当户对，他们俩的故事就像个童话，在亲友圈中他们是标准的一对璧人。一直以来，英顺漂亮却很自律，从不招蜂惹蝶，勤奋努力，学业和工作成绩优异，人也聪明、开朗，绝非花瓶。杜明远对自己的妻子差不多是一百二十个放心，在遇到杨璟媛之前，他对自己的生活也十分有把握。杨璟媛出身名门，端庄沉静，一派大家闺秀风范。身处异国的孤寂，学业的压力，让两个中国人自然地亲近，互相鼓励、互相帮助。而长时间的耳鬓厮磨，难免日久生情，两个人都尽力约束自己，为这份感情心怀歉疚，但潘多拉的魔盒终于还是打开了。德国的博士学业圆满完成、事业之门已经顺利开启的杜明远，在感受了台湾美女的柔情似水之后，又在床上体验了她的热情如火和风情万种之后，对自己的定力不再有信心。他还惊愕地发现了自己生活中的缺憾——没有浪漫、激情,没有风情,这日子过起来还真是味同嚼蜡。原来,自己的英顺好像不解风情。

但是,但是,当初的爱情是怎么回事呢?现在那爱情又到哪里去了呢?杜明远努力回想,自己和英顺,肯定是谈过恋爱的,而且时间很长;肯定是脸红心跳过的,肯定是冲动紧张激情过的,肯定是有无数个感人的瞬间和温馨的故事的。这些,现在都到哪里去了呢?他发现自己越是想英顺,居然越是看不清楚英顺的音容笑貌,这么多年,他们究竟都一起做过些什么呢?杜明远从抽屉里拿出一个小盒子,里边有一个用黑色皮绳穿着的纯银打造的心形挂件,那是英顺送给他的定情信物,看着这个,杜明远无声地微笑了,他确信自己确实爱过英顺,确信自己现在仍然愿意一直照顾她、保护她。

2006年的一天,杜明远收到英顺提出离婚的电子邮件。他就这样坐在异国他乡的窗前,回想着自己的生活。

1998年,杜明远初次踏上德国的土地,第一个迎接他的人,是杨璟嫒。她操着一口标准的台湾普通话,自我介绍说自己是和杜明远一个博士生院的同学,比杜明远早来半年,作为博士生院唯一的中国人,她现在可以做他的向导。这个端庄大方、温柔周到、小巧玲珑的女子忙前忙后,帮杜明远安顿住处,给他介绍老师和同学,带他熟悉学校和周围环境,帮他购置生活必需用品,直到杜明远终于安定下来。杨璟嫒的帮助和照顾,让杜明远的留学生活开始得比他出国前预想的好多了。杜明远充满感激。

1973年出生的杨璟嫒是台湾人,毕业于台湾大学。她到德国留学,不是因为喜欢做科研探索——深深相爱的初恋男友车祸身亡让杨璟嫒深受打击痛不欲生,她去德国只是想离开让她伤心的地方,避免触景伤情。

两个人很快就彼此熟悉了,再后来,就互生好感了。杜明远的勤奋、朴实、聪明、宽厚、善良和高大英俊吸引、打动了杨璟嫒,让她一点点摆脱了初恋的阴影,让她孤寂的心重新感受到了异性的温暖。杨璟嫒的温柔贤淑、体贴周到也给了身处异国他乡的杜明远莫大的安慰。两人日久生情,慢慢相知、相爱。杜明远的一场大病让他得到杨璟嫒的悉心照料,也打开了潘多拉的魔盒，他们突破了男女之间的最后一道防线。在2000年寒假杜明远第一次回国探亲前，他们开始合租一套公寓了。

对杨璟媛其人的存在，英顺不是一丝觉察也没有的。杜明远生活上比较粗心，2000年寒假回国，是杨璟媛帮他打理的行李箱。行李物品的整洁齐全和井井有条让英顺起疑。英顺说了一句，杜明远含糊其辞，英顺也就没有再追问。

2002年，知道英顺打掉孩子后——杜明远的妹妹看到了英顺的病历，她告诉哥哥，孩子不是意外流产，对英顺的失望让杜明远伤心欲绝。英顺此举伤了杜明远的心，他觉得英顺也许从来没有爱过自己。杜明远的痛楚牵动着杨璟媛的心，一直小心避孕的杨璟媛偷偷放弃了避孕。而杜明远旅行箱中珍藏的和英顺的合影，也让她看到了杜明远的真实心迹。但她仍然爱这个男人。这年年底，发现自己有了身孕后，杨璟媛辞去在德国已经找好的工作，带着身孕返回了台湾。她没有告诉杜明远自己已经怀孕，只是简单地和杜明远告别，并祝福他和英顺。

杨璟媛走了，杜明远还是不愿意再见到英顺，他不肯回国，直到收到英顺的邮件。

收到英顺提出离婚的邮件，他没有给英顺任何回复。杜明远再次大病一场。这次病倒，没有人照料他了。

2006年年底，杜明远回国了，事先没有通知任何人。

杜明远给家人、朋友每人都带了一件礼物，给英顺带了很多礼物。他没有提起英顺的邮件，既没有说离婚，也没有说不离婚。他只是轻描淡写地告诉英顺，国内一个重大研究项目邀请他，机会很好，他就接受了。

杜明远给英顺带回来的礼物中，有一件大红的毛衣——这是杜明远第一次给英顺买衣服。他笨手笨脚地帮英顺套在身上。杜明远哪里会买女人的衣服，虽然毛衣质量很好，样式却很老。但英顺还是非常顺从地穿上了。看着镜子里的自己，英顺哭了——他们相识、恋爱、结婚的时间加起来，有16年了吧，除了初婚，这是英顺第二次为杜明远流泪。杜明远轻轻拥住英顺，轻轻拍着她的后背。他们还是谁也没有说话。

离婚的事，没有人再提。

2008年，杜明远接到德国一家著名制药公司的工作邀请。杜明远征求英顺的意见——英顺看到了杜明远眼睛里的渴望，她表示了支持。一年多的生活风平浪静，但是似乎不能让杜明远满足。

杜明远回国后不长时间，就和英顺在市中心一个高端小区买了一套二百多平方米的房子。两个人精心装修后搬了进去。杜明远还在离市区稍远的地方买了一套联排别墅，安置了自己辛劳一生的父母。生活条件是大为改善了，但是漂亮的大房子和联排别墅，好像没有填满杜明远的心，为什么心里还是空落落的呢？杜明远疑惑了。是因为科研条件、事业环境毕竟还不如德国吗？是因为生活一成不变单调刻板琐琐碎碎吗？杜明远不忍离开英顺，但是杜明远太想出去透透气了。杜明远就像城市动物园里关久了的野生动物，渴望回到大自然中去。

英顺理解他。英顺何尝不觉得生活单调刻板呢？心里何尝不空落落的呢？但是英顺不想说，英顺珍惜来之不易的安稳宁静，珍惜杜明远的宽厚和善良。

杜明远再次远赴德国。行前他告诉英顺：工作合同没有签很长时间，而且他特别要求了足够的假期，所有的假期他都会回来的，英顺想通了愿意出国的话随时他都会接英顺出去，英顺希望他回国的话他结束了工作就可以回国。

四 慈恩居士

慈恩居士是英顺妈妈的一个佛友。英顺的妈妈关洁2005年退休后开始学佛，越学越虔诚，而且心境越来越好，还变得知足、快乐了。妈妈的变化让英顺惊讶，也引起了她对佛教的关注。

慈恩居士与英顺妈妈年龄相仿，有文化、不愚昧、谈吐文雅、气质脱俗、充满智慧。她的慈悲为怀、无私真诚帮助英顺拓宽了胸襟和视野——从某种意义上说，慈恩居士颠覆了英顺的内心世界，也改变了英顺的生活。英顺结识了慈恩居士之后，很快就被她的渊博学识和智慧所折服，经常去听她讲课、与她亲近；而慈恩居士对英顺的好学显然也很赞赏。她们差不多成了忘年交。英顺再遇到困惑和问题，就总是很自然地求教于慈恩居士了。

慈恩居士姓徐，英顺一直没有请教她的名字，只知道她是毕业于清华大学的老大学生——英顺就是听说了这点之后才因为好奇去拜访慈恩居士的，那个时候英顺无法想象一个名牌大学的高材生和佛教能有什么关系。慈恩居士没有结婚，一个人侍奉着八十多岁的老母亲。因为沈阳有个慈恩寺，而她就住在慈恩寺附近，故自号慈恩居士。英顺的父母也一直在慈恩寺附近住，英顺每次回家看望父母，都会特意绕道去看看慈恩居士和她的老母亲。

慈恩居士的左手腕上有一道明显的疤痕，很深很宽。这疤痕像紫红色的虫子横卧在她的手腕上。居士自己从不掩饰也不在意，甚至不戴串佛珠什么的遮挡一下。从英顺认识她那天起，慈恩居士就好像从来没有休息过。她总是在忙着接待大家的来访，要不就是应大家的要求讲课，领着大家做慈善活动。她总是平静的，笑呵呵的。英顺却从第一次见到她就对这个小细节印象深刻，并且觉得，这个疤痕的背后一定藏着一个悲伤或者凄凉的故事。

2006年的一天，在看到柯林和曲月之后，在给杜明远发了提出离婚的邮件之后，英顺情绪低落疲惫不堪地来拜访慈恩居士。居士大概是看出了英顺的情绪，她特别留出来一段空闲时间，请英顺和自己一起喝茶。在慈爱的慈恩居士面前，英顺在心里埋藏得太久的话和眼泪像山洪暴发一样倾泻而出。她从和杜明远相识开始说起，毫无逻辑地讲述着自己糊涂困惑的生活。她讲到和杜明远的婚姻，讲到柯林，讲到四次流产，讲到自己失去了生育能力，讲到自己提出离婚，讲到自己多么喜欢孩子……慈恩居士一直静静地听着，不插话，不询问，也不发表任何意见。

不知道过了多长时间，英顺终于讲完了、哭累了。

慈恩居士还是没有说话，只是隔一会儿就轻轻地给英顺的杯子续满茶水，轻轻地把纸巾递给英顺擦鼻涕眼泪。英顺不说了，不哭了，她们就静静地坐着。

慈恩居士静静地坐了很久很久，轻轻地抚摸着自己手腕上的疤痕良久良久。

安静的氛围，让英顺也一点点静了下来。英顺的气息平静了，心也平静了。

静得连一根针掉到地上都可以听到声音了。

慈恩居士终于开口了，她轻轻地说了一句："爱不重，不生娑婆。"

慈恩居士的开示只是让英顺觉得豁然开朗，但她有限的佛学知识和悟性让她还没有这样的智慧、能力能够完全懂得慈恩居士的每句话。不过，英顺还是模模糊糊地看到了很多世相的根源，找到了自己问题的根源。

她痛定思痛。在对被生活撞得头破血流的经历进行了一番痛苦的思考之后，英顺发现了一件事，那就是：她所受的教育，她勤勉努力、废寝忘食三十多年积累的知识，满足了父母的期望，给了她谋生的手段，却没给她带来面对人生的智慧，没能帮助她获得幸福。这是为什么呢？她足够努力啊！她是多么热爱学习啊！为什么没有人教过她要怎样度过人生，怎样获得幸福呢？这难道不比她的专业知识和专业技能更重要吗？培育人比培育果树重要多了！那是不是也难多了呢？过了一段时间，英顺把她的思考和疑问告诉了慈恩居士。

慈恩居士的回答仍然很缓慢、很简短："方法、时机、内容选对了，就不难。"居士针对英顺的思考，推荐她看一些书，还送了她一套《了凡四训》，并嘱咐英顺一定静下心来认真看看。英顺答应并认真照做了。这些书籍引发的思考在英顺眼前打开了一个全新的世界。她觉得眼睛和心灵突然清亮了，有希望、透彻了——尽管她还没有完全理解、领悟其中的要义，也不能完全记住其中的内容。

原来，智慧和道理，古圣先贤早就为后世子孙记载在经典里了。

2010年8月，慈恩居士送给英顺和她的妈妈两张传统文化论坛的入场票。英顺和妈妈在沈阳师范大学听了四天沈阳公民德行教育公益论坛。老师们的真实经历和他们真诚的思考感动了听众。英顺听了四天，哭了四天。

英顺觉得，自己的生活有必要做一些改变了，应该做一些更有意义、更有价值的事了。

五 再见，怀远门

2010年9月的一天上午，清代一条街上的"创意烘焙工坊"外面不远处停了一辆黑色的轿车。车里一个戴着眼镜、文质彬彬的年轻男人，他正透过车窗默默地看着坐在西点屋临街座位上的一个女人。这女人穿了一套深灰色运动服，松松地挽着头发，一双眼睛像森林中的两汪潭水一样清澈深幽。女人没有发现男人的注视，只是静静地看着街上的行人发呆。发一会儿呆，搅一会儿咖啡，再发一会儿呆，再搅一会儿咖啡，却不喝——好像咖啡就是用来搅以便配合发呆的。桌上的盘子里摆着一块叫作黑森林切块的西点蛋糕。

男人车上的CD在播放京剧《四郎探母》，是精彩的《坐宫》一段。铁镜公主的西皮流水娇俏婉转，杨延辉的西皮快板刚正大气。风趣的念白，透着的都是春意和幸福；华丽的唱腔如行云流水，听在心里，都是小夫妻的深恩厚爱。

今天，是年轻男人的生日。最近这些年，沈阳到处都是新楼盘，连农学院所在的郊区那样偏远的地方都盖起一片又一片的商品房了。男人就是从那边的一个小区里开车过来的。沈阳很多新开发的生活区的特色之一就是小区里边彩砖铺地干净整洁花团锦簇，外边的路却晴天土雨天泥坑坑洼洼。男人的车轮上沾着很多新鲜的湿润泥土和草屑，只有在郊区的土路上开车才会这样的。

店里的女人又发了一会儿呆，低着头静悄悄地走了，既没有喝咖啡，也没有吃蛋糕。

看着女人离去，车里的男人不知道为什么，突然泪流满面。

《坐宫》华丽的唱腔如行云流水，依然在年轻男人的车里悠悠回荡："听他言吓得我浑身是汗，十五载到今日才吐真言……我和你好夫妻恩德不浅……适才叫咱盟誓愿，你对苍天与我表一番……"

谭新的事业越做越大了。几个新的酿酒葡萄品种受到市场欢迎，为了更好地推广，谭新在吉林、新疆、河北、天津等地都开设了办事处或者分公司。谭新还积极接洽，寻找机会直接介入葡萄酒生产——从利润的角度，生产葡萄酒的附加价值更高。法国一家老牌葡萄酒厂商已经到国内来考察两次了，谭新正在积极促成他们的投资。柯林没有辜负他的期望，很快就能独当一面。开辟新市场、新项目工作千头万绪，开创各地办事处或者分公司需要长期驻外，柯林都踏踏实实、耐心细致地去做，从不计较条件，从不叫苦叫累，柯林真成了他的左膀右臂。九年过去，这个年轻人也越来越深沉了。谭新不难看出柯林对英顺的好感，他觉得很正常，谭新自己也很欣赏英顺。他也见过曲月，后来好像还见过两个别的姑娘到公司来找柯林，其中一个丁香一样的江南美女让他印象深刻，但他不太清楚柯林为什么迟迟不结婚。不过他觉得年轻人出现什么情况都是可能的当然也是可以的，没什么大不了的，倒是英顺的辞职让谭新十分遗憾和惋惜。

英顺决定辞职前先回了一趟家，她把自己的想法告诉了妈妈。有多少年没和妈妈好好地说上很多话了？英顺记不起来了。

妈妈："好好的工作，辞了还是可惜。小杜同意了吗？"

英顺："妈，我想去做义工，帮着推广传统文化，自己也能学习。小杜他们在研发新产品，还得过一段时间才能回来，等他回来再告诉他吧。"

妈妈："这么大的事，不先商量好怎么行？再说你是想好了要一辈子一直做义工吗？以后怎么办？"

英顺："妈，我想去读经学堂做个老师，帮着把孩子们培养好。"

听英顺提到孩子，妈妈沉默了。

英顺："妈，我们现在的生活条件比以前好多了，家里也不是太缺钱了，就算我不工作也不至于没有饭吃。做义工也有假期，时间应该也会比较灵活的，那里离沈阳不算远，何况现在交通也方便，我会经常回来的。小杜我觉得自己现在是拖累了他……"

妈妈打断了英顺："无论如何，还是不能轻易离婚。人这一辈子，说长也长，说短也短。婚姻是大事，不能随便走离婚这一步，何况你其实一直是顺风顺水啊！你呀，就是太不听话了，早安分一点就什么都好了。"

英顺忍住自己想哭的冲动，温顺地点着头："妈，我听您的。"

英顺辞了工作就去向慈恩居士辞行。慈恩居士这几天在棋盘山附近的一个读经学堂给孩子们和家长讲《弟子规》，她让英顺到学堂来找她，好顺便让英顺了解一下学堂的情况。

这个读经学堂设在一栋别墅里，是几个有爱心的家长和慈善人士共同出资开办的，以教授四书五经等传统经典为主，现在也有几十个大大小小的孩子来学习了。

英顺说了自己的打算，慈恩居士赞叹她的发心，嘱咐她好好学。英顺还是忍不住问了一个问题：要怎样去爱。

英顺觉得自己很俗，但她想自己不就是俗人嘛！问一个终生未婚的女居士这样的问题也很尴尬，但她实在想听听这个充满智慧的人是怎样看这个问题的。

慈恩居士倒没有嫌英顺唐突。她仍然静静地沉默了好久，然后慢慢地说："布施，爱语，利行，共事。"

英顺在学堂里参观的时候，四书班的孩子们正在大声诵读："大学之道，在明明德，在亲民，在止于至善。知止而后有定，定而后能静，静而后能安，安而后能虑，虑而后能得。物有本末，事有终始。知所先后，则近道矣……"书声琅琅。英顺忍不住多留了一会儿。一张张稚气的小脸读诵经典时自然而然生发的英气和正气，让英顺由衷地欢喜。院子里还有几个小女孩正在起劲儿地背诵《诗经》。

"桑之未落，其叶沃若。于嗟鸠兮，无食桑椹！于嗟女兮，无与士耽！士之耽兮，犹可脱也；女之耽兮，不可脱也。"

"死生契阔，与子成说；执子之手，与子偕老。"

古老的诗篇触动了英顺柔软的内心，她的眼圈红了。她急忙离开。

她想，有了这样的浸润，知道了这些道理，孩子们应该有比自己更美好的未来。

英顺过了很久才恍然想起那天慈恩居士和她说的，就是她曾经在书籍中看过的佛门的"四摄法"——和所有的人都应该这样相处，和家人当然也要这样相处。认真观察、对照自己和周围人的婚姻与生活，英顺无比惊诧地发现事实上还真的是这么回事。不执著爱的佛陀，不执著爱的慈恩居士，却好像真的懂得爱。

原来，爱，除了有情，还要有智。

2003年8月，台湾，台中某医院。

离开德国八个多月后。

杨璟媛平安产下一个健康的男婴。杨家人平静地接受了这个单亲孩子，并按照杨璟媛的意愿为孩子取名：杨怀远。

最初发现璟媛带着身孕回来，父亲和两个哥哥、两个嫂子都委婉地表示了担忧。璟媛虔诚信佛的母亲却平静地告诉女儿：既然孩子已经来了，不可杀生，就好好生下来，好好把他养大吧。

杨璟媛不肯告诉家人杜明远的具体情况。她只是再三向家人保证：孩子的父亲，是一个善良、宽厚、非常优秀的人，他们对对方的感情都是真诚的；离开德国时，是自己决定不告诉他已有身孕，如果他知道，不管是现在还是将来，都一定不会不管的。

她没有明确告诉家人杜明远已有妻室，但她觉得家人都已经知道。

杨璟媛没有去过沈阳,却听杜明远讲过很多次,所以对沈阳故宫、北陵、东陵,甚至大西电子市场,她心里都有模糊的印象。璟媛看过杜明远和英顺在清代一条街上穿着古装服饰的合影,他们身后有一座城门,杜明远说,那座城门叫怀远门。给孩子取名"怀远",璟媛是希望以此纪念杜明远和他的家乡;当然,也是纪念自己真挚热烈的、无望的爱情。

幸福降落在桃仙机场 祝 鹏

乘客纷纷从飞机上走出来,一个个脸上写满了激动,仿佛经历了一场生与死的博弈。

楚飞儿从窗口看到了焦急守候着的林宇翔,眼里顿时淌出了一滴泪珠,晶莹剔透,好像一块水晶。

一　秋天的事故

　　林宇翔独自一人走在熙熙攘攘的人行道上，秋风掠过，吹得他脸一紧，忍不住打了个寒战。

　　沈阳的秋天来得匆忙而短促，眨眼间聒噪闷热的夏天就离开了人们的视野，苍凉深远的秋天突如其来。温度骤降，让人猝不及防。

　　浑河大街上零散地落着或深黄或浅黄的槐叶。飞驰而过的车辆把地上的落叶带起，它们顿时活了起来，好像一只只蝴蝶舞动着翅膀，飘飘然，自由自在。道路的两旁是古老的槐树，树干由于长年风吹日晒，表皮粗糙皲裂，如同一张历经苍凉的脸，时时刻刻看守着这条大街。

　　此时，天边最后一道残阳把那些泛黄的槐叶照得金灿灿，镀金一般。北风中，干枯了的枝条不时发出清脆的折断声，宛如疼痛般呻吟。

　　林宇翔漫无目地走着，双腿只是机械地抡着步子，要去哪里？就连他自己也不知道，只是一路南行。他紧了紧衣领，但还是感觉有些冷。

　　和那些依然穿着短裙丝袜晒美的女人们不同，林宇翔知道今天有一股寒流侵袭沈阳，然而他还是毅然决然地在没有做任何准备的情况下从家里匆匆忙忙地"逃"了出来。在他的心里，那个家甚至比外面还冷，如同一座冰窖。

　　想到"家"，林宇翔还是会忍不住泪流满面。父亲林秋生和母亲李琳的感情似乎真的走到了尽头。两个人在一起不是剑拔弩张、一触即发，就是拳脚相对、恶语相加，那个"家"早已被他们弄得千疮百孔、遍体鳞伤。与其天天兵戎相见，倒不如离婚，老死不相往来。林宇翔在生气的时候，总是这么想。那个家留给林宇翔的只有冰冷的两个名字——林秋生、李琳。

这时，林宇翔的手机忽然响了，是一条短信，豆豆发过来的搞笑短信。

豆豆和林宇翔是大学同学，在一个班又是前后桌，近水楼台，所以两个人的关系一直很好。他们是今年夏天刚毕业的应届生，也正是因为没有工作经验，所以两个人也一直都没找到理想的工作。

豆豆一开始就喜欢叫林宇翔为大师兄，感觉他是一个神通广大之人，什么都懂，就像《西游记》里面的孙悟空。从见到林宇翔的第一眼起，豆豆就喜欢林宇翔，他有一张轮廓分明的脸，气宇不凡，只是令人不解的是他双眼间始终流露着一丝淡淡的忧伤，在整个校园里，显得与众不同。

林宇翔的脸上掠过一丝笑容，他把手机装进了口袋，又从口袋里掏出了香烟，除了吸烟，他还能做些什么呢？他走累了，坐在了马路牙子上，眼前是被风吹落下来的落叶，在他面前摇晃了两下落在了地上，一片一片，仿佛是天空的泪珠。他仰起头，透过稀疏的枝干，看着天空，久久无言。手上的香烟自顾自地燃烧着，烟灰越来越长，好像干枯的树干，倾斜着，一阵风又把它吹散，不知飘到了何处。林宇翔是痛苦的，然而他不知道该怎么选择，他也多次劝说过父母，结果却并不温暖，每次都是徒劳。这件事与他有着切身的关系，然而他却不是一个决策者，他只能在一旁心灰意冷。

当香烟烫着手指头的时候，林宇翔才从无尽的假想中回过神来，他扔掉了烟蒂，又在上面踩了两下。他的脚在地上来回搓着，虽然香烟已经灭了，但他还是重复着同一个动作，不知疲倦。他也不知道自己到底在地上搓了多少下，直到那个烟蒂被搓烂了。他站了起来，双目无神地朝前走着。俄而，他仰起头朝着傍晚灰暗的天空呐喊："啊——"

一辆出租车在他身边呼啸而过，司机打转着方向盘，心里捏了一把冷汗。

"疯子啊？！"司机在车里骂道。

坐在车里赶时间的楚飞儿回头看了看，脸上写满不悦。

出租车在柏油路上画出了一道倾斜的墨迹……

刚才差一点就出了车祸。林宇翔的心脏怦怦直跳。如果刚才被撞了，现在会是什么样子？如果死了，又会是什么样子呢？林宇翔不敢再深想下去，也许所有的忧愁和烦恼，在死亡面前真的是微不足道的！

林宇翔退到了马路边上，他掏出手机给豆豆打电话。

"喂，师兄，怎么了？"豆豆说道。

豆豆是个活泼开朗的女孩儿，没心没肺。在林宇翔的眼里她永远都不知道什么叫忧愁，每天除了开心还是开心。林宇翔喜欢和她在一起的感觉，无关风月，却喜笑颜开。

"没事。你晚上有时间吗？"林宇翔问道。他的额头上全是冷汗，在夕阳最后一抹余晖的照射下，显得晶莹剔透。

"有啊。什么事啊，师兄？"

豆豆说完就后悔了。她晚上明明是应陈子豪之约去看电影。陈子豪是豆豆他们班里典型的"富二代"，挥金如土。但这不是最主要的，最主要的是他喜欢豆豆。

"晚上出来请你喝酒！老地方见。我等你。"林宇翔不急不慢地说，他把头仰起来了，因为不知道什么时候，自己的眼睛里蓄满了泪水。

"啊？"豆豆的心里咯噔一下，让她担心的事情还是发生了。

"怎么？没时间啊？没时间就算了。"

"师兄，你等一下，先别挂。"豆豆着急地说。她了解林宇翔的脾气，如果在林宇翔最困难的时候，自己不帮他的话，很有可能就失去了这个朋友。

林宇翔拿着电话，缄口不语，他等待着豆豆的答案。

豆豆虽不情愿，但还是答应了。除了答应林宇翔，她别无选择。有时候女人就是这样，面对自己喜欢的男人，哪怕是再无礼的要求，她们也会答应。可能这就是爱的作用吧，有时候爱一个人就注定要在他的面前表现得"低贱"。如果能相爱，那势必是幸福的；如果不能相爱，让对方幸福也是自己的幸福。对自己喜欢的人再怎么"低贱"，也是值得的！

夕阳隐遁，暮色四合，华灯齐绽放，月上柳梢头。

林宇翔已经打车到了青年大街。他知道豆豆一定会来，只是等待的时间显得冗长而无聊。夜风掠过，飞刀般呼啸而来，一下又一下无情地削在林宇翔消瘦的脸颊上。他低下头，头发被吹乱了，刘海打在额头上。

青年大街的两旁霓虹闪烁，五颜六色的广告牌也变得冰冷起来。只有"夜未眠"酒吧的门脸是温暖的。淡黄色的啤酒瓶倾斜着，从里面溢出来的酒倒进了下面的一个玻璃杯子里，溢出了半杯啤酒泡沫。广告牌的两侧是国旗，在呼啸的北风里，猎猎作响。

林宇翔一个人在门口站着，他在等豆豆。他的身子是寒冷的，他的心也是寒冷的。他失望了，难道连他最好的知己都把他冷落了？

"师兄，对不起，对不起。化妆来着。久等了。嘿嘿。"豆豆一边解释着，一边赔着笑脸。

酒吧的装饰是深黑色的基调，四面墙壁都是用菱形砖拼凑起来的，光洁得可以当镜子用。酒吧里的整体装饰给人一种非主流的放纵感。林宇翔喜欢这个酒吧，自从父母之间的战事开始的那一刻起，林宇翔就喜欢上了这个酒吧。

酒吧里弥漫着浓重的暧昧气息，时间尚早，里面的人还不是太多，三三两两，零零散散。几个硕大的探照灯摇晃着，时而明亮时而灰暗。空中飘散着爵士乐，低沉而凝重。酒吧的正中央是一个小型的舞台，每天都有一些不入流的歌手在这里唱歌。

林宇翔径直朝着吧台走去。值班的女服务生殷勤地招呼着林宇翔。

"帅哥来了？今天喝点什么？"女服务生说道。

"科罗娜。"

林宇翔对这种口感独特的墨西哥啤酒情有独钟，他喜欢它的奇特的透明瓶包装，以及把柠檬混合进啤酒的感觉。这种啤酒能让人喝出辛酸。

林宇翔选了一个隐蔽的角落坐下来，一口接一口地喝着闷酒。

几瓶酒下肚之后，林宇翔的脸色红润起来。他斜躺在沙发上，歪着脑袋，喘着粗气。在酒精的作用下，他的心脏怦怦地狂跳着。他的胳膊有些颤抖，他打着了打火机，只是找不到烟头的方向，他的眼前一片朦胧，仿佛很多个烟头在摇晃着，浮萍般飘忽不定。林宇翔又试探了几次，还是点不着那支香烟，他把打火机往桌上一扔，作罢。喝酒。他又拿起了一瓶啤酒，仰着头，咕咚咕咚地喝了起来。他似乎喜欢上了这种捉弄自己的感觉，只有喝酒的时候，他才能忘记所有的烦心事。只有在酒精的麻醉下，他才可以什么都不去想，他才能沉沉地睡去。这并不是一个挥霍时光的年龄，然而除了浪费这用之不竭的时光以外，他还能做些什么呢？父母之间的悲剧在孩子身上同样也体现得淋漓尽致。有时候离婚结束的并不只是两个人兵戎相见的爱情，更是毁坏了一个原本可以温馨的家庭。有时候父母之间一个错误的选择，却让他们的孩子为之痛苦一生。这也是林宇翔不谈恋爱的原因。他害怕，他的心里一点安全感都没有。他害怕失去，所以他宁愿不去拥有。只有不开始，才不会有结束。

林宇翔已经完全把豆豆忘记了，任凭她怎么呼喊他，劝说他。

酒吧里陆陆续续走进一些"夜猫子"，一时间门庭若市。酒吧里开始喧闹起来，人声鼎沸，沸反盈天。

"师兄，别再喝了！你今天有什么心事跟我说说啊。"豆豆的心里隐隐约约感觉一阵痛楚，也许这种感觉林宇翔是不会明白的。

"豆豆……"林宇翔醉眼蒙眬，但是他听到了豆豆的声音。

"师兄！你怎么了，师兄？"豆豆一边从林宇翔的手里夺过那瓶已经下去了一半的啤酒，一边拿出手帕纸擦着林宇翔脸上的泪痕。

林宇翔一把抓住了豆豆的手，久久不肯放开。她的手瘦瘦的暖暖的，像一个小暖炉。他什么也不说，泪水再一次蒙眬了双眼。

看到林宇翔流泪的样子，她难受，心如刀绞。

"豆豆，答应我。不要离开我！"林宇翔说着酒话，他只是想找一个人来保护自己，无需暧昧，无关风月。

豆豆吓坏了，她还是第一次见到硬汉师兄流泪。她愣在那里，双眼睖睁，一时间竟然不知所措。

林宇翔从沙发上直起了身子，他一把抱住豆豆，把头深深地埋在豆豆的肩膀上，嘴里嘟囔着什么，含糊不清。

如果一个拥抱能温暖林宇翔的心，豆豆愿意献出自己的拥抱。她的胳膊缓缓地搂住了伤心欲绝的林宇翔，在他的背后轻轻地拍了几下，她想自己能做的也只有这些了。她知道林宇翔是不会轻易把心事说出来的，再苦再难，他也会一个人默默地扛着、忍着、受着。

这时，酒吧里再一次沸腾起来，呐喊声、尖叫声不绝于耳。几个衣着暴露的女歌手，浓妆艳抹、风姿绰约地走上了小舞台。她们扭动着如水蛇一般灵活的腰肢，跟随着突然强劲起来的音乐的节奏，放纵着自己的身体。酒吧里的人们都活跃起来，大家纷纷从沙发上走到了舞台上，跳跃、扭动，一脸兴奋。彩色的灯光从头顶上投射下来，跟随着音乐摇晃、摆动，一刻都不能停止。酒吧里的气氛达到了高潮。

林宇翔忽然推开了依偎在自己怀里的豆豆，他发疯似的，从桌子上抄起了一个空啤酒瓶，跟跟跄跄地朝着人群走去。

豆豆被林宇翔推得一个趔趄瘫坐在了沙发上。见林宇翔要闹事，豆豆说时迟那时快，从沙发上蹿了出去，从林宇翔的身后紧紧地抱住了他。

"师兄，你要干什么？师兄……"豆豆把林宇翔按在了另一个沙发上，从他手中夺走了那个空酒瓶。对于一个醉汉，豆豆还是有信心的。她的身上有东北女人特有的彪悍，只是平时很少派得上用场。

"你想干什么啊，师兄？"豆豆气喘吁吁地重复了一遍。

林宇翔想干什么呢？就连他自己也不知道，他就是看到舞台上有一个男人戏弄那个女人，他就是想为那个女人出口气。然而，这些又与他林宇翔有什么关系呢？他靠在沙发上，闭上了双眼，张着嘴，粗犷的气息从嘴里呼出来，一股浓烈的酒精味。

豆豆挨着林宇翔坐了下来，她拉住了林宇翔的手，一字一顿地问道："师兄，到底怎么了？对我说说，别自己憋着！师兄。"

林宇翔睁开了双眼，他认真地看着豆豆。豆豆也目不转睛地盯着林宇翔，四目相望，平日里两个人一直隐遁着的内容全部显露出来了。

"豆豆，帮我订一张后天的机票。这是我的身份证，给你。"林宇翔郑重其事地说。

"你要去哪里？"豆豆问道。

"随便！"林宇翔也不知道自己要去哪里。他只是不想再留在沈阳了。他的心被这座城市百般蹂躏，如今早已支离破碎、面目全非。

"师兄,你到底遇到什么事了?你就不能对我说说吗?师兄……"豆豆一边说着,一边摇晃着林宇翔的胳膊,一脸焦急的样子。

"你买一张到三亚的机票。后天的。给我记住了!"之所以选择三亚,并不是因为那里的环境,而是在中国地图上,也许只有三亚才是离沈阳最远的旅游城市了。

"能不能推迟几天再走?"豆豆试探性地对林宇翔说,小心翼翼。

其实,豆豆的心里是不高兴的,为什么非要后天走呢?她想林宇翔一定是忘记了,后天是10月12日,正是她的生日。豆豆在心里埋怨着林宇翔,她同样也有着小女人特有的向往浪漫的需求。她希望林宇翔能为自己停留一天。往年在豆豆的生日宴会上,总是有林宇翔的身影,今年却偏偏要赶在自己的生日那天离开,林宇翔,你到底是什么意思啊?其实,豆豆不知道,林宇翔的生日也是10月12日。林宇翔曾经发过誓,如果父母不能和好的话,他就永远不过生日。

酒吧里异常喧嚣,人们的尖叫声、重金属音乐声掺杂在一起,都要把屋顶架起来了。舞台上几个衣衫暴露的女人拼命地扭动着自己的脖颈,一头长发在空中飞舞。

林宇翔扶着墙,跌跌撞撞地朝着外面走。

豆豆追上了林宇翔,问道:"师兄,你生气了?"

"没有。"林宇翔板着脸,仿佛一张铁皮,没有丝毫表情。

"我答应你,明天就给你订机票。"豆豆倒像是在央求林宇翔。

"嗯。"林宇翔只是应了一声,表情冷冷的,如同一块冰块。

"我送你回家吧?"豆豆扶住了林宇翔的胳膊说。

"不用了。"林宇翔刚要推开豆豆,自己却一个趔趄差一点摔倒在地上。

"为什么不回家?"豆豆问。

林宇翔立马转过了头,怒视着豆豆。

豆豆感觉自己说错了话,忙低下头解释说:"那你现在要去哪里?都这么晚了。"

"酒店!"

林宇翔坐上的士的时候,整个人似乎都失去了知觉,他头一歪,倒在豆豆的肩膀上呼呼大睡起来。豆豆给林宇翔在快捷酒店开了房。她猜不透林宇翔为什么不回家，可能他今天的心事与他的家庭有关。

房间在三楼。豆豆搀扶着酩酊大醉的林宇翔进了3081房间。自从双脚迈进酒店的那一刻，豆豆的心里就一直在活动，她的脸红扑扑的，心脏怦怦直跳。

"我要不要……这是一次难得的机会……不……可是……"豆豆的心里矛盾了。

林宇翔已经倒在了床上，他支支吾吾地说着酒话，模糊不清。豆豆走到床边，蹲下身子，她把脸贴近了林宇翔，看着他那张棱角明晰的脸颊，心里痒痒的。她把玉竹般的手放到了林宇翔的脸颊上，感受着林宇翔的温度。这是她第一次和林宇翔如此亲密地接触，她有点欣喜若狂。她蹲累了，从地上站了起来，坐在了床上，她的手伸到了林宇翔的腰间，上身缓慢地朝着林宇翔倾倒……

突然，一阵急促的手机铃声打破了这浪漫的氛围。电话是陈子豪打过来的。

"电影马上就要开始了，你来了没有啊？我都在这里等了……"陈子豪对着手机焦急地喊着。

二 尴尬的邂逅

豆豆为林宇翔预订了一张从沈阳桃仙国际机场飞往三亚凤凰国际机场的机票，只是日期不是10月12日，而是10月21日。豆豆大胆地给林宇翔改了日子，她想让他陪自己过生日。这一切，豆豆并没有告诉林宇翔，她想给林宇翔一个惊喜——这对于林宇翔来讲算得上惊喜吗？

豆豆是在当天下午把机票送给林宇翔的。这天下午，豆豆来到快捷酒店的时候，林宇翔还在睡觉。房间的门并没有锁，豆豆进来了。

午后的阳光暖洋洋的，透过窗户照射在屋子里。林宇翔四仰八叉地躺在床上，头已经埋进了被子里面，大腿却露在了外面，屋子里有一股暧昧的气息，地上残留着一团昨天晚上用过了的卫生纸。豆豆不小心踩到了上面，黏黏糊糊的。

"宇翔，宇翔，起床了。"豆豆改口了，她从昨天晚上就改口了。

林宇翔翻了个身，不愿意醒来。他希望自己能就这么永远睡去，所有的烦恼也就飘散到了九霄云外。然而，他不能。豆豆拿着那张机票在林宇翔的眼前摇晃着。

林宇翔睡眼蒙眬地看着豆豆，他的头还在嗡嗡作响，仿佛是一件拼凑在一起的陶瓷工艺品，动一下就要裂开一样。

"你来了？"林宇翔看了豆豆一眼，又闭上了双眼。

"宇翔，你的机票。给！"豆豆把那张机票放到了林宇翔的跟前。

"机票？什么机票？"林宇翔再也睡不着了，他坐起来，被子盖住了下半身。

"你的机票啊，你昨天对我说后天要去三亚，让我帮你买一张机票。"豆豆说着坐在了床沿上。

林宇翔丈二和尚摸不到头脑，他努力回忆，但是昨天晚上的记忆完全没有了，仿佛一张被擦净的白纸，不留一点痕迹。

"我……哦。放这儿吧。谢谢。"

"客气什么。"豆豆一巴掌拍在林宇翔赤裸的肩膀上，啪的一声。

林宇翔看着豆豆，她忽然感觉有点不好意思了。他不会把昨天晚上的事忘记了吧？豆豆想着，有些后怕了。

林宇翔在床头柜上的烟盒里抽出了一支香烟，靠在枕头上吸着，他双眼睖睁，呆若木鸡。他的痛苦又回来了，他想到了父亲林秋生和母亲李琳，想到了他们之间如火如荼的战事。

"你以后少抽点烟吧。对身体不好！"豆豆在一旁关切地提醒着。

"你先走吧！"林宇翔弹了一下烟灰，认真地对豆豆说，"我还有点事。"

豆豆愣了一下，望着林宇翔，他的脸色冰冷得可怕。

"要不要陪你下楼吃点东西？"豆豆问道。

"不用了，我不饿。"林宇翔说罢，又把香烟送到了嘴边。

"宇翔。"豆豆犹豫了一下，说，"我明天还有事，就不能去机场送你了。在陆军总院那有直达桃仙机场的巴士。你休息吧，那我先走了。"

看着林宇翔冷漠的表情，豆豆的心里没有把握。明天到底会是怎么个样子，她也不知道。

豆豆孤身走出了酒店，秋日照着大地。天气预报上说沈阳今天的气温有些回升。走在大街上，感觉并不那么寒冷。她踽踽独行，形单影只，悲伤涌上心头。她甚至有种想哭的感觉。她走在青年大街上，车辆川流不息，周围的一切忽然感觉陌生起来了。

陈子豪打来了电话。豆豆不想接，心烦意乱。她把电话挂断了。陈子豪又把电话打了过来。

"干什么啊？"豆豆朝着手机喊道，脸上的泪水潸潸而下。

"豆豆，你昨天晚上干什么去了？为什么关机？"陈子豪同样生气地喊道。

"心烦。没心情。"

"那可是你最最崇拜的冯大导演的作品，你居然……"

豆豆打断了陈子豪的话说道："你还有事吗？没事我先挂了啊。"

"别，别。明天就是你的生日了，师妹你想要什么礼物，师兄我尽量满足。"陈子豪洋洋得意地说。

"滚蛋！谁是你师妹啊？以后你再这么叫就绝交！"豆豆急了，怒斥着陈子豪。

"干吗生这么大气啊？我和林宇翔是好哥们儿，你是他师妹不就也是我师妹吗？"陈子豪一脸无辜地说道。

"绝交！"豆豆放出了狠话。

"好了，好了，我不说了，晚上我开车去接你，到时候一定会给你一个惊喜的。你一定会高兴的……"

还没等陈子豪说完，豆豆就挂断了电话，并且按下了关机键。

爱情就是这么一件奇怪的东西，只有得不到的才是最美好的。

就在豆豆关机的同时，躺在酒店床上的林宇翔也关掉了手机。林宇翔感觉手机对他来说已经失去了意义，自己此时最想接到父母打过来的电话，然而却永远都接不到；自己最不想接到豆豆、陈子豪的电话，而他们却随时都有可能把电话打过来。他只能关机。

林宇翔又是一夜未眠，酒店里的电视是开着的，但是他一点都看不进去，他害怕一个人的孤单。就要离开沈阳了，林宇翔忽然有些恋恋不舍，毕竟自己在这个城市生活了整整24年，回首这些年，他总是闷闷不乐，家庭的原因，使得他沉默寡言。即使在学校，他也显得有些不合群。他的朋友很少，除了豆豆这个可以掏心窝子的知己以外，再也找不到什么朋友了。

想到豆豆，林宇翔的眼里忽然溢出一滴泪水。他想起了昨天下午豆豆对自己说的最后一句话："我明天还有事，就不能去机场送你了。"

"连自己最好的朋友都不来送自己了，沈阳啊，我还留恋什么呢？"林宇翔坐在通往机场的大巴车上，感叹着。

桃仙机场位于东陵区的桃仙乡，距离市中心20公里。林宇翔站在候机厅里，眼前的大屏幕上面显示着ZH9491航班相对应的办理柜台是B区2号办理台。2号办理台前已经排成了一条弯曲的长龙。林宇翔也加入到了这个队伍当中，这是他第一次坐飞机，他想也是最后一次了，他不想再回沈阳了，这个城市对他来说只有冰天雪地的寒冷，再也没有了春天。他的心疲倦了。等了大半天，终于轮到了林宇翔，他把身份证和机票交给了办理登机牌的工作人员。

"需要托运行李吗？"工作人员满脸微笑地问。

林宇翔晃了晃手，表示自己什么也没有。

"对不起先生，您的机票是21号，九天以后的。"工作人员微笑着把身份证、机票退给了林宇翔。

"不可能，你看错了吧？"林宇翔解释着，拿起了自己的机票看了一眼。果然是21号的。

"那我改签。"林宇翔又把机票递给了工作人员。

"对不起先生，改签在F区6号柜台。"工作人员耐心地说道。

林宇翔心里顿时生出了一股无名之火，他想骂街、打人，但是他还是忍住了，他看着那个一脸笑容的工作人员，面对微笑，林宇翔真的无话可说，排在他后面的人不耐烦地催促道："改签去F区！别在这里碍事了！"

林宇翔朝着F区望去，黑压压全是人。他已经没有心情再在这里等下去了。等他再在那边排上队，估计时间已经来不及了，飞机都该起飞了。

林宇翔在候机厅里徘徊着，一筹莫展。他想起了豆豆，他拿出手机，拨通了豆豆的电话，良久，手机里面提示说："您好，您拨打的手机已关机。Sorry……"他关了手机，朝候机室外跑去。他要去找豆豆理论。

只听啪的一声，林宇翔的头感觉被什么东西撞了一下，一阵眩晕，两眼冒着金星。

"走路没长眼啊？！"林宇翔心中的火气终于按捺不住了，他开口骂道，手掌已经握成了拳头。

当林宇翔的视线清晰以后，他看到一位穿着空姐制服的女子正坐在地上呻吟着，一脸痛苦的表情。她双手捂着额头，嘴角都快咧到了地上，哎呀，哎呀，一声接一声地叫着。

"你没事吧？"林宇翔走到了空姐面前，他伸出手想扶空姐一把。

"没事！"空姐从地上站了起来，一脸疲倦。她的个子很高，约有一米七四的样子。她站起来和林宇翔差不多一样高了。这位空姐的皮肤白皙光滑，柳叶眉下有一双清澈透明的眼睛。她的身材很好，两条修长的腿笔直，身躯挺拔，仿佛白杨一般。林宇翔仔细地打量着这位空姐，在她高耸的胸脯上，他看到了一个小牌，上面写着"楚飞儿"和一串阿拉伯数字。

"你叫楚飞儿？"林宇翔问道，他的语气已经没有那么强硬了，显得心平气和。

楚飞儿没有说话，她不想和这种出口成"脏"的人多说话。在她的职业生涯中，她遇到了太多太多这样的无赖，他们永远都会认为自己是对的，永远都会挑剔空乘人员的缺点、毛病。

空姐这个行业，在外人看来风光无限，然而，楚飞儿心里很清楚空姐的艰辛，起早贪黑生活不规律不说，还整天飞东飞西，在家的日子很少，所以直到现在楚飞儿都没有嫁出去。并不是因为她的条件不好，而是对方一听说她是空姐，就立马表示玩玩可以，但不能结婚。楚飞儿不是那种玩弄感情的人，如果找不到一个既喜欢自己又支持自己工作的男人，她宁愿不结婚。

楚飞儿是地地道道的沈阳人，性格爽朗，个性十足，只是这个职业让她不得不在面对那些刁蛮的乘客时控制性子。

楚飞儿今天有些心烦，这种心烦并不是因为刚被乘务长狠狠地批评了一顿，而是最近一段时间以来，她总是会收到一些莫名其妙的短信，内容既暧昧又肉麻。她知道，那不是爱情，是调情，这弄得她心烦意乱。她也渴望爱情，但是她不希望追求她的男人只是看中她漂亮的外表。

当楚飞儿听到林宇翔说出自己的名字的时候，她感觉这个男人似乎预谋已久了，他很有可能就是那个用短信轮番轰炸自己的猥亵男。

"你这一招太老土了吧？喜欢我就大胆说出来，虽然我很有可能看不上你。"楚飞儿直截了当地说，她就是想当面揭穿这个男人的诡计。

"哈哈！"林宇翔笑了，他好久没有笑过了，今天他却忍俊不禁。

"你笑什么？"楚飞儿急忙问道，刚才过分的自信已经变成了尴尬。

"没什么，你回去照照镜子就知道了。"

"你！亏你还是个男人……"楚飞儿忽然有种棋逢敌手的感觉。反正自己已经换班了，她没有必要再忍受什么了。她并不认为自己的猜测是错的，男人的眼神早已经暴露出了他的本质。对这样的男人，她不会嘴软。

无论他再怎么有钱有权，楚飞儿都觉得他是一个俗人，他追求自己的招数实在是太老套了，情节基本上与上世纪90年代的港台片雷同，如出一辙，这绝对不是巧合。

"哈哈……"林宇翔依然笑着，他感觉这个空姐太搞笑了。

"无聊。"楚飞儿不想在这里浪费时间，因为她没有航班了，她要下班了，终于可以回家睡觉了。

"哎，楚飞儿，你的额头没事吧？要不要……"林宇翔还没有把话说完，楚飞儿就已经消失在茫茫人海了。

林宇翔一个人傻傻地站在候机厅里，他望着楚飞儿消失的地方发呆，久久无言。

"喂！"

林宇翔感觉自己的后背被拍了一下，他一个激灵，脑海里浮现出了楚飞儿的倩影。

　　"楚飞……"林宇翔的嘴形变了，他还没有把话说完就惊诧地愣住了，心里想，怎么会是他们。

　　"宇翔，'除非'什么啊？"豆豆花枝乱颤地笑着问道。豆豆并不小巧，但是很玲珑，她简直就像一只活蹦乱跳的小兔子。

　　"陈子豪，你怎么也来了，好久不见啊。"林宇翔并没有回答豆豆的问题，而是跟豆豆身旁的陈子豪打着招呼。

　　"哎，这位小公主说你要去三亚，所以叫上我，说来送一送昔日的老同学。"陈子豪看了一下手腕上的表说道，"对了，你怎么突然就要离开沈阳了？"

　　林宇翔缄口不言。

　　陈子豪接着说道："本来，我还想在今天叫上你和豆豆一起去吃个饭呢。给你打电话了，可是你关机了。你知道今天是……"

　　林宇翔忽然想起了机票的事，打断了陈子豪的话，问豆豆："机票的事是不是你捣的鬼？"

　　豆豆做"贼"心虚，低下了头。她不想当着陈子豪的面解释什么，她只是希望林宇翔能理解自己的良苦用心。

　　"你说啊！"林宇翔抓住了豆豆的胳膊拼命地摇晃着。

　　"林宇翔你放开手！你这是干什么？"陈子豪抓住了林宇翔的胳膊，阻止着他，"今天是豆豆的生日！你干吗这么对待她？就算她做错了什么事，你也不能这么对她啊。毕竟大家都是同学。"

　　"陈子豪，你给我滚蛋！这里没你什么事！"林宇翔指着陈子豪的鼻子说道。

　　"你指谁啊？你滚蛋！"陈子豪一把打开了林宇翔的手。

　　积压在林宇翔心中的火气再一次蹿了出来，他一把攥住了陈子豪的衣领，挥舞着大拳头打了过来。

　　两个人在桃仙机场的候机室里大打出手，拳脚相加。

　　豆豆见两个人动真格的了，急得在一旁拉架，不拉架还好，这一拉架，两人更加凶狠起来。围观的人越来越多了。

直到机场的警察出现，把两个人都带走了。

楚飞儿心有余悸地站在机场门口，清清楚楚地看到了林宇翔被押上了警车。

三　酒吧邂逅

从机场派出所出来的时候，豆豆的脸上挂满了泪珠。她知道陈子豪是为了自己才去和林宇翔大打出手的，所以她不希望陈子豪有事。但是她同样也不希望林宇翔有事，她的心里一直深爱着林宇翔。

还好，两个人只是受了一点皮外伤，没有什么大碍。

"豆豆你怎么哭了？没伤到你吧？"陈子豪关心地问道。

豆豆只是摇了摇头，不说话。她的心情是复杂的，她不知道该说哪一个男人，索性她谁都不说了。

"豆豆你别这样，对不起。都是我不好，不应该跟你师兄打架。豆豆……"陈子豪解释着，但是此时豆豆已经跑开了。

"宇翔，对不起啊。刚才……哎，都是我一时冲动。你没事吧？"陈子豪向林宇翔道歉。

"没事。刚才我也太冲动了。"

两个男人握手言和了，然而豆豆却不见了。他们在桃仙机场的广场上不约而同地喊着："豆豆……豆豆……"

豆豆躲进了候机厅的门口，看着两个男人焦急寻找自己的样子。此时此刻，她感觉自己是天下最幸福的女人！

豆豆的生日宴会是陈子豪亲手安排的。他尊重豆豆的要求，在夜未眠酒吧为她订了桌。

觥筹交错，两个人已然和好如初了。陈子豪为豆豆唱了一首生日快乐歌，豆豆还嫌不够，又要求林宇翔也为自己唱一首。于是林宇翔唱道：

"祝你生日快乐，祝你生日快乐……"唱到最后一句的时候，他的腔调已经变了，沙哑蒙眬起来，最后已经唱不出声了。林宇翔停住了，泪流满面。

"宇翔，你怎么了？"豆豆把手放在了林宇翔的手上。

这一幕被陈子豪清清楚楚地看在眼里，他的心头一酸，也假装关心着林宇翔的样子，把手放在了豆豆的手上，问道："是啊，宇翔你是不是有什么心事啊？"

"没有。喝酒！"林宇翔拿起了桌子上的那瓶科罗娜，喝了两口。

"今天是我的生日，我就是老大。子豪，宇翔，你两个人都要听我的，今天晚上你们两个人谁也不许不开心。好不好？"豆豆忽然从沙发上站了起来，振臂高呼，对着那两个男人发号施令。

"好。"

"是。"

林宇翔一边开怀畅饮，一边开怀大笑。他在嘲笑苦命的自己。

"哈哈，来，豆豆我敬你一杯。借着这次机会谢谢你四年来把我林宇翔当作朋友。"林宇翔说着，把手中的酒杯和豆豆面前的那个酒杯碰了一下，一饮而尽。

陈子豪想要去拿豆豆的酒杯，却被豆豆挡住了。"宇翔，你敬的酒，我喝。"豆豆说着，举起了酒杯。

"宇翔，这就是你的不对了。四年的大学同学，你怎么就把我给忘记了呢？"陈子豪插嘴说道。

林宇翔往自己眼前的空酒杯里倒满了酒，端起来，郑重其事地说："子豪，来。我敬你。"

"这才对嘛，来，干了！"

酒过三巡，豆豆的脸色涨得通红，眼睛里弥漫着幸福的泪水。她看着一个人喝酒的林宇翔，心里有说不出的激动。他不生气了，他又在为自己过生日。

"宇翔，你知道为什么吗？"豆豆端起酒杯，拿着它在眼前摇晃着，看着里面不停地冒出细小的泡沫。

"知道什么？"林宇翔把刚刚喝完的酒杯放在了桌子上，一边往自己的杯子里倒着一边问。

"你知道我为什么不叫你师兄，而改口叫你宇翔了吗？"豆豆饶有兴趣地问道。

"不知道，也不想知道。都在酒里了，来，陪我喝一杯。"林宇翔端起了那杯刚刚倒满的酒杯，对着豆豆说。

"我……"豆豆依然没有把话挑明，她呆呆地看着林宇翔，他喝酒的样子洒脱、帅气、豪爽。她二话没说，陪着林宇翔又喝了一杯。

林宇翔只是想借酒消愁，他似乎忘记了今天是豆豆生日。他拼命地喝着，喝完了一打啤酒之后，他又点了两瓶白酒。他感觉自己的脑子还十分清醒，他感觉自己的身上还有痛苦。

豆豆似乎也喝多了，然而只要林宇翔能开心，她愿意陪着他喝下去，哪怕喝到天昏地暗。

"宇翔，你的梦想是什么？"豆豆摇晃着酒杯问道。

"我？我没有什么梦想。"林宇翔真的没有想过自己有什么梦想，他只是想有一个温馨的家。那是他小时候的梦想，然而现在想想，已经不可能了。他的梦想破灭了，所以他没有梦想了。

"不是吧？我一直都觉得你是一个理性的人，你的每一步好像都已经规划好了，你怎么会没有梦想呢？不行，你说说啊。今天我过生日，我是老大，你忘了？"豆豆不依不饶地说。

"我……"林宇翔把一杯白酒送到了嘴边喝下了一口，咂了一下嘴，说道："如果非要说一个梦想的话，我的梦想就是飞翔。"

"哈哈，这个不难啊。坐飞机不就能飞翔了吗？"

"豆豆，你懂什么，林宇翔的飞翔可不是飞机的飞翔。你看他的名字——林宇翔。他是想做一只自由自在的雄鹰，在广阔的苍穹尽情翱翔。"陈子豪在一边插嘴解释道。他感觉自己如果不主动说话，就没有人会和他说话，简直像个灯泡。

"是吗？林——宇——翔——童——鞋？"豆豆一字一顿地问。

"是啊。来，来，喝酒！"

说罢，林宇翔灌下了一杯白酒，忽然感觉胃里有一股液体要蹿出来，他强忍着，从沙发上站了起来，冲出了座位，跟跟跄跄跑向卫生间。他感觉脑袋已经大了，沉沉的晕晕的，脚下飘飘然。

酒吧的卫生间很小，里面只有两个位置。林宇翔一把扶住了墙面，胃里的东西涌了上来，他张开了嘴，秽物喷射了出来。两个位置都是紧关着门的，林宇翔的胃里非常难受，仿佛待着一条蛇，蠢蠢欲动跃跃欲试。他憋得实在难受，拼命地拍着卫生间的门。

拍着拍着，卫生间的门被他拍开了……楚飞儿正坐在里面……

"啊——"楚飞儿尖叫起来，惊慌地用双手遮挡在自己的双膝前。

林宇翔根本就看不清人了，他双手死死地扒着那扇被他拍坏了的门，趔趔趄趄地往里面走。"你让开一下。"林宇翔嘟囔了一句，胃里的东西又要喷出来。

楚飞儿什么都顾不上了，她急忙从马桶上站了起来，提上了裤子。这时，林宇翔已经扑到了楚飞儿跟前。

惊慌失措的楚飞儿看清楚了扑向自己的人，这个人眼熟，好像在哪里见过。然而卫生间里的空间太小，她躲不掉。她本能地抽了林宇翔一个响亮的耳光，骂道："流氓！流氓！流氓……"

林宇翔一个趔趄撞到了墙上。楚飞儿惊慌中纵身一跃，从横倒在地上的林宇翔的身上跨过，夺门而出。

就在楚飞儿跃过林宇翔的时候，她口袋里的手机掉落下来，狠狠地砸在了林宇翔的头上。

这时，豆豆和陈子豪已经赶到了卫生间门口。楚飞儿撞到了豆豆的胳膊，差一点跌倒。

"赶着投胎啊？跑这么快！"陈子豪谩骂道。

"哎呀，你别说了，赶紧去卫生间里看看宇翔。"豆豆朝着陈子豪凶道。

陈子豪进了男厕，男厕只有两个位置，但是里面空空如也，一个人影都没有。

"怎么可能？"豆豆不相信，她亲自走进了男厕，一看果然什么都没有。明明是看着林宇翔朝着这个方向跑过来了，怎么找不到人了呢？豆豆转身又走到了女厕。

在女厕里，挨着门的那个位置的门是坏的，歪歪地倒在墙上。林宇翔坐在里面，背靠着墙面，双眼眯着，胸前有一部手机。林宇翔一只手扶着马桶，马桶盖上有一些秽物。

"宇翔，你怎么走这儿来了？没事吧？"豆豆冲进了卫生间，扶着林宇翔的胳膊。

陈子豪闻声也进来了，他捂着鼻子在卫生间门口干站着，看着豆豆在里面往外拽着林宇翔。今天晚上，陈子豪一直都在吃醋。他终于明白了，豆豆的心里根本就没有他，无论他再怎么努力，也是徒然。

"你傻愣着干什么？过来帮忙啊！"豆豆对着身后的陈子豪喊道。

陈子豪还是进去了。爱一个人就是这样，明明知道她不喜欢自己，然而却依然愿意去为她做任何事。爱情让人忘乎所以，又让人不能自已。

四　秋天里的春天

天色灰蒙蒙的，黑云压城。早上的天气预报说，今天沈阳有小雨。

林宇翔是被一阵吵闹的手机铃声惊醒的。他还睡在酒店里，屋子里一片灰暗，自己枕头旁边的手机发出了蜂鸣般的震动和动听的铃声，那首歌是电视剧《落地请开手机》的主题曲。手机屏幕上发出刺眼的白光，随着蜂鸣的节奏，忽明忽暗，仿佛墓地里的鬼火，煞是瘆人。

豆豆躺在林宇翔对面的那张床上，她也被吵醒了，歪着头睡眼惺忪地望着林宇翔。

"喂……"林宇翔翻了个身，拿起了手机，思维依然处于混沌状态。

"还我手机！"手机那头的楚飞儿咆哮着。

林宇翔感觉一阵莫名其妙，他拿着手机看了看。他看不出有什么异常，他沉默着，仿佛在等着对方进一步的解释。

楚飞儿急促地说道："现在您手里拿着的这个手机是我的。您捡到了我的手机，我谢谢您，但是我希望您做好人好事，把我的手机还给我，我的手机不值钱，只是里面有很多朋友的电话号码……"

林宇翔还是不知道怎么回事，他有些晕头转向，不想再接听这个电话了。他把电话挂断，然后往床边一扔，把头埋进了被子里，继续睡。

手机再一次响起，屋子里再一次闪动起忽明忽暗的亮光，一阵优美的旋律在房间里荡漾着。

"宇翔，谁的电话啊？"豆豆在一旁问道。

林宇翔没有说话，他拿着那个手机，黑暗中把手机往地上扔去。手机忽然不响了，整个房间里顿时安静下来。豆豆从自己的床上跳了下来，趿上拖鞋，凭着刚才的记忆去寻找林宇翔扔下来的手机。她在地上摸索着，黑暗中，什么都找不到。

豆豆打开了房间的灯，但是依然找不到那个刚刚被林宇翔扔下来的手机，地板砖上没有任何蛛丝马迹。

"宇翔，谁的电话？怎么发这么大火儿？"豆豆一边蹲在地上寻找，一边问着林宇翔。

"不知道……"

"宇翔……"豆豆忽然闭口了，这时林宇翔已经把整个头都钻到了被子里面，一条长腿裸露在了外面。

豆豆屈膝跪在地上，东找找西找找，她撩开耷拉到地板上的床单，终于从床底下发现了一些蛛丝马迹，里面有三个黑乎乎的小长块，然而看不清楚。豆豆取出了自己的手机，借着手机屏幕上微弱的光，终于看清楚了，是手机，不过那个手机已经被摔成了三瓣。豆豆匍匐在地上，把胳膊伸进了黑咕隆咚的床底下，摸索着。

那是一款三星手机，外表尊贵华丽，金光灿灿，看上去就知道价格不菲。豆豆把摔出来的电池装到里面，又盖上后盖。她按着开机键，试图开机看看，手机却没有丝毫反应。

"摔坏了？"豆豆轻声说道，"真的摔坏了！"

林宇翔睡不着，在床上辗转反侧。他撩开被子，脸憋得通红。他坐起来，看着蹲在地上鬼鬼祟祟的豆豆。林宇翔像是想起了什么，突然问道：

"豆豆，你怎么在这里？昨天晚上，我又喝多了？"

豆豆答非所问地说："宇翔，你的手机摔坏了。"说罢，她把那个已经无法开机的手机递到了林宇翔眼前。

林宇翔愣了一会儿，一脸不解地说："不是我的手机。"

"那是谁的？这款手机很贵的！"豆豆也好奇了。

"不知道。"林宇翔摇着头。

豆豆给陈子豪打电话的时候，陈子豪正在时速车友俱乐部的车场赛车，他刚跑了几圈下来，取得了第一名。领奖台下面，百人咆哮呐喊，摇晃着手中的鲜花。几个衣着暴露的车模缓缓地从后台上走了上来，为陈子豪颁奖。下面的人再一次欢呼雀跃起来，喷彩和喷带朝着那个矮小的领奖台飘来。

陈子豪在一片胜利的喧嚣之中，脸上却冷得像一块冰。只有他自己知道，今天自己根本就不是在赛车，而是在玩命。他的心非常难受，心如刀绞。陈子豪是亲眼看着豆豆把林宇翔送进酒店的，又是亲耳听到豆豆对自己说"你先回去吧"。他知道豆豆喜欢林宇翔，但他想为爱去争，却没有想到从一开始就是一个错误。他的结果只有失败，他的心只能伤痕累累。陈子豪之所以想和林宇翔争一把，是因为他作为一个旁观者，很清楚林宇翔的态度。林宇翔是不喜欢豆豆的。

"与其苦苦地追求一个不喜欢自己的人，为何不选择一个爱自己的人呢？"这句话是陈子豪在两周前讲给豆豆听的，没想到两周以后的今天却用在了自己的身上。陈子豪死心了，他决定放弃。因为他永远都不会得到。

放弃爱情是一回事，忘记爱情又是另一回事。陈子豪忘不掉豆豆，自从昨天晚上，被豆豆赶出酒店后，他就心灰意冷了。他把车开得飞快，他心中的烦闷也只有发泄在这辆现代小跑上面了。青年大街上几乎没有车辆了，陈子豪一路驰骋，他早已经忘记了红灯，一直开到了浑河岸边。

浑河岸边枯草连天，夜风中几棵垂柳摇曳，影影绰绰、窸窸窣窣。微波荡漾，皓月妙曼的身姿投射其中，仿佛破碎了的镜子，星星点点的碎片散落在上面。河水淙淙，不知流向何方。

陈子豪一个人坐在岸边的枯草上，点燃一支香烟，脑海里全是豆豆的倩影，她的一颦一笑都历历在目，仿佛就在昨天，又像是时隔万年。他终于体会到了咫尺天涯的含义。他吸着香烟，泪水一滴一滴滑过脸颊。

爱情是善良的、美好的、浪漫的，然而又是伤心欲绝的、苦不堪言的、十恶不赦的。有的人在爱情的旋涡里一帆风顺，有的人却在爱情的清泉里人仰马翻。陈子豪解释着爱情，他笑了。他想到了徐志摩的一句诗："于茫茫人海中寻找我的灵魂伴侣，得之，我幸，不得，我命。"他开怀大笑起来，笑声清亮，掠过浑河粼粼的水面，拂过岸边轻舞的柳枝，飘向月明星稀的苍穹。

这时，陈子豪的手机响了起来，月夜中，让他兴奋。是豆豆？一定是豆豆，他这么想着。

"喂，豆豆，我马上去接你。"陈子豪的言语有些激动。

"豪子，我是胡子。明天晚上有一场比赛你来吗？沈阳市的各大车王可都来了。机会难得，错过这个村可就没这个店了。"

"谢谢大哥。"陈子豪忽然垂头丧气了，一脸失望。

"豪子，别怪大哥多嘴，这几天你可一直都没来车场啊。"胡子在电话里说道。

"嗯，我知道了。明天晚上一定去。"

陈子豪收起了手机。他回到了那辆黄色的现代小跑上，一踩油门，低沉的发动机声划破寂寥的夜空，车子消失在远处疲倦的夜灯中。

"他居然不接我的电话！气死我了。"豆豆在酒店的房间里来来回回踱着步子，右手拍着左手上的手机。

"手机是陈子豪的吗？"林宇翔问道。

"他有两个手机，这么贵的手机也只有他这种公子哥富二代才有吧。管他呢，爱要不要。对了，宇翔你陪我下楼吃点东西吧，我都饿死了。"

"你把手机拿过来。"林宇翔话锋一转，拿过了那个被他摔坏了的手机。他拆开机盖从后面取出了SIM卡，安在了自己的手机上。手机上显示出了几条短信，都是"把手机还给我"之类的话，有的语气温和，有的语气强硬。林宇翔按照这个短信的手机号码打了过去。

手机那头一个女声"喂"了一声。

"这个手机号码是你的吧?"林宇翔问道。

"你等一下。飞儿,你的电话。"对面那人说着,把手机交给了另一个人。

"喂。"楚飞儿说道。

"请问这个手机号码是你的吗?"林宇翔又重复了一下刚才的话。

"哦,是的,是的。"楚飞儿失而复得,一副激动的样子。

"你叫什么名字?"林宇翔继续问道。

"楚飞儿。'楚'是'清楚'的'楚','飞'是'飞翔'的'飞'——楚飞儿。"楚飞儿报出了自己的名字。

林宇翔已经想不起自己是怎么得到这部手机的,不过这一切都不重要了,"楚飞儿"三个字在他的脑海里萦绕着,陌生又熟悉。是她?对,就是那个误以为自己追她的空姐。

"你现在方便吗?我把手机还给你。"林宇翔的脸上露出了一丝微笑,他想到了在桃仙机场候机厅里的时候和空姐争吵的样子。

"哦,谢谢您。我今天晚上有航班。要不明天,明天我去找您,您看您有时间吗?"楚飞儿客客气气地说。

"那好,明天我请你喝咖啡。就在青年大街的上岛咖啡吧。"

那一夜林宇翔是幸福的,想到"楚飞儿"三个字,他心头的烦闷就烟消云散了。那种感觉酸酸的甜甜的怪怪的。他的春天从那天晚上开始了,仿佛洪水猛兽,凶猛地闪击了他的全身。

然而,林宇翔并不知道,在沈阳市的另一头,自己最亲近的两个人终于结束了二十多年不幸福的婚姻。

五 无畏的表白

晚上六点多钟,正是下班高峰期,青年大街上车水马龙,上岛咖啡厅里灯火通明。

楚飞儿早早地来到了这里,她今天精心打扮了一番,上身是一件V领阔口毛衫,脖子上戴着一条项链,把光洁白皙的锁骨显得更加妖娆动人,下身穿着一件呢绒短裙配上黑色的丝袜,把双腿衬托得更加修长。她今天特意找机务长调了航班,她要好好感谢一下这位拾金不昧的好人。

楚飞儿给林宇翔打来电话的时候,林宇翔正在刮胡须,他想给楚飞儿一个阳光男孩的感觉。这几天积压在林宇翔心里的阴霾一下子消失了,林宇翔的心里是高兴的。与其苦苦盼着父母能给自己一个温馨的家,倒不如自己建立一个温馨的家。林宇翔忽然明白过来,父母的离异是早晚的事。那个家注定要分崩离析。

楚飞儿已经在上岛咖啡厅里候着了,她甚至有些急切,她真想早点看见这个拾金不昧的人,她甚至幻想这个人可能是一个气宇不凡的帅哥,风度翩翩、意气风发。楚飞儿少女的心蠢蠢欲动,仿佛春风拂过大地,万物复苏,挡不住的萌动正在她的心里肆意滋生。

女人是最喜欢幻想的动物,尤其是对自己未来的幻想。她们总是希望能够在浪漫的时节遇到自己心目中的白马王子,然后历尽波折,厮守一生。她们喜欢历尽千辛万苦的爱情,她们会把那些曲折当成婚姻这条长征路上必须要经历的考验。她们笃信只有狂风暴雨过后才会出现彩虹,只有经历九九八十一难才能修成正果。楚飞儿在咖啡厅里等了大约五分钟。她摆弄着桌子上的那杯柠檬水,似喝非喝,用舌尖蜻蜓点水地舔着,酸酸的同样也甜甜的,那种感觉怪怪的。

林宇翔来到了咖啡屋,他站在门口左右张望着,目光很快就锁定在一个挨着窗户的位置。他看到楚飞儿正在那里摆弄着水杯,若无其事的样子。林宇翔径直朝着楚飞儿的方向疾走,心怦怦直跳,这种感觉以前从未有过。

"飞儿……"林宇翔走到了楚飞儿的面前和她打着招呼。

"啊——流氓?!"楚飞儿惊讶地从沙发上跳了起来,浑身打了一个冷战,手中的水杯掉在了地上,啪的一声摔碎了,柠檬水四溅。

"飞儿,你听我解释……"林宇翔知道他们之间可能有些误会,他不敢靠前，看着瑟瑟发抖的楚飞儿，一时间竟然有些语无伦次，"飞儿，你听我说……"

"你不要说了，什么都不要说了。我不想听，走开！你快走开！"楚飞儿双手交叉在胸前做着自我保护状，额头上冒出了豆大的冷汗。

"飞儿，你先听我说，那天真的是个误会，我也是后来听朋友们说的，那天喝得迷迷糊糊，我也不知道自己误闯了女卫生间，我真的不是故意的，更没有……"林宇翔一脸无辜的样子解释着。

楚飞儿摇着头，想起那天的事，她依然心有余悸。

无论林宇翔怎么解释，楚飞儿都不听，她把双手狠狠地捂在耳朵上，拼命地摇着头，头发凌乱地随着她的头甩起来，仿佛曼妙的舞姿。林宇翔缄默了，他的心隐隐作痛，他知道自己给楚飞儿留下的第一印象非常不好。他想改变，他想解释，而现在他什么也说不出来。他自责地从口袋里掏出了那款三星W899手机，低头说："对不起，那天晚上是我太鲁莽了，我喝多了。这部手机，还给你，不过……"

楚飞儿看到了自己的手机，那个华丽闪烁的尊贵版的手机正握在这个"流氓"的手中。她的心里顿时百感交集，她无法想象一个拾金不昧"好人"和一个闯进女厕所的"流氓"居然是同一个人。她愣住了，就这么呆呆地看着林宇翔。他一脸无辜的样子，他也确实英俊不凡，也许是自己始终抱着一个拒绝他的态度，所以才会一直觉得他邪恶。如果他没有在机场与自己相撞，如果他没有推开卫生间的门，如果他没有……楚飞儿反复地做着假设，一切的"如果"如果都没有出现的话，她是不是会与这个英俊的男人失之交臂呢？楚飞儿的心里活动起来。她不了解林宇翔，所以她不知道该怎么感谢这个拾金不昧的好人，亦不知道怎么惩罚这个让自己受到惊吓的流氓。她矛盾了，她的心里没有了评判好人还是坏人的标尺。她沉默了，她不知道是该对林宇翔说一声"谢谢"，还是说一声"滚蛋"。

楚飞儿摆弄着自己的手机，她知道假装玩弄手机只是一个借口。她需要一个人静一静，她希望站在自己面前的这个男人尽快离开，让她自己好好想想，她的脑子一时间转不过弯来了。

林宇翔偏偏不想离开，仿佛被钉子钉在了空气中，一动不动。他就这

235

么傻傻地看着惊慌失措的楚飞儿，他的心里有一团热火正在熊熊燃烧。

楚飞儿被看得浑身都不自在了，她抬起了头，对正在走神的林宇翔说："你是不是……是不是该走了？"

"哦。改天我赔你一部同样的手机吧。你这个手机让我不小心……不小心摔坏了。"林宇翔一脸自责。他转身刚要离去，脚步却迈不开了，他感觉自己忘记了一件事，又转过身来，认真地看着楚飞儿，直截了当地说出了三个字——我爱你！这样的方式通俗老套，却一语中的。他来不及看楚飞儿，匆匆地跑出了咖啡厅……

有时候，爱上一个人是一瞬间的事，但是维护这份爱却是一生的事。当林宇翔一个人坐在床上吸烟的时候，他无论如何都没有想到，自己居然爱上了楚飞儿。也许是她太美了，也许是她的心地太善良了，也许根本就没有什么理由……

林宇翔那颗早已死灰般的心被点燃了，这是爱情的力量，潜移默化地改变着林宇翔的生命。林宇翔的特殊家庭背景让他渴望得到爱情，然而又害怕失去，所以他决定去爱一个人的时候必然是全身心地投入。这么想着，林宇翔拨通了豆豆的电话。

林宇翔把正在熟睡的豆豆喊了起来，两个人打车来到了中街。

秋高气爽，今天沈阳的气温有所回升，走在外面并没有前几日那么寒冷。人群熙熙攘攘，把中街堵得水泄不通，有一家服装店正在搞促销活动，在外面搭了一个舞台，红色的地毯铺在上面，几个身材妖娆的模特穿着秋季装在舞台上扭扭歪歪地走着曲线。台下几个看热闹的人急忙掏出了手机拍照，露出了一脸痴迷的笑容，张着嘴，下巴都要掉到地上了。

林宇翔和豆豆一前一后走在人山人海的中街上。

"今天怎么有心情逛街啊？"豆豆一边揉着蒙眬的睡眼一边问道。

"我总不能天天愁眉苦脸吧？我跟你讲，生活其实就像一团卫生纸，用着用着就没了，所以你要学会好好体验生活，珍惜每一天。生前何必久睡，死后定能长眠。"

"不睡觉，我会死的！呜呜。"在人潮涌动中，豆豆朝着林宇翔做了一个睁不开眼睛的鬼脸。

"要是困你就回去吧。"林宇翔的脸色忽然严肃起来。

"哎？怎么说着说着就生气了？不带急眼的！你是一个大男人，欺负女生算什么能耐？"豆豆对林宇翔撒着娇。周围的人都投来了异样的目光。林宇翔一把拽住了豆豆说："走吧，别这么多废话，去手机店。"

林宇翔来到了一个三星手机专卖店，他一眼就看到了楚飞儿用的那一款三星手机，超凡脱俗，高雅尊贵。问了价钱后，林宇翔愣住了，一万两千块？这款手机怎么这么贵？他朝着身边的豆豆问道："有钱吗？"

豆豆也在闲看手机，忽然被林宇翔的话问愣了，她啊了一声，很快就回过神来了。

"你要买手机？哦。钱，我这里有。钱包里就有一千块钱。"豆豆说着从挎包里拿出了钱包。

"不够，有卡吗？"林宇翔一脸焦急。

"有。两张，全给你。"豆豆又拿出了银行卡，"一张上面有两千，另一张上面有三千。你知道的，我又没工作，所以也没有多少钱。"

林宇翔算计了一下，还是不够。他恋恋不舍地看着那款手机，一时间不知道该如何是好，肯定是买不成了。

豆豆顺着林宇翔的目光看去，她看到了这款手机，很眼熟，仿佛在哪里见过。少顷，她想起来了，昨天林宇翔不是捡了这么一部手机吗？

"这款手机多少钱啊？"豆豆问。

店员把那个模型从柜台里面拿了出来，递给了豆豆，说道："一万二。"

"什么？一万二——"豆豆拉着长音说，"这么贵？宇翔，你为什么要买这么贵的手机？"

"没事。我只是看看……看看。"林宇翔的失落全部写在了脸上。

豆豆看着林宇翔，她以为林宇翔并不是真心喜欢那款手机，只是出于一种责任，毕竟他摔坏了一款同样型号的手机。然而豆豆真的无能为力，她现在只有六千多块钱，根本不够。

"宇翔，你身上有多少钱？咱俩凑一下应该也差不多。"豆豆建议说。

林宇翔摇了摇头,他身上也没有钱,从毕业到现在又没找到工作,以前的积蓄也快花光了。

"走吧。"林宇翔一副冰冷的口气说道。

从中街回来,豆豆的心里久久不能平静,去哪里筹这一万两千块呢?她知道,这是她的机会,然而她没钱。一筹莫展时,她想到了陈子豪——富可敌国的公子哥。其实陈子豪也没什么钱,只是他有一个有钱的老爸。

豆豆只好向陈子豪开口。

"你用这么多钱干什么?"陈子豪正在和几个车友喝酒,能够接到豆豆的电话,他还是非常高兴的,然而已经没有爱情了,陈子豪的心已经被豆豆伤害过一次了,伤疤还在。

"反正是有用!问那么多干什么,你就说是借还是不借吧?"豆豆蛮横地说道,她对陈子豪从来都不客气。

"你不告诉我用途,我不借。"陈子豪也蛮横起来。

"林宇翔用,一个月后肯定还给你……"

还没等豆豆把话说完,陈子豪就把电话挂断了。他把手机往饭桌上一扔,端起了桌子上的酒杯,一饮而尽。这是他第一次主动挂断豆豆的电话,他喜欢豆豆,一直以来对豆豆都是百依百顺。可是,今天他没有那样做,当他从豆豆的嘴里听到了"林宇翔"三个字的时候,他就怒火中烧。

几杯酒下肚后,陈子豪翻出了林宇翔的电话号码。

"宇翔啊?听说你缺钱?干什么用?"陈子豪开门见山地说道,一副财大气粗的样子。

"哦……是……有点事……"

"豆豆跟我说了,但是,你知道,我最近刚买了一辆车,所以……"陈子豪把话说到一半就停住了,他想看看这个赢得了爱情的人,在生活中是怎样的难堪。陈子豪有钱,但是他绝对不会借给自己的情敌。

"嗯,没事。我再想想办法吧。"林宇翔却并不觉得有什么难堪。

"对了,你会开车吗?"

"上大学的时候学过。有驾照。"

"那就好办,明天晚上沈阳时速车友俱乐部有一场比赛,有兴趣吗?"

赢了就会有一万元奖金。"

陈子豪了解林宇翔,他知道他一定会来。

挂了电话后,陈子豪端起了白酒一饮而尽。

赌车的事,林宇翔并没有告诉豆豆。他从来都没有赛过车,然而为了楚飞儿,他愿意豁出去,这是一次机会,为了自己喜欢的女人,他一定要抓住这次机会。林宇翔知道赌车是怎么回事,以前在电影电视上都见过。他虽然没有必胜的把握,但他会全力以赴。下了决心后,林宇翔给楚飞儿发了一条信息:"飞儿,明天中午你有航班吗?我想请你吃饭。"

林宇翔并没有收到楚飞儿的回信,不过这丝毫没有影响他参加赌车的兴奋。他的脑海里全是楚飞儿的倩影,爱情的力量让他无畏艰险,勇往直前。然而,他不知道,一场精心策划的横祸正在前面守株待兔。

林宇翔失眠了,躺在床上辗转反侧。他的右眼一直在跳,心头有一种不祥的预感。他掏出手机给楚飞儿录制了一段视频,像是真情表白,又像是苍凉凄惨的"遗言"。

六　天使的翅膀

林宇翔果然出事了。

救护车在盛京医院的门口停下了。几个穿着白衣的护士抬着担架匆匆忙忙地往急救室跑。救护车上的警示灯一闪一闪地旋转着,刺破了这宁静的夜空。

此时,夜风萧萧,万家灯火。

此时,豆豆一家人正围在桌子旁吃着热气腾腾的饺子;楚飞儿正在从三亚飞往沈阳的航班上耐心地和一个刁蛮刻薄的乘客解释,笑容满面;陈子豪正开着那辆黄色的现代小跑朝着本溪的方向逃窜。

此时,林秋生已经把手机关掉和情人在酒店的床上如胶似漆,巫山云雨;李琳正在文萃路上的星宇棋牌室和几个雀友分析着上一局的得失。

一切似乎都和往常一样，然而一切都在悄悄改变。

李琳是第一个赶到盛京医院的。接到医院大夫电话的时候，李琳整个人都傻了，手里捏着的那张九饼啪的一声掉到了地上。噩耗传来，仿佛一个晴天霹雳，她箭一般蹿出了棋牌室，沿着文萃路一路向西，一直跑到了青年大街，华灯下，拦了辆的士飞奔盛京医院。她一个人在急救室门外徘徊着，如同热锅上的蚂蚁。林秋生的手机怎么也打不通，急得李琳火冒三丈，破口大骂着林秋生的娘。

大夫对气喘吁吁的李琳说："请问你是伤者的家属吗？"

李琳已经说不出话来了，她只是拼命地点头，泪水簌簌而下。

"伤者伤情严重，必须马上给他做手术。现在需要您在这里签个字。"大夫拿出了一张单子对李琳说。

"大夫……"李琳的嘴哆嗦着问道，"我儿子，没事吧？……"

大夫并没有给李琳任何答案，只是一脸焦急地把林宇翔推进了手术室。

林宇翔的手术持续了三个小时，直到晚上十点多钟，急救室的门才缓缓打开。几个戴着口罩的医生从急救室里走了出来，筋疲力尽。

"大夫……"

"手术非常成功！"

林宇翔一个人躺在病床上，鼻孔上插着氧气罩，胳膊上挂着输液瓶，药液一滴一滴从上面落下来。他从昨天晚上到现在一直都闭着眼，处于昏迷的状态。李琳在病房守了一夜，她的眼睛哭肿了，就是不见林秋生。昨天她给林秋生打了无数次电话，关机。今天早上她又给林秋生打电话，依然是关机。李琳除了骂那个死去多年的婆婆外，无计可施。林宇翔躺在那里，奄奄一息的样子。李琳骂完婆婆后就坐在病床前，看着自己的儿子。想着想着，她的泪水喷涌而出。

一上午，护士来换了几次药液。李琳整个人始终都是这副傻傻的样子，她对林秋生已经完全失望了，她不再指望他什么了，只要儿子能康复起来，让她做什么她都愿意。

病房里散发着浓重的消毒液的气味，在白色的床上，林宇翔的呼吸渐渐平缓下来。阳光从窗外照射进来，透过窗户洒在地上。

时间指向了上午11点半，林宇翔的手机忽然响了起来，一阵缓和的音乐声打破了病房里的寂静，李琳站起来，从林宇翔那件鲜血染红的裤子里掏出了手机。手机的数字键上是一片殷红的血迹，屏幕已经摔出了冰花，里面一闪一闪地发着光。

李琳按下了接听键，手机里面的声音吱吱啦啦的什么也听不清，只一会儿，手机屏就黑了。

这时，林宇翔渐渐有了反应，他的手有了轻微活动的迹象。

李琳把手机扔到了一边，坐在林宇翔的病床前，仔细地观察着，她目不转睛地盯着林宇翔。他终于动了，他的手指卷曲了一下，又伸展开了。

"翔儿，翔儿……你醒了？"李琳在病床前兴奋地喊着，她双手握住了林宇翔的手，一刻也不想松开，仿佛只要她松开了他就走了似的。

林宇翔缓缓地睁开了眼，他看到的是一张麻将脸，他失望了。他再一次闭上了双眼，他的记忆全部回来了，痛苦也回来了。他想说什么，但是一个字也说不出来，身子几乎是被固定在病床上一样，动弹不得。

林宇翔的身上伤痕累累，处处作痛。他的脑子里再一次浮现出了晚上赛车的那一幕：他用300元租了俱乐部的一辆车，比赛开始的时候，他的车子箭一般飞出去了，他遥遥领先。没有人追上来……然而他的车却翻了……他最后想到的是死亡，死亡的时候，他的心里念了三个字——楚飞儿……

当林宇翔睁开眼的时候，并没有看到楚飞儿的身影。他忽然意识到，自己给楚飞儿录制的那段真情告白的视频根本就没有起到任何效果。他的心一下子就碎了。他拿出了手机，犹豫着，思绪万千。最后他还是放弃了，怕只怕是落花有意流水无情。林宇翔回忆着所有与楚飞儿有关的记忆，他找不到一丝爱的痕迹。也许自己经验不足，也许时间太短，也许他们之间本就有缘无分，林宇翔这么想着，把手机关掉了，眼角处顿时滑出了一滴眼泪，落在枕边，瞬间就被枕巾吸进去了。

楚飞儿看着林宇翔发给自己的那段视频，感动得泪流满面。她的心久久不能平静，她知道林宇翔是真心的。

然而，楚飞儿连着给林宇翔打了三天的电话，结果都是关机。她本来就没有让他赔偿的意思，然而他却消失了。她在担心，他会不会出什么事呢？她对工作也有些心不在焉了。

沈阳的秋天总是变化莫测，昨天气温还高达15度，今天就只有5度。楚飞儿一个人走在五爱街上，车水马龙，人潮涌动，而这一切都与她毫无瓜葛，今天她没有航班，却一点玩的心情都没有了，她决定走遍沈阳市所有的三星手机专卖店。她只有一个目的，就是打听林宇翔。

北风呼啸，吹得楚飞儿一头乱发随风摇摆。她穿着一件白色的毛绒大衣，下身穿着黑色丝袜，脚上还穿着那双卡通棉拖鞋，步履蹒跚，泪水滑过脸颊，很快又被北风吹干，留下一道干涸的泪痕。

她就这么沿着五爱街踽踽而行，仿佛一个倔强而偏执的孩子，一路南行，走进一家又一家三星手机专卖店，寻找着林宇翔的踪迹。

走出五爱隧道的时候，倏然一架飞机从天空掠过，仿佛一只大鸟划破苍穹。她双手拢在嘴上，仰起头朝着飞机高呼道："林宇翔！林宇翔……"

飞机带着一道白烟儿，消失在了湛蓝的天际。楚飞儿的双腿一软瘫坐在了地上，一辆大货车从她的侧面呼啸而过，带起了一丈尘土和几片枯黄的落叶。

同样伤心欲绝的还有豆豆。她一直都在打林宇翔的电话，但是一直都处于关机状态，她再找陈子豪，也是关机。难道这两个人出什么事了？豆豆知道，林宇翔缺钱，他们不会做犯法的事吧？

豆豆的电话响了，她顾不上抖掉那一片落在自己头上的枯叶，迅速从口袋里拿出电话，屏幕上显示的是一个陌生的电话号码，归属地是辽宁本溪。

"喂……"豆豆心灰意冷地说。

"豆豆，把你的银行卡号告诉我，我给你打点钱。"电话里是一个男人的声音。

"你是？"豆豆听不出那个人是谁，林宇翔消失后，她对其他一切事物都失去了兴趣，更何况像这样的电话多数是骗人的。

"豆豆，他在盛京医院可能急需一些钱。你就快把你的卡号告诉我吧。"

"你到底是谁？你说谁在盛京医院？"豆豆不解地问。

"把卡号告诉我！"电话那头的声音变得急切起来。

"你是说宇翔吗？你是陈子豪？"

"把卡号告诉我！"

豆豆最后还是把银行卡号告诉了那个人，她似乎分辨出了那个声音就是陈子豪。她真正想见的人是林宇翔。

林宇翔正躺在盛京医院的病床上，头上裹着纱布，有轻微的脑震荡。左臂和右腿上打着厚厚的石膏。由于刚做完手术，活动还十分不便。

"宇翔，宇翔你没事吧？这到底是怎么回事？"豆豆眼睛里的泪水潸然而下。

"豆豆，豆豆……"林宇翔的声音十分微弱。他朝着豆豆伸出了手。

豆豆小心翼翼地抓住了林宇翔的手，脸上的妆全花了，仿佛被一场大雨淋过一样。

"你能帮我一个忙吗？"

"帮！你让我做什么都行。"

林宇翔让豆豆拿来了笔和纸，他念，豆豆写，字字滴血、句句含泪，豆豆的手一直在哆嗦，泪眼蒙眬，仿佛在替他写遗书。

林宇翔的气色忽然间变得难看起来，豆豆再也写不下去了，她放下了笔抱住了病床上的林宇翔，泣不成声。她不知道该说些什么，林宇翔的情真意切她是最感同身受的。

"豆豆，没事的，别这样。"林宇翔劝说着豆豆，他还有话要说。

"宇翔，别说了，你的心事我明白了。"

"豆豆，豆豆。"林宇翔把手轻轻地放在豆豆的脸颊上，帮她擦拭着眼泪，"豆豆，你要替我把这封信交给一个人。"

豆豆抽泣着，痛哭流涕，"你说吧，让我送给谁，我都帮你送。"直到现在豆豆才明白过来，痛苦来得那么突然，打了她一个措手不及，但是她还不能痛苦，林宇翔都这样了，她还能生气吗？她还能耍小性子吗？她不能！她的心眼儿没有那么小。豆豆擦干了脸上的泪水，拿起了这封"情书"坐上了驶往桃仙机场的大巴。她此时的心情复杂得难以用语言形容，一方面忐忑不安地担心着林宇翔的病情，另一方面又醋意大发地猜测着那个叫楚飞儿的空姐。

巴士在沈阳桃仙国际机场停了下来，豆豆打通了楚飞儿的电话。楚飞儿正在更衣室，她刚从三亚飞回来，身心俱疲。有一段时间没有见到林宇翔了，她的心里居然还有一丝想念，不过这样的念头在心头一闪而过，取而代之的是长时间的寂寞。时间有时候真的是个无情的家伙，它会毫不留情地让人们忘记很多东西。

这时，手机响了，是一个陌生的号码，她直接挂断，把手机装进了包里，拉着拉杆箱往外走。

豆豆拿着手机，火冒三丈。居然敢不接我的电话？牛什么啊？空姐怎么了？空姐就了不起啊！豆豆才不吃这亏呢，要不是林宇翔托付的事，她早就……

想到躺在病床上的林宇翔，豆豆的心忽然就软了下来，只要他幸福，她愿意牺牲自己的幸福。她再一次拨通了空姐的电话。一阵美妙的音乐从远处传来，四个空姐有说有笑地朝着豆豆走来。

豆豆看到了那个空姐，她正掏出手机"喂"了一声，同样的声音也出现在了豆豆的手机里。

"你就是楚飞儿吧？"豆豆挂断了电话对着中间那个身材高挑的空姐说道。

"你是？"楚飞儿问道。

"我是他的同学。这个是他让我交给你的。"豆豆把林宇翔写的那封"情书"交到了楚飞儿的手上。

"谁啊？"楚飞儿并不想接。

"你看看就知道了。"豆豆没有好气地说，从见到楚飞儿的那一刻起，她心里的酸葡萄就在作怪。

和楚飞儿一起的空姐开始逗弄楚飞儿，为了堵住她们的嘴，楚飞儿只好接过了那封信。她并没有当着大家的面看，而是把那封信装进了包里，继续和几个同事往前走，把豆豆晾在了一边。

"如果你爱他的话，就去看看他吧。他在盛京医院！"豆豆对着楚飞儿的背影喊道。

楚飞儿的脚步忽然停住了，犹豫片刻，又继续和三个空姐朝前走去，仿佛什么都没有听见，一副若无其事的样子。

七 爱情在哪里

楚飞儿怎么可以无动于衷呢？她只是想尽快回家，找一个无人的地方拆开这封姗姗来迟的"信件"。此时，她脑子里只有四个字——"盛京医院"。好好的一个人，怎么会去那种地方呢？他怎么了？出什么事了？他的手机为什么一直处于关机状态？

楚飞儿有些心不在焉了，其中一个空姐对她开着玩笑说："飞儿，春天来了？"

"去你的，别瞎说！"楚飞儿还在嘴硬。

其实，空姐的生活圈子很小，平时上班都是在机舱，落地后累得只想躲在寝室里睡觉，很少有机会接触外面的世界，所以大部分空姐选择机师或者空保作为恋爱对象，"内部消化"了。

几个同事为楚飞儿告别单身生活而高兴。当然好姐妹之间表达高兴的方法就是取笑和逗弄。女人就喜欢说反话。

"哎，真没想到一向视男人如粪土的飞儿居然也败下了阵，看来这个男人的魔力就是大啊。"另外一个空姐跟着起哄。

这时，其中一个空姐一把就把楚飞儿手上的那封信抢了过去。

楚飞儿惊慌起来，她扔下了行李箱上的拉手，急着去抢那封信。

"给我，别拆！"楚飞儿和那个抢自己信件的空姐争得面红耳赤。

"你看看，不是男朋友，紧张什么？"那个空姐把信件完好无损地还给了楚飞儿，然而她嘴上却不依不饶，"飞儿，你就跟姐妹们招了吧。"

"无聊！你们真无聊，不跟你们说了。"楚飞儿拉起了行李箱，伸手招呼了一辆出租车。

"飞儿，不和我们一起等大巴了？"同事对"单飞"的楚飞儿喊道。

上了车，楚飞儿迫不及待地打开了那封信。信纸皱皱巴巴的，还残留着圈圈点点的泪痕。她慢慢念着，眼睛里情不自禁地流出了泪水，心里仿佛被一块石头压住了，胸口闷得慌，喘不过气来。

楚飞儿的心里深深地烙印上了三个字——林宇翔。她读懂了他的无奈，读懂了他的真诚，同样也读懂了他的爱。楚飞儿不是不相信爱情，只是一直苦于没有遇到。这次爱情来了，她知道自己的春天终于来了。

"师傅，去盛京医院，麻烦快点。"楚飞儿一刻也等不及了，她要见林宇翔，她要跟他说出自己的心思……

出租车开到了奥体中心，出租车开进了五爱隧道，出租车来到了文萃路，出租车终于拐到了文化路上。楚飞儿一边看着车窗外的路标，一边催促着司机，快一点快一点。她的手里紧握着林宇翔写给自己的"遗言"，泪水簌簌而下。

盛京医院的门口停着几辆急救车，警示灯闪烁着，门口是来来往往的行人，匆匆忙忙，他们的脸色沉重。楚飞儿迫不及待地跑进了医院的大厅，她在总咨询台上询问着一个叫林宇翔的病人。无果，她就继续询问别的医生。然而每个人都忙碌着，行色匆匆。偌大的医院里，没有人知道那个叫林宇翔的病人。

楚飞儿朝着住院部跑去，电梯门口站满了人，大家都在等电梯，然而那个红色的数字却一直停留在15层上久久不动。

豆豆出现了，她好像就是在这儿等楚飞儿。

"我知道你一定会来的，跟我来吧。"豆豆把楚飞儿带到了楼梯口。

楚飞儿跟在豆豆后面，气喘吁吁地爬着楼梯。

"这间病房，你进去吧。我就不进去了。"豆豆在病房门口站住了。

"谢谢。"楚飞儿看了豆豆一眼，推门走进了病房。

李琳已经被豆豆约了出来，病房里只有林宇翔一个人，他半躺在床上，眼睛微闭着，心如止水。

楚飞儿轻脚缓步地走到了林宇翔跟前，她屏住了呼吸，看着这个男人，眼中的泪水再一次涌现出来。一个为了她可以不顾自己生命的男人去哪里找啊？楚飞儿激动起来，她仔细地打量林宇翔，心里已经暗潮涌动了。这一辈子就是他了！

林宇翔忽然醒了，他刚才做了一个梦，梦到了楚飞儿来看望自己。他欣喜若狂，同样悲伤万分，因为楚飞儿又走了。他拼命地呼喊着她的名字，然而一切都是徒劳，她走了……

林宇翔呼喊着从睡梦中醒来了，他的额头上全是冷汗，心怦怦直跳。

梦魇破了，坠入未知的现实。林宇翔看到了楚飞儿，她正泪眼婆娑地站在自己面前。这一切都是真的吗？林宇翔不敢相信。

病房里的空气凝固了，寂静中只能听到彼此怦怦的心跳声。楚飞儿慢慢地弯下了身子，朝着林宇翔的方向靠近……

豆豆在外面，她已经听不到任何动静了，病房里面死一般寂静起来。熙来攘往的病人家属和医生在走廊里走过，没有人注意到豆豆脸颊上的泪珠。她知道，大局已定，除了隐遁或者离开，她找不到更好的理由再去爱林宇翔了。

伤痛欲绝的豆豆一个人躲在家里，深居简出，无所事事。她忽然感觉这个世界暗淡无光，冰冷无情。她的床上堆积着膨化食品，仿佛一座小山。她把手机卡取了出来，她不想接任何人的电话，也不想给任何人打电话。她一遍又一遍地念叨着网络诗人沧舟的那句诗歌："悲伤因你而起，却与你无关。"她还是放不下林宇翔，然而现在也只有回忆了，与林宇翔的点点滴滴都成了历历在目的记忆，堆积在她的记忆深处，不敢去碰触，却又无法回避。她每天都会在自己的笔记本上写下一天的心情，有时候只有两个字——伤心，有时候却又是万语千言，悲伤仿佛决堤的江河，滔滔不绝。时光对她来讲只剩下悲痛了，越靠近明天，她就越惶恐不安。她知道，日久天长，楚飞儿早晚要和林宇翔在一起。

除了退出，豆豆别无选择。有一种爱叫做放手。

东北的秋天是短暂的，金黄色的风景经不住猎猎北风的低空侵袭。

青年大街上的树木都穿上了翠绿色的"冬装"——植物绷带。枝干上的枯叶早已落光，几名清洁工正在认真地清除着地上的落叶。

这天晴空万里，阳光透过车窗照在人身上，暖洋洋的。林宇翔终于出院了。

"谢谢你来接我出院。"林宇翔对着车里的楚飞儿说。

"我能去你家吗？"

"哦？"楚飞儿愣住了。

"去你家。"林宇翔又重复了一遍。

"什么时候？现在吗？"楚飞儿简直不敢相信自己的耳朵，心里满是不解。

"我以后会慢慢跟你解释的，我只是现在不想回家。"林宇翔心里有苦衷。

楚飞儿的犹豫并不是没有道理的，她不想让林宇翔看到自己邋遢的一面。她平时很少收拾房间，一方面因为她一个人住，朋友圈子又比较小，所以很少有人来她住的地方；另一方面因为工作原因，她也没有时间去收拾家务。她几乎每天都在飞。有时回到家已经深夜，有时飞早班，凌晨四点多就要起床化妆。

林宇翔看着楚飞儿，他发现她有些为难。

"不方便吗？"林宇翔问道。

"嗯……"楚飞儿机械地回答着，沉默片刻，仿佛下了很大的决心似的，点了点头。

她把头深深地埋在林宇翔的胸前，脸上浮现了一丝笑容。她告诉自己，爱一个人就要对他坦诚。

楚飞儿住在浑南新区的亿丰时代广场，而父母都住在铁西区。浑南这边环境不错，距桃仙机场也不算太远。房子是她爸前几年买下的，一直都没人住，楚飞儿上班以后才自己搬到了这边来住。

楚飞儿搀扶着林宇翔走进了电梯。她心里很紧张，不明白林宇翔是什么意思，今天晚上要在这里住，还是……

屋里一片狼藉。地板上有两个方便袋，一只拖鞋斜躺在门口，另外一只不知去向，屋子里散发着一股浓浓的刺鼻气味。

楚飞儿一脸尴尬地说道:"不好意思啊。我这里太乱了!"

林宇翔没有说什么,只是对着楚飞儿笑了一下。在别人眼里,空姐是一个让人羡慕的职业,光鲜靓丽,然而,只有真正了解了空姐生活,才会深切地体会到她们鲜为人知的辛苦的一面。

楚飞儿扶着林宇翔在客厅的沙发上坐了下来,茶几上油迹斑斑,还有一小段弯曲的方便面条,角落里撒着料包里的调料。

空姐的职业,注定了她们难以顾家。从楚飞儿的嘴里,林宇翔真正懂得了空姐的艰辛。林宇翔并没有进楚飞儿的卧室,他似乎已经知道是什么样子的。他今天并没有打算住在这里,他只是想看一下楚飞儿的家,想更深刻地了解一下这个人。

"其实,我们一周只有两次回家的机会……睡觉是我们人生中最大的幸福,天天深夜都要向家人报平安,都忘记了过节是什么滋味……"楚飞儿滔滔不绝地向林宇翔述说着自己的辛苦,这些话,她以前从来都没有和别人说过。说着说着,她的眼角滑落了一滴晶莹的泪珠。

林宇翔把手放到了楚飞儿的手上,他还是第一次如此近距离地观察楚飞儿。她的脸上挂满了泪珠,一串接一串。

楚飞儿擦拭着脸颊上的泪珠说道:"其实,我的皮肤不是太好。机舱里空间狭小,空气又是循环的,所以十分干燥。长时间在这样的环境下工作,再加上我是天生的油性皮肤,脸上就猛长小痘痘。但是为了保持空姐的形象,每次登机前,我又不得不往脸上涂一层厚厚的粉底,而这更助长了痘痘的长势……"

林宇翔终于控制不住自己,他抱住了楚飞儿,紧紧地抱住了她,一刻都不想松开。

八 幸福降落在桃仙机场

林宇翔要全心全意去爱楚飞儿。那是一种发自内心的爱。他要保护这个女人，爱护这个女人，无论贫瘠还是富有，无论疾病还是灾难，他都要对她不离不弃，他要让她幸福。他要给她一个完整而温馨的家，同时也是给自己一个家！

从亿丰时代广场走出来后，日头已经偏西了。天气渐渐冷了起来，路过奥体中心时，林宇翔下意识地紧了紧衣领。他想：自己应该回家了。

林宇翔自己也不清楚为什么，自从爱上楚飞儿的那一刻起，他就不再那么讨厌那个支离破碎的家了。虽然自己住院的这段时间，林秋生一直都没有出现过，但是他毕竟是自己的爸啊。爱上楚飞儿，让林宇翔忘记了所有的仇恨与忧愁。一个家庭的不幸，不应该是他的不幸。林秋生依然是他爸，李琳依然是他妈。无论到什么时候，这个事实都不会改变。

林宇翔打了一辆出租车，朝着家的方向奔去。

家里没有人。屋子里面空荡荡的，有些凌乱。林宇翔躺在自己的床上，给楚飞儿发短信："我到家了。勿念。"

"亲，早点休息。我明天有航班，就不去看你了。"

"好，你也早点休息吧。"

合上手机盖，林宇翔的心里暖洋洋的。林秋生和李琳的悲剧真的没有波及到这个大男孩。直到现在，林宇翔都不知道父母已经离婚的消息，至少在这一刻，他是幸福的，有人爱，同样也有爱的人。

林宇翔躺在床上，望着天花板，脑海里全是楚飞儿的倩影。他没有想到爱情的力量如此神奇。

林宇翔就这么迷迷糊糊地睡了过去，一觉醒来的时候，窗外已经是一个银白色的世界了。

这是这个冬天的第一场雪，对于期盼已久的沈阳人来说，来得有点迟了。拉开窗帘，白雪皑皑。小区里停放着的车辆被大雪覆盖着，像一块大面包。大雪纷飞，飘飘洒洒。树枝上落满了雪，仿佛有一朵白色的大花迎风怒放。路上有一些扭扭歪歪的脚印和几道弯弯曲曲的车辙。没过多久，飘落下来的鹅毛大雪又将那些印迹填平了。

林宇翔轻轻地活动了一下，胳膊和腿还是有些疼痛。出院时，医生嘱咐他不要剧烈运动，"伤筋动骨一百天"。

林宇翔感觉有些饿，肚子咕咕叫。他揉着惺忪的睡眼，走出了卧室。冰箱里空空的，什么食物都没有。他在厨房里转了一圈，什么吃的都没有找到。李琳和林秋生很少回这个家，就连挂在墙上的那块钟都停止了。林宇翔并没有因此而生气，他从厨房里取出了一个水杯，在饮水机上接了杯水，咕咚咕咚喝了起来。坐到沙发上的时候，他忽然意识到自己的右眼一直在跳，好像有什么事没做，心里没着没落的。

他打开电视机，频繁而无聊地换着频道。手里的遥控器停在了辽宁卫视上，正是新闻节目，他又举起了遥控器，按下了关机键。

然而，他的脑海里依然存留着关机前电视屏幕上的画面——桃仙国际机场。他慌忙再次打开了电视。

"由上海浦东机场飞往沈阳桃仙机场的CZ6504次航班，由于大雪原因，迫降时飞机冲出跑道……"

看到这条新闻，林宇翔整个人慌了。他拿出手机，想给楚飞儿打电话，然而他的手机居然关机了，没电了。插上充电器后，收到了楚飞儿的一条短信：亲，我今天的航班，好像有点阴天，你就不要出来了，好好照顾自己。

发短信的时间是凌晨四点半，是楚飞儿在登机前给林宇翔发的。

而现在已经是下午一点半了。

"我睡了这么久？"林宇翔自言自语，"不会的。飞儿不会有事的。"

林宇翔一边安慰着自己，一边穿衣服，匆匆忙忙地走出了家。雪依然在下，只是没有那么大了。一片片雪花缓慢地飘落下来，落到大街上，被来来往往的车辆压薄了。

林宇翔打了辆出租车，火速赶往桃仙机场。

机场的候机楼里人满为患。工作人员耐心地安抚着大家的情绪，但是无济于事。在没有亲眼见到自己的亲人之前，所有的家属心情都不能平静。

传来消息，暂无人员伤亡……

乘客纷纷从飞机上走出来，一个个脸上写满了激动，仿佛经历了一场生与死的博弈。

楚飞儿从窗口看到了焦急守候的林宇翔，眼里顿时淌出了一滴泪珠，晶莹剔透，好像一块水晶。

彩电塔，双飞翼 莉莉周

　　我等你，等到不能再等为止
　　直到狭小的心房开满的花，一朵朵地枯萎
　　直到数着鬓角的银发，回忆这一世我那唯一真切的爱情
　　直到我的心弦，再也拨动不起那奋不顾身的勇气
　　直到我给你的爱，穿越了距离，融入了身体，钻入了骨髓
　　变成一个人的事情……

引 子

　　时隔四年，我又重新融入这个城市里，除了有家乡的亲切外，还带着这个城市飞速发展后给予我的一切新奇。就像是久别重逢的发小，她原来胖嘟嘟的，可是若干年后的再次相见，竟发现她不仅变苗条了，还出落得美丽标致，举手投足间都流露出风情万种的神采。你会先是惊讶，然后再感叹，最后是由衷地为她感到高兴，并乐此不疲地听她讲述究竟。可是，沈阳的变化之大竟不知从何讲起，没人可以事无巨细地将这四年的焕然一新一一罗列给你，也只有远游归来的人才会对这一切特别敏感。而我像个游客，怀揣着欣喜，不放过每一个细节，想把这个城市里的一切一一检阅。

　　我从中街的好利来蛋糕店出来后一路观望，故宫的围墙高了，这好像都是几年以前的事儿了，那时候微微踮起脚的话，视线还能越过围墙看到故宫里青黛色的瓦片和屋檐上的神兽。沿着中街路向前走，过两个十字路口有一家卖糕点的小店，记得那时每天都是人满为患、队伍排成一字长蛇，也不知道现在是否还在。

　　在幼年的记忆里，生活里的一切还只有家和学校那样两点一线般简单，一切都是规规矩矩的，纵使到了高三的年纪，饮酒也仍是一件十分避忌的事儿。那会儿我在这附近补习，然后在深夜坐213路公交车回家，路上会路过一个门脸儿看上去很FASHION的酒吧，重金属装潢，大门紧闭。印象里，坐在里面像电视里演的那样点一杯冰水喝，应该是一件很小资、特别有情调的事儿，这个，是我当时约定好的，要和乔乐一起，在大学毕业以后首先要做的事。可是现实也许总是会比预计到来得更早一点，在我大学所在地——大连旖旎的夜色里，大学校园也带着梦幻的色彩，很多事物早已在那缤纷的四年里被逐一地涉猎了。我们寝室的几个人像进大观园一样在毕业的前夕去了一次"2046"——在当时极负盛名的一个慢摇吧，可那些映入眼帘的新奇和微小而又幼稚的冒险不但未冲淡离别的伤感和忧愁，反而增加了我们追悼大学生活的凭证，每每忆起都无限惆怅。而那个时候，乔乐还在沈阳并匍匐在她的毕业论文里……我的思绪不断地在大连和沈阳之间切换，想着想着就远了。我抱着蛋糕随着车流边走边看，这时包里面的手机夹着铃声大功率地震了起来。

"张晓同学你在哪儿呢？我们人都到齐了！"

乔乐，我的初中同学。我们非常巧合地考入了同一所高中，虽不同班但往来不断。在最初的三年里我们形影不离，传小条、搭伴儿上厕所、绕着操场溜达，以及中午拿着便当去她家里吃饭……这是年少时最最单纯的友谊。尔后，随着年龄的增长，我们开始分享彼此的小忧愁，非常严重地在日记里称这些为成长的喜悲。虽然对于年纪在十六七岁的孩子来讲，也许承受的一切都只能算是甜蜜的负荷，但这对于一个正在经历成长的人来说，哪怕事情只是一颗糖果或者一个娃娃那样简单，也会觉得如天般覆面而至。况且在那样一个情窦初开的年纪里，总会有些不能说与旁人的秘密，这也为我和乔乐竖起了一道坚实的壁垒，让友谊日益加固得无坚不摧。但大学时我考去了大连，而她留在沈阳一直没有离开，毕业后我一回来她就知道了，赶巧儿的是，她7月10日的生日，就是今天。

"这就过去了！哎呀！别急，马上就到了，我都看见彩电塔了！"我抬头朝右前方望过去，它的全称是"辽宁广播电视塔"，因其夜晚投射出来的灯光十分璀璨，便被形象地口口相传为彩电塔了，甚至覆盖了它本来的名字，成为了沈城一个标志性建筑。白色的塔体上写着的"雪花啤酒"四个大字，根深蒂固地烙印在每一个沈阳人的心里。小的时候我总是纳闷，这么高的彩电塔，那四个字是怎么写上去的呢？

"可不是看见了么，在沈阳，什么地方看不见彩电塔啊！你快点吧！

哦,对了!我们刚刚在彩电塔下集合的时候,看你没到,想着按惯例你这个迟到大王准是又晚了,就一起先上来了。"

彩电塔高305.5米,初建时及至后来的十几年里,它都是沈阳最高的一栋建筑。早些年的时候,沈阳的经济还没这么发达,建筑物还不像现在这样层层叠叠鳞次栉比,那时在沈阳的任一角落里,抬头便可看见它那高耸入云的塔尖;而从它那高度有196米的观光大厅俯瞰全沈城的景观,然后下到193米处的旋转餐厅用餐,更是一件极浪漫而又时髦的事儿。不过,我也只是在它建成二十余年后,借着乔乐在它的旋转大厅办生日派对的机会,才第一次来到这里。

挂了电话,车就已经开到彩电塔脚下了。早就发现出门时一定不能在包里装这么多零零碎碎的东西,依照我这粗枝大叶的性格,委实不适合做这么矫情的事情,尤其是在没有乔乐照看的情况下。看吧,连唇膏都翻出来了,还没找到钱包呢。司机师傅操着一口老沈阳话,透着东北人的实在,但他却有着北京人闲适的性格,不紧不慢,在我急着找钱的间隙里不断地向我介绍着,时不时地还能调侃几句,夹着出租车司机惯有的幽默。临了他问我:"这彩电塔上面好玩吗?一直也没工夫上去,可听说这电梯是非常快,40秒就能到塔顶。前一阵儿有两个顾客,也是像你这么大的小年轻,还告诉我,坐电梯的时候许个愿望憋口气,电梯门开了愿望就能实现呢!你试试,成功了告诉我,我去买彩票,咱就来个最实惠的就行了!"

我抱着蛋糕上了桥,过了途经青年公园流向这里的南运河,绕着塔身转到内侧走进塔里面。一切和想象的并不一样,但来不及考量,我急急地买了票赶着去乘电梯。心想,司机师傅转述的那一段还真是滑稽,也不知是由谁先发起的美好愿景就这样像接力一样地流传开了。可是,假若真的能实现,我要许点什么好呢?从迈入电梯那一步起,我还是不自觉地屏住了呼吸,盯着两旁的计时表和高度显示器,随着它们的蹿升,我感到越来越吃力,两个手指在蛋糕的盒子下面钩在一起相互纠结地掐着……196米,到了,门开的一瞬间我捧着蛋糕迅速从门缝里蹿了出去,跟跄了一下,直撞在一个人身上。纠结在一起的手指还没有松开,平着撑在小臂上的蛋糕却就势滑了下去,我低着头只见那个人用他的大头皮鞋抬脚一蹭,蛋糕翻了个个儿，直接扣在地上了……这一系列的动作连贯得我一时间缓不过神来，还没来得及把气喘匀，就迎来了这么一个噩耗！啊的一声尖叫，顾不得说什么，我赶忙蹲下去把蛋糕翻过来，确定了它确实已经是惨不忍睹了，这才抬起头去看那个始作俑者。呵，这一看，就在这一看里，我刚刚无心插柳地、屏住呼吸许下的愿望，实现了！

你知道什么叫一见钟情吗？也许这就是了。

一

22岁的愿望，对于一个单身小女孩来讲，大概总是要和白马王子扯不清的。你会不自觉地幻想他出现的方式，以及大致上他的身高、样貌和整体风格。我相信所有的一见钟情都不只是针对某一个人的，而是针对某一类人。只是一些说不清道不明的东西将这某一类人中的某一个，在一个合适的时间带到了你的面前，而恰好，你也是他喜欢的那一类人中的某一个。而这说不清道不明的东西，大概就是所谓的缘分。

我的面前是一个小麦肤色、微胖并且架着一副黑框眼镜的沉默先生。他背对着透过旋转餐厅的玻璃窗照射进来的光线，穿着墨绿色格子衬衫和藏青色净版牛仔裤，他蹲下来帮我拿起那个摔成一团的蛋糕盒子，尴尬着。而我，在对上他眼神的那一刻，瞬间变得失措起来，竟不由自主地来了一句："对不起。"

他看了看手里的蛋糕，问我："你是张晓？"

我一时搞不清，站起身后"嗯"了一声，接过他手里残损的蛋糕。这才发现，他的个子大概要高出我大半头，而以我一米七的身高估计，他大概要有一米八五的样子呢，一切都是这么PERFECT，心情不由得瞬间舒缓起来。

"我是乔乐的大学同学，周蓦。"说完，便按了电梯站在一旁。

可是他这惜墨如金的语言风格实在不符合我的理想标准，没有寒暄和客套，甚至连一句"没关系"都没有，整件事情就这样轻描淡写地过去了。我闷闷地开始生气了，那些美好的印象瞬间消失殆尽。

电梯来了，他一步跨进去，转过身，看着我。

我心里想，难不成我还应该对你说再见吗？气鼓鼓地转身便走。而这时，他又开口了。

"走吧，一起去再买一个蛋糕，算我赔你。"

站在电梯里的我们两个人，各自抬头看着高度显示器。这个时候，我的心里密密麻麻地滋生出一丛一丛的小草来，正打着鼓犹豫要不要再憋一口气，我悄悄地向他瞥了一眼，收回目光的一瞬，我的眼神一下子停留在了他攥起的拳头上……难道他也在憋气？

两个人一路上沉默着，沿着青年大街一直走到了北方图书城。据说这里很快就要拆迁了，好利来还在坚持营业。他选了一款和之前那个一模一样的蛋糕，然后开了票据要去交款，此时电话却响了。

"我接到张晓了，这就回去，你们还要再买什么吗？"

听上去大概是乔乐打过来的，我趁着他接电话的空当就先把钱交了。等他回过头来的时候，我已经拎着蛋糕站在门口了。

"多少钱，我给你吧。"

"没事，跑得了和尚又跑不了庙。看在你是乔乐同学的份儿上，这个蛋糕，等我过生日的时候你再还我！"

他看着我，乐了。

这是我一路走过来，看见他流露出的唯一一个有明显变化的表情，是很爽朗的那一种，可以露出八颗牙齿，让人觉得心无芥蒂。当然，也可能是我从心理上愿意一厢情愿地相信他，并往美好的方向理解。

回去的路上就熟络多了，天南海北地东拉西扯。当然，一直扮演着说话角色的那个人，始终是我。他一直"是吗"还有"为什么"地配合着，笑容始终挂在嘴角，像是这个夏日里的一抹清凉。

"给你出个脑筋急转弯吧。龟兔赛跑，猪当裁判，谁赢？"

沉默先生看了看我，说："我说谁赢，裁判就会判谁赢吗？"

我心里渴望着他快点把答案说出来，然后我好大声地嘲笑他就是那个猪头裁判，于是急切地回答他："那当然，你说谁赢，裁判就让谁赢。"

可是他站定了一下，说："这么肯定？是因为你就是那个裁判吗？"接着，不等我还嘴，他就带着一脸胜利的微笑头也不回地走进彩电塔了。

我有点气急败坏了，但心里漾着涟漪，牵着嘴角笑起来。

这个旋转餐厅看起来确实没有想象的那么奢华，左边是一些散座，右边是用玻璃门隔出来的小包间。大家正在这个包间里杀得昏天黑地，就是传说中的"三国杀"，桌面游戏的一种，类似于杀人游戏，只是要依照纸牌上的说明按规则出牌而已，非常风靡。

乔乐看见我不声不响地进来，大声地招呼起来。

"你终于来了！从周蓦第一个被我们杀死，然后罚他下去接你到现在，估计等了有一个小时了吧？"

我和周蓦相视一笑，谁也没再提起刚刚的那段插曲。

有一些微妙的东西在整个生日派对上蔓延，当然，别人是看不出来的。我总是不经意地瞟向周蓦，偶尔撞上他望过来的眼神便迅速地背过身去。站在大厅的窗边，整个沈城尽收眼底。路面的房子和行驶的车辆，就像是微小的积木，一块一块，周边所有建筑物的高度竟无出其右。

"你家在哪儿？"

我顺着声音回过头去，只见周蓦端着一块蛋糕站在了我身边。

"在南塔那边，就是那儿。"我用手指给他看，然后接过他递过来的蛋糕，问他："你呢？"

"哦，我家在辽大。"

然后就是一整段的沉默。

旋转大厅在一点点地转动，每四十五分钟旋转一周，便可览尽沈城风光。待我回头的时候，他已经融进大家的狂欢里了，坐在桌边的一角，听周围的人说话或者看他们打闹，偶尔笑容里会露出虎牙来。我不敢像这样总是直直地盯着他看，悄悄收回目光的那么一瞥，我发现了另外一双与我一样望向他的无比炙热的眼神。是乔乐。

我的心一下子沉了下去，他攥紧的拳头也许不是为我。而我，在最好的朋友的生日派对上，竟奢望了一些什么？

倒了杯红酒站在大厅的玻璃外墙边，夜色渐渐沉了下来，地面上开始星星点点地璀璨起来。随着彩电塔射出的光束，我的思维无目的地散落在车河里，心情有说不出来的失落。不过也许，就像小孩子对喜欢的东西想要而不得后的一时哭闹，他也不过是所有糖果中的一个，总会被更新鲜的事物转移了注意力，而这刚刚的一时心起，大概也会很快地平复。感情的滋长，哪是这么容易的一件事呢？

临走的时候，乔乐叮嘱周蓦送我回家，然后捏了捏我的手。我知道，像我洞察她那样的，她那无时无刻不注意着周蓦的眼神不可能遗漏了我的存在。可是，周蓦竟然没有推脱，在我一再地说不用的时候。

他开了一辆银白色的中华，副驾驶上堆着厚厚的一打儿资料，隐约看出是外文的。他刚要收拾的时候，我已经开了后车门坐了进去。他像他的名字一样，是一个名副其实的沉默先生，只是有音乐悠悠地流淌出来，让气氛显得不是那么尴尬。不过也许，尴尬的只有我而已。

谭咏麟的《讲不出再见》，他会跟着轻声附和，粤语发音有些生硬，偶尔还会跟错词，可是这些一旦被温柔地看在眼里，总是会被润饰成特别的情愫。一路上我用探究的眼神看他，不自在地摆弄着手机，翻来覆去，直到乔乐的短信闯了进来，连续的好几条直震得我手掌发麻。

"……我很高兴他能来参加我的生日派对，但更高兴的是这个派对有可能成全了我最好的朋友。别为了我的一厢情愿，舍弃了你们美好的可能。"

这个时候他回头看我，然后说："猪，你到家了。"

接下来的日子我开始忙着找工作，把乔乐和周蓦都丢在一边不去提起，时间一晃过去了大半个月。为了做简历，我又重新整理了大学时候的设计作品，挑出几张还算满意的改了起来。可是间歇性的，我总是不由自主地回想起还在象牙塔里面的时光，大学的，高中的，甚至是更小一点的。可大学远在海滨之城无处缅怀，目前有迹可循的又全部复刻在了乔乐的记忆里，就像她所有的点滴也在我的脑海中一样，那些照顾我、让着我、陪伴我的种种，因为周蓦的出现，变得格外耀眼。

门铃响起，是乔乐，和给她开门的我家老太太客套了两句就风风火火地进来了，拎着大包小裹。

"你这几天忙什么呢？我叫你你也不出来，都晃了周蓦好几次了。"乔乐气喘吁吁地坐在我的小板凳上，购物的袋子散在身边，伸手去够我的那些设计稿。

"这个我喜欢，是香水瓶子吗？"

"不是，随便放什么都可以，好几个呢，组合在一起，如果想放在厨房装调料也是可以的，瓶口的大小可以自己控制，"我接过设计稿，仔细思量，"只是还没想好要选择什么材质的，做成玻璃的和瓷的感觉都不错。"

"你不是学工业设计的吗？怎么还研究起瓶瓶罐罐了呢？"乔乐翻着我的设计稿，一张一张地看过去，"这个是什么？你连自行车都做？"

"不是，那个是要用玻璃管吹出来的自行车模型，是一个小摆件。只是后来在'1983'发现了类似的，所以就放在一边没再理会。"我从写字台上把那个从"1983"买来的自行车模型递给她，"就是这个，只是不同的是，他们是用铁丝弯的，然后在外面包了一层塑料，这样，把手和脚蹬就都可以动了，比我的那个做得周到。"

我看她玩得十分高兴，就顺着她的话接着回答："我学的是轻工业设计，有很多种。我比较喜欢这些工艺品类，于是就在大二的时候换了方向。"我关上门，和她继续聊。我在心里翻来覆去地想着，她一进门的时候，为什么会提及晃了周蓦好几次？但又犹豫着要不要开口，总是扯些七七八八的和她闲聊，我在这些拖沓的时间里，内心不断地渴望她能先把这话题提起。

"他问你最近在忙什么。"乔乐翻着我的设计稿，冷不防地问了一句这个。

"哪个他？"我就像是一个不小心走错了房间的闯入者，左躲右闪地试图把责任推给别人，像是一切都不是我引起的，并且我对这一切一无所知。

"周蓦。你喜欢他的话，下一次的聚会你就一定要出现。我从来没见他对哪个女孩,或者说哪个人这么在意过。我之前找他,十次有九次是不出来的,可是自从你回来了,他每次都到。但是你如果再不出现,也许他就不会再来了。"乔乐看着我,放下手里那些设计稿,直截了当地说。

我在乔乐的面前总是难以掩饰什么,一直都是。就像之前我们上学的时候,在午间一起吃便当一样,她总是能看出我用滔滔不绝的话语掩饰起的那些觊觎她便当里某种菜色的小心思。然后她就会把那些都夹给我,再把我不喜欢吃的都换走。她说她不挑食,可谁会不知道哪样东西好吃呢?

我看得出她的态度里没有一丝一毫的矫饰,我的心一点点地暖了起来,不知道是因为她的不计较,还是他给予的那份特别。但这几天里暗暗埋下的、要割舍掉那位沉默先生的决心变得更加纠结了,心里面的杂草冲出了土壤开始细密地滋长,难以抑止。

二

当两个人的节拍不太一致的时候,这相互喜欢的确认过程,就有如要迈过千山万水般艰难。尤其是,当你面对的是一个不喜言词甚至看上去有那么点孤傲的人。于是,大多数的情绪就都耗费在了猜忌里,欢喜抑或失落从此竟不再任由自己。

我被一家做创意产品的设计室招安了,这是我的第一份工作,得到肯定答复的第一时间便兴奋地把电话打给了乔乐。

"行,"乔乐那边不知道在忙什么,周围人声鼎沸,还有吹哨子的声音,"那你现在没什么事儿了吧?要不你现在来找我吧,我在学校的篮球场。"

我支吾着应了,也许会碰见他也说不定,内心里是想去的,但是不知道是应乔乐之邀的成分多一些,还是不自觉地被想见他的情绪控制了。我猜应该是后者。

辽大的校园我还是第一次进,夏天里,树木的叶子茂盛得争相攀叠,正午的阳光直射下来，落在地上一片斑驳，偶尔一阵风吹过，像是粼光闪闪的湖面。

正对着大门的教学楼门前有进进出出的学生，总是经过拐角的告示板时停一下，我凑过去看，只见告示上写着"欢送2011届毕业生之前程似锦篮球联赛"。对着赛程表，这个时间，物理系对化学系的比赛正好进行了两小节。乔乐大概在忙着当拉拉队员，为他们物理系的男同胞们呐喊助威。那么，周蓦是不是也在场上？不过也或许，他不擅长这个。

人的心理很奇怪，当你越是期待一件事情的时候，越是在心里反复地进行着前期否定，仿佛事与愿违这个成语是一句必定会实现的箴言。

已经68比74了，物理系落后一点，周蓦没在场上。我四处张望，不时地踮起脚尖，越过人群检查不引人注意的角落。最后，我在运动员休息区发现了他，还有身边的乔乐和拉拉队的女同学们。

看他的样子，应该是刚刚从场上被换下来。叉着腿，半弯着腰，手里的矿泉水瓶就只剩下最后一口了。远远的，还能看见他呼吸间胸部的起伏，脖子和脸都有些红了，涨着的毛孔不断地渗出汗水，而额头上，乔乐拿着纸巾不停地擦着。

我的双腿沉重地钉在了场边，躲在人群后。他还是没有话，抬着头看着场内的赛事，也没什么表情，看不出是紧张或是志在必得，身型上虽有运动服的遮掩，还是露出了两只粗壮的胳膊。我看得出乔乐是真的在意她眼前的这个人，并且透着一种坚韧，溢在情绪里。沉默先生啊，即使你没有被这些打动，也再不该是我可以去沾染的未来。这些话，我在心里如是说，沉闷地。

后半场周蓦又上场了，他的位置好像是中锋。我站在化学系的这一边，正好可以看到他的一举一动。他顺势接球一个转身将球抛向了篮板下，不知从哪里冒出来的队友迅速接过跳起对着篮筐盖了上去，拉拉队欢呼起来了！

他站在那儿，嘴角隐约又露出了那个清凉的微笑，掀起衣角擦了把脸，然后侧过身，看向我这边。我迅速地向旁边移了一步，完完全全地躲到了人群里，微微一侧目，就撞上乔乐紧追着他的眼神。

心里一阵绞痛。固执的骄傲不可遏制地冒了出来，我得离开这里。

下午两点多，阳光炽热地烤在地面上。许是刚刚站久了，脚下的热气渐渐地上来，然后是腿，然后是脑袋，一时间天旋地转模糊了眼前的一切。

屋子里有人说话，像是在澡堂，耳朵里满是水汽，嗡嗡的声音不清不楚。

然后我感觉头上一阵冰凉，所有的水汽还有嗡嗡的声响都不见了，舒舒服服地像是躺在棉花里，还有人轻轻地悠我，真美好。

就这样迷迷糊糊地度过了一整个下午，醒来的时候天已经黑了，我竟然在辽大的医务室里，而身旁，周蓦坐在椅子上也睡得一塌糊涂，脑袋一点一点地，好几次都要点过油了，可还是睡得非常沉稳。

我躺在床上看着他，他的睫毛真长，服帖地向下垂着，像细密的眼帘；双下颏儿也露出来了，随着脑袋一点一点地时有时无。眼缘真是一个奇怪的东西，说不清楚因为什么，只是突然间就在乎起了这个人，痒痒地住进了心里面，连微微冒起的胡楂都沾染着爱慕的宠溺。时间如果能够停止在这一刻，多好。

他猛地一点，一下子醒了。

我赶忙闭上眼睛，篮球场上的那一幕瞬间涌了上来，心上像是挨了一记闷棍，迅速地揪了起来，不知如何应对，在只有我和他的医务室里，也许一会儿还会有乔乐进来。

额头上的手巾被拿下去了，然后听见了倒水的声音。

"你可真沉。"他知道我醒了。

"原来晕倒了是这种感觉，乔乐让你送我来的吗？谢谢你。"我睁开眼睛讪笑着说，"她呢？我看到你打篮球了。"

乔乐适时地进来了，打断了他刚要开口的回答。她走过来拿出夹在我腋下的温度计，看了看说："退烧了。你刚刚烧到了40度。多亏周蓦眼尖看出来被围着的是你，不然你站在化学系那边，我根本不会过去。"

我转眼看向周蓦，只见他看了我一眼，然后拿出乔乐买的进口澳橘，边剥边说："你没到之前我就看见你了。"

那么，他也看见我望着他目不转睛的样子了，还有那些写在脸上的、心里面的起起落落？我那顽固的骄傲早已在心里竖起了一座壁垒，这句话听在耳里，竟像是一句警告，或者说是善意的婉拒，他要告诉我我的心事他一早便已看透，只是不想点破，因为没有余地。

"我来找乔乐，看见你们忙，就没过去，然后竟然晕倒了。"我坐起身，想着怎么才能自然地逃离这个现场，可是我突然意识到，我晕倒的时候，球赛还没有结束，那么是谁送我来的？

"周骛可是直接从场上下来抱着你就跑了，"她拿过周骛刚刚剥好的橘子，掰了一半给我，另一半放进了自己的嘴里，"害得我们系下半场的比分一路下滑，输了12分。他可是球场上的核心人物。"

"主要是抱你的这一路让我再也没有力气返场了。"周骛看着我，悠悠地说出这么一句，然后嘴角缓缓地漾出微笑来。

乔乐这时已经是乐不可支了，她拍拍手，扔下我的病志说："我们系晚上吃散伙饭，这就得过去了，你怎么样？回家可以吗？"

"我送她。"周骛站起来，看着我。

气氛有一点僵，我知道乔乐的心里一定像我刚刚那样失落，这一切不能再继续了。可我刚一下地，腿就软了，40度而已，怎么连路都走不稳了。可两只大手突然扶住了我的肩膀，微微地靠上了我的身后，形成了一个环形的屏障。

三

一厢情愿的感情还是可以加以控制的，没有希望的坚持总有无以为继的时刻。可是一旦两情相悦，那便如同有了源源不断的补给，再想全身而退，便不是那么容易了。

我一连在家里闷了好几天，借着病了的由头关了手机，每日每日地不出门，看书听歌偶尔改些设计稿，日子优哉起来，仿佛一切还是我刚刚毕业的那个样子，心里面恬淡而又自由，无所羁绊，直至上班的日子紧迫地来到了。

刚一进公司就被安排在了一个新的项目组，加上我，同事一共四个人。领导叫崔景阳，曾是一个北漂，漂了五年后发现，想在北京落地生根是没问题的，但是伴随而来的快节奏生活和蜗居一样的住房还有排山倒海般的压力让他仔细思量了一下，空间和前景有了，但是变成了工作机器的自己即将失去的是更多的自由和时间，那些内心里的自由和用来检阅自我的时间。平时他有点流里流气的，说话总是带着北京腔，听起来倒是挺好玩的。刚开始我还毕恭毕敬地叫了他好几天崔主任，后来向大家靠拢，直接喊他崔头儿，再后来，就只剩下头儿了，久而久之的，反倒忘了他本名叫什么，他自己也不在意。不过他在该认真的时候还是很认真的，在问题到来的时候头儿还是非常护着我们的，只是在表达上比较随意，秉承了文艺青年惯有的"不靠谱"的风格。

"看样子你也是个文艺小青年，这照片拍了不少，以后出去走市场，拍样品的活就给你了。公司的相机在柜子里，尼康和佳能都有，看你用哪个顺手。"他说完给我一打文件，"把这些看完，明天交份草图。"

我看看身旁的同事，每个人的桌面上都堆着如山的设计草稿，文件和参考资料像座小山，心里滋生出莫名的兴奋来，对于一个刚刚参加工作还热情高涨的我来说，这份快节奏和大工作量的职位刚刚好地唤起了我那蓬勃的野心。可能每一个刚刚参加工作的毕业生都是这样的，难以掩饰的激动总是让人一览无余，头儿路过我座位的时候站了一下，丢下一句："慢慢来，别把工作想得太美好，当然也没那么艰难。"

新项目的内容是要开发出一套支架，不借助任何外力的支撑便可以将厨房的盘子有序地竖立起来，这需要滑道倾斜的角度、滑道的宽度还有深度都刚刚好。我负责外形的设计部分，参数部分具体的数据由我们聘请的一位物理学教授提供，而我，先要了解一下这个项目的基本情况和提出几份可供参考的外形设计草案。

熬通宵对于做设计工作的人来讲是再正常不过的了。但一整个晚上，往往也就只有后半夜的那么两三个小时最有效率，而这之前，我已经画废了六七张草图了。在这些始终带着乏味的毫无新意的废稿中，我翻来覆去地寻找着突破点来获取创意灵感的来源。右手腕始终不停地转动着,在设计草稿上随意扫着各种线条,我开始放空心思,什么都不想,任由铅笔随意地落下它的轨迹。自行车线描图、吊灯、蛋糕,还有熊猫……一样一样不相干事物的线描图开始不自觉地出现在了画纸上,直至,彩电塔也跃然纸上。

那天他送我回家的路上,出租车里,我眯着眼靠在车窗边,心里的矛盾和紧张使我一路沉默着,路途变得无限漫长。夜幕一点点地降下来,道路两旁的霓虹相继地亮了起来,五彩缤纷的夜景徜徉在青年大街上,鳞次栉比的建筑物一个一个地闪过,映在出租车的门窗上,像一面镜子,在镜子里面,我发现了一双闪动着的黑色镜框,背后流动着宠溺的眼神,悠悠地漾在我的四周。

我努力遏止了整整一个月的心思,就在这么简单的几笔勾画里,盘根错节地挤破压制破土而出了,然后,在这个夜里,缓缓地流淌。原来,这些东西,越是排斥,便越是深刻。

折腾了近一个月,反复地推敲修改,我的设计草案终于通过了,之后要依照这个概念确定每一个细节。头儿拿着我的设计稿,在笔筒里随意抽了支铅笔,简单地勾画了几下,圈出了一些受力点,这些都是要专家提供具体数据的地方。然后给了我一个地址,让我去找住在这里的一位物理学教授,我们的外聘专家——周易强。地址是辽大的家属楼。这些要素串联在一起让我迅速地联系到了周蓦的身上,脚下沉重得仿佛要迈不开步子似的。

第六感的准确程度在开门的一瞬间得到了验证,周蓦出现在门的里面,而紧跟着站在他身后的,是他的爸爸,周易强。

周教授是一个特别严谨的人,在整个谈话过程中,他的话少之又少,而为数不多的几句话语,又都是经过了一番思量才启齿的,与沉默先生的风格如出一辙,如此的言传身教,怪不得周蓦的身上也透着理科生都少有的冷静和理智。

末了,周蓦送我下楼。

仿佛很久不见,他像是一个久游的归人,而我,是那个驻足守望的良人。也仿佛这与上一次的见面之间毫无间隔，而且更为亲近，因为这一整个月里，萦萦绕绕的，他始终缠在我的心头上。

夏末秋初的天气里，早晚已经有些凉了，我的短袖T恤开始显得有些不合时宜。我摩挲着凉冰冰的胳膊，站在小区门口。刚刚在屋子里还十分客套的我们，一下子有那么点冷场。可是这短暂的静默被他不是那么经常出现的笑容打破了，也许，也是只有我能看得到的，那么浅浅淡淡的，漾着温暖和宠溺的微笑。眼角弯弯的，只有一边的嘴角翘起。

"你好像一点也没瘦。"他开始打趣我，"这个项目我爸交给我了，明天我去你们公司吧，免得你来回跑了，要做一些实验。"

那也就是说，在接下来的一个月里，我每天都要和他在一起，而且是有正当理由的接触，不沾染任何感情色彩的工作。后半句的部分被我在心里狠狠地强调着，似乎这样会让自己变得坦然起来，因为一切都是那么理所应当。我明明是想抽身而退的，为何这时心里溢出的满是欣喜？

凉飕飕的秋风萧瑟起马路两旁的树木了，叶子随着风的起落摇摇摆摆地落了下来，沙沙地摩挲着地面。他站在风里，蓝色外套的衣角随着风摆了起来，露出了一个突起的小肚子，我的嘴角上扬了，原来，这种眼神里、笑容里，还有一些言行中流露出来的宠溺，可以是相互的。

他站在我的对面，刚好有一只胳膊的距离，手背抬起轻轻碰了下我的胳膊，然后脱下了外套罩在我身上，"赶紧回去吧，我明天去你们公司报到。"

有时候，理智不管可以达到多么强大的程度以致让我们时刻保持冷静，都会被感性剥丝抽茧般易如反掌地推翻，并且是摧枯拉朽式的背道而驰。我像个听话的孩子，莫名其妙地收敛起来，循着他的声音安排我的言行。有一种安心，在内心里缓缓地滋长。这是开始了吗？

他原来是抽烟的。在我和他一起加班的第一个夜里，在实验失败了几次以后，他不知从哪儿掏出一盒烟来。但在这满是设计稿的办公室里是不允许抽烟的，没办法他起身去了走廊的吸烟区。我一个人坐在案台边，顺手拿起他留在桌面上的烟盒，四四方方地握在手里，红塔山经典100。打开烟盒，轻轻地闻上去，烟草的味道弥漫开来，迅速贮存在记忆里。

我去冲了两杯咖啡，一杯放在了他的桌面上，把搅拌匙小心地放在一边，然后留下一小包砂糖。而另一杯，我拿着站在落地窗边，向着远方看过去。这个城市在这个时间里终于安静下来，万家灯火一盏一盏地熄灭，然后祥和地入眠。而我和他在这里，清醒地守着这个城市里的人悠然地沉睡，一种安心的暖流渐渐地涌起，原来两个人在一起，其实什么都不用做，彼此相伴着检阅流年就是最大的浪漫。

突然，我一下子回过神来，他刚才出门之前，看向我的那一抹诡笑，是……

我迅速走回到位置上，扒开他桌子最上面的设计稿，赫然地看见下面被压着的我的那张带彩电塔线描图的草稿，旁边的小字密密麻麻地重复地写着周蓦两个字。

我的心里开始纠结了，紧密地打起小鼓，在他回来之前迅速地坐回了我的位置，可是面对着各式各样的设计稿，我再也平静不下来了。听着走廊里的脚步声，他就要进来了。

我手足无措地低着头，听着他搅动咖啡杯的声音，我的心里像是有一群蚂蚁细密地爬过。

已经是凌晨两点了，呵欠连天的我们实在坚持不住了。回家的途中还是一路从青年大街上开过去，然后路过彩电塔那里时，他盯着路面的眼神转向我这里，问了句："你哪天过生日？"

"11月26日，"我回答着，"蛋糕我要黑森林的。"

他看了我一眼，笑了，说："知道了。"

乔乐已经很久没出现了，让我似乎觉得这一切已经与她再无关联，有些事，不去想仿佛真的就不存在了。

第二天我在家里睡了整整一个上午，醒来的时候看见手机上有四个未接来电和一条短信，都是乔乐的。

"你在哪儿呢？周蓦出车祸了！"

这信息像晴天霹雳一样，把还只有七分醒的我一下子惊得坐了起来。

可是，昨晚他明明发过短信告诉我平安到家的啊！我只是没有回过去。

我来不及多说，挂了电话给周蓦打过去，嘟的一声电话通了，但是始终无人接听，我更着急了，又打给了乔乐。

"你去哪儿了？周蓦昨天被车撞了，我还没找到他，听同学说的，今天他应该到学校照毕业照的，但是没来。"乔乐急得有些语无伦次。我实在不想把昨天的情形向乔乐复述一遍，这一切就像秘密，慢慢地在我们三个之间渐渐丰满。

我起身准备去周蓦家里找他，偏巧这时他的电话回过来了。

"你起来了？我都已经在公司了。"周蓦在电话那边还是不紧不慢、言简意赅。

"你被车撞了？你现在在哪儿？撞哪儿了？严重吗？"我的问题像弹珠一样连续地抛给他，这一刻的急切大概表现得分外直白，但是我已经顾不得这些了。

"乔乐告诉你的？没事，就是擦破点皮儿，你快来公司吧！"他挂了电话，我马上简单洗漱了一下就向公司奔去。

还没进电梯，电话又响了，这回是我们部门的头儿。

"您可什么时候到啊？我们等着开会呢！"

我出了电梯匆匆忙忙地往办公室跑，总要先看一下他怎么样了。可是一推门，人不在，一间一间地找过去，直到听到走廊尽头有人叫我。

"张晓你在找什么？快进来，开会呢，就差你了！"还是头儿。

我直直地跑过去，一推门，就看见周蓦站在讲台那里，半倚着墙壁。循着他周身看下去，左小腿上打着石膏呢，一直到膝盖。

四

感情之所以会让人那么刻骨铭心在于它总是有那么一段十分曼妙的时光，在那里，藏着一枚最好的自己。单纯的明媚，温暖而又富足，像一个小孩，从不去考虑长大的恐慌。然后再后来，便再也说不清，你爱的到底是这段时光，还是时光里面的这个人了。

周蓦左小腿骨折之后每天都横行在我的世界里。工作时间，我是他的手脚。下了班，我还要当他的拐杖。这是一种不自觉的默契，从那天他送我回家而后，莫名生出来的。

他经常看着我，晃一下手里的杯子，然后我就去给他倒水了。再后来，竟连看都不看，杯子也不晃了，直带着调侃的语气说"哎呀有点儿渴了"，我便按照指示去倒水冲咖啡或者买点其他的什么给他。当然，这些事情，我都做得十分欢快。譬如，早早地到办公室，然后把早点准备好摆在他的桌子上，有的时候是豆浆油条，有的时候是皮蛋瘦肉粥和小笼包，偶尔还会有鸡蛋灌饼和米糊……午饭呢，每一次买回来都算好了荤素搭配，然后看着他吃掉，然后满足他的满足。是不是每个女孩都会遇见这么一个人，透过他的观感收集幸福的细微感触，然后莫名其妙地沉浸其中，发现另外一个自己？

他睡午觉的习惯渐渐养成了，在每天都风卷残云般把午餐一扫而光之后，窝在椅子里，把腿搭在另外一个凳子上，睡得十分不含蓄。我拿起一件外套过去给他盖上，然后在转身的时候，望着他那打着石膏的腿，想法里突然冒出了一点小邪恶。

他睡醒的时候我已经忙完了手里的工作，正悠闲地翻着杂志。这期的《新周刊》里面介绍了一种小众的生活方式，看上去那么惬意悠然，没有大企图，但是有小追求，安心和乐，做每一件内心里觉得正确和向往的事，大概这才是生活的本真和全部。在文章的末尾，我看到了一句如此温暖的话："读一本书，爱一个人，过一生。"一抬头，迎上了他望向我的目光。

衣服拿开以后，他那打着石膏的腿就呈现出来了，花花绿绿的，被我涂鸦成了一个抽象派的艺术品。这就是做设计的好处，随时随地都能找得到笔和颜料，并且信手拈来，怎么画都有理。我挑衅地看着他，说："生气呀？生气了你就自己倒水喝去。"

我不知从什么时候开始，对他的态度变得有恃无恐，心底里的安心和信赖慢慢地滋长。

　　秋风起了，一出门，头发就被吹得飞扬跋扈。他的手还是习惯性地搭在我的肩膀上，然后另一只手拄着拐杖，每走一步我都会感到肩膀上向下压的力道大了一些，一步一步地。我总是怀疑他的腿已经好了，因为只有他扶着我走路的时候才会显得这样吃力。但是在心里面，我并不想去拆穿它。

　　原来，爱情里面的两个人，是可以这样幼稚的。

　　我们去工厂看样品，可是比较糟糕的是，我的设计方案出现了问题，在符合力学原理的前提下，样品没有我预计的理想，可是推翻重做时间上又似乎来不及了。并且，这是一个大工程，周蓦前期做的实验和获取的参数就要全部作废了。

　　我有一点慌，对第一个作品的在乎程度可想而知。在回去的路上我闷闷不乐，如何向领导开口要时间呢？这成本的损耗总是一个问题。可拿着手里的样品，实在不甘心就这样草草了事。

　　到了公司，头儿尾随进来问结果，看着样品不甚满意。我心里七上八下，不知如何开口。

　　"实在抱歉，这个设计方案的参数我给的有问题，导致最后设计方案贯彻得不够彻底，看来需要重新做了。"意外地，周蓦替我把责任揽在了身上，我看着他，似乎应该说谢谢的，但在内心里绕了千百个来回始终没有说出口，这是他对我的保护？还是只是绅士般的成全？我在内心里感激着他的体谅，但是不得不面对的是，他退出了这个项目。

　　在接下来的几天里，我每日每夜地忙着抢进度，始终没有再见到他，但是默契这个东西一旦形成了，就会自动自觉地随着时间增长。我的心踏实而平稳地，在忙碌的节奏里，等待时间的累积。

　　早上捧着杯牛奶站在窗边，太阳倒映在对面楼的玻璃上，明晃晃的阳光折射进了屋里，然后一点点地，暖起了我心里的思念。把一个人放进心里，然后让他随着杯里的水温一起，在身体里流淌，原来，这种安静的思念不焦灼也不强制，是一件多么美丽的事，好像一朵悄无声息偷偷绽放的花蕾，不华丽，没有骄傲，但是固执。

我的信念开始坚定起来了。

设计方案完美落实后，我要把样品带去拿给周教授。我抱着作品十分欢快地从公司出发了。满负荷地忙了整整一个月，在那些加班的日子里反复否定和不断推敲的工作状态里，由始至终地贯彻着一个人的陪伴。某种意义上讲，是这个人陪我完成了从学生到工作这两种状态的转换，那些焦躁，那些不安，都在他那沉着冷静的气场下，平稳地过渡了。

走在辽大的校园里，看着周围的一草一木，已全然不再是当初的心境。我曾经和乔乐一起无比地爱王菲，这个为幸福孤注一掷的女子。有人提醒她说，李亚鹏可能会辜负你。王菲答：我爱一场不容易，你说亚鹏他有可能会辜负我，可是我如果一辈子都找不到爱一个人的感觉，那我多辜负自己啊。当时的我们是如此羡慕这个勇于为爱而放弃一切的女子，不管对方是谁，她需要收获到多么大的幸福感才能够支付出这么大的勇气和不顾一切？而如今，这个答案似乎已经悄无声息地埋在了我的心里。

我需要绕过辽大校园里的教学楼、学术报告厅，还有图书馆，从右边的小路穿过去，通过一个侧面进入到辽大的家属楼。可是在学术报告厅门前，我站住了。

那是一张公布辽大应届毕业生考研成绩的大红榜，醒目地贴在告示板上。我一行一行地看过去，在物理系那一栏，不出意外地找到了周蓦的名字，只是后面的学校是我始料不及的——澳大利亚墨尔本皇家理工大学。

跨越了大半个地球，他的不可预计的未来，应该收获更好的前程。

五

一段长久的感情总是要有些共同的经历做基础，不然它会脆弱得不堪一击，而这共同的经历，有多少人能坚持着积攒到足够的厚度，以致能抵得过流年里不断侵蚀的枝节和日复一日的平淡？甚至是无中生有的反复质疑,还有难以平衡的前程。

我开始重新整理思绪,从我遇见他开始。他的寡言和沉默,和那些给予我的特别以及保留,还有堆积在副驾驶座位上的外文材料,似乎都从这一张录取通知书里找到了答案。他原本设定的有关于未来的计划里,并不曾包括我,而我的突然出现,又实在无法融入到他早已设定好的人生轨迹中。

我拿着样品漫无目的地在街上走着。站在十字路口,看着来来往往的行人,大家都各自有着既定的行驶方向,那路途通往的是内心里面最渴望的风景。我怎么可能如此自私地去遮挡那有可能到来的好风光?

只是,如果我愿意等呢?但这个一厢情愿的等待,我已经没有勇气再去问他是否需要了。

我找了一家快递公司,把样品寄给了周教授。在这样的一个时期里,也许我的出现对于周蓦来说会显得格外敏感。然而,他的电话很快就跟过来了。

"你在哪儿?我有事情要告诉你。"

我心里隐隐地觉得,也许这事情的结果不会像我想象得那么糟糕,但又不敢往心里期望的那一方面想。我抬头四处看了看才发现,不知什么时候我上了公交车,现在已经到青年大街站了,而迎面出现在眼前的,就是给予了我最初幻想的彩电塔。

"我在彩电塔。"也许,他如若能来,我会很优雅地祝福他,然后把这见面变成一个仪式,有始有终地结束在彩电塔上,也是一种完满。

"好的,你等我。"

在等待的时间里,我绕着彩电塔一个人四处游荡。旁边是青年公园,我从来都没有进去过,在这个秋天的季节里,树叶厚厚地落了一地,一片金黄。沈阳的秋天,其实还是很有节奏感的,有种风扫落叶的婆娑声,还有迎面洒落的并不灼人的暖阳,青黄相接。它居于这个城市的中心,四处繁华喧嚣,但却能保持如此宁静悠闲的自在。你说,生活中到底有多少时间,是一定要居于繁华之上的?

周蓦到的时候,我还在公园里的长椅上坐着晒太阳。他径直到这里来找我。

这里的安逸竟像一个世外桃源,有一些老人在这里运动,几人几人地聚成小团队,太极打得十分惬意。就这么相守到老,是一件多么幸福的事,没有曲折,不要考验,只一起淡淡地生活。我带了相机,四处拍着,直到镜头里出现了周蓦的身影。

"我要出国了。"他的嘴角笑起来的弧度还是原来的样子,微微翘起的只有一边。

原来,他的决定早已做好,而我,确实不合时宜地成了一个闯入者。也或许,他对乔乐的冷淡,其实只是出于不能给予未来的保护。这个时候的我,已经毫无理智地推翻了所有对他情感上的倾斜。

"恭喜你。"我开始试着平和地回应他这件事,不想让他察觉出任何异样,我怕我的在乎是一个笑话,一个对他来说像是负累一样的包袱。

他脸上有一丝僵硬,可我的情绪已经收不住地向着负面的方向发展开来,对他翕动的嘴唇和欲言又止的话未加理睬。

我特别害怕他会说诸如"对不起"之类的话,那就等同于肯定了我对他的那些,只是、而且也只能是一厢情愿罢了。

这时候头儿像个救星一样把电话打了进来。

"这样吧,我马上回去。"其实也没什么大事,只是问我些设计稿上面的常规参数而已。只是,我想迅速地逃离这样的一个情境,在他给我带来即将出国的答复后。

这时,他的声音坚定地叫住了我:"等我。"

他出国的日子快到了,而在这之前,我和他几乎没再见面。那一句话,简单的两个字,就像是一个决定,双方各自去遵守,但又不敢去探寻究竟,只怕一推敲就碎了。

距离和时空的拉长像是一个魔咒,到底拆散了多少两情相悦,又试出多少天长地久?我害怕在这个拖沓的过程里,一切美好都会被不得已的怠慢消耗殆尽。于是我们有了一个约定,就是在那天,在彩电塔下的青年公园里。

他留学三年。我们不打电话,不发邮件,不互通消息,只各自向前。

然后再决定,是在一起,还是各有各的归途。

飞机起飞的时候,我站在彩电塔上,望着桃仙机场的方向。似乎这是我可以和他拥有的最近的距离了,在他离开后。

六

除非铃兰
不愿在你经过的路旁开放
否则
我不说

除非月光
不再在你温过的酒里徜徉
否则
我不说

除非手指
不能在你读过的书上旋转
否则
我不说

除非
你一眼就把我看穿
否则
我不说

——《不说爱你》扎西拉姆·多多

教我如何用这文字穿越寒冬，直抵你心里最温暖的那个角落，送去我汹涌如潮的思念？到底要有多么澎湃的思念，才能比一个拥抱来得更真实？

他走后的时间里，我开始经历一个人的成长，在这个城市里。

其实也没有多少难以言喻的刻骨回忆，只是慢慢地，在一次次的试探和揣测里，他住进了我的心里。

我和乔乐还是像以前那样，没什么变化。当然，这之间确实因为那位沉默先生出现了一些波折，多少有些不是那么好表述。我一直以为是我抢了乔乐的爱情，所以一直不敢和她联系，直至有一天她喝多了找上我，哭得稀里哗啦。就是周蓦走的前一天晚上。

她最初开始质问我她乔乐差什么，怎么就追了整整三年都不受待见，而我一回来就抢走了所有她想要却不得的爱情。可是后来她哭着哭着就开始向我说对不起了，她早知道周蓦是要留学的，也知道他去的那个国度十有八九是会移民的。只是，她想知道，到底有没有感情能够打动他？怎么付出了整整三年他就那么无动于衷？整整三年啊！那是一段多么漫长的时光，几乎霸占了她整个大学生活。她不断地向我说对不起，是她故意瞒下了他要出国的消息，她是想试试看，周蓦会因为我留下也说不定，是她没有拦着我，继而成为了第二个她……她哭着哭着直到后来竟睡着了。三年的付出、失望、尔后换来的悲恸就这样宣泄出来了。

可是，我也没能留下他呢！

后来这个丫头不但待我像从前那样，而且更好了，这集中表现在只要有单身男生参加的聚会她都会叫上我，像是在履行一种责任。

哦，对了，乔乐有了新的男朋友。那个人，居然是我的头儿。这事说来话长，要从周蓦走的那天开始讲起了。

那天头儿去机场送朋友，恰巧看见周蓦换登机牌，但是身边没有我，并且抱了一下守在旁边哭成了泪人儿的乔乐。我的头儿还是非常讲义气的，他观察了一下，确定乔乐不是周蓦的妹妹之类的亲属关系，便上去揪着他的脖领揍了过去。当然，他是占不到便宜的，但是却拣到了乔乐。

周蓦登机以后，乔乐还站在候机大厅里，哭得眼睛像核桃一样。我的头儿想想既然打错了人，就别再见死不救了，于是留在边上等着，看看这个小妞什么时候哭完，顺路也就载上她捎回市区。可是这个丫头完全没有哭完的架势，眼泪像自来水一样一直淌个没完。头儿想想转身走了，可是没走几步就又定住了，回头看看，凑了过去。

"别哭了，我送你回家。"乔乐哭得快要睁不开眼睛，已经不能让头儿分辨出面前站着的是不是一个美女了，头儿又没有纸巾，只能尴尬地看着乔乐不管不顾地满脸泪水不断地涌到领子口。

乔乐这时候其实也哭累了，如果不和他走，靠自己这双几乎要看不见路的眼睛还真找不回去，于是点点头，跟着头儿上了车。

一路上头儿就是个话痨，他说他就见不得女孩哭，这下可好，偏偏还遇见个自来水厂出来的，那眼泪就像是水龙头，而且还是坏了的，一打开就关不上了，像瀑布一样倾泻。他想问问这到底是怎么回事，又怕这好不容易缓和点的气氛再把乔乐的眼泪招下来，心想算了，这打估计是白挨了。其实头儿他自己不知道，他确实看不得女孩哭，可但凡真有个女孩在他面前声泪俱下地哭一通，能把他的整个世界都翻转过来。这不，他从那会儿就觉得，乔乐就是他要找的那个女孩。

文艺男青年的癖好和心思确实不太好猜。

他们现在就在我面前起腻呢，我只能把精力都用在桌子上的饭菜上。估计等我吃完饭，他们就可以结账走人了。是谁说的来着，恋爱中的男女根本就不知道饿。可是管他们呢，我是真饿了。

头儿实在看不过去我狼吞虎咽的吃相，操着他那京腔问我："我说你怎么什么时候胃口都这么好啊？你来我这儿干了一年半了，体重是直线蹿升啊！不等人了？"

"等谁？"我白了他一眼，顿时愣住了。405天了，距离周蓦出国的日子。

乔乐使劲地推了头儿一下，看着我，说："三年的时间说长不长，说短也不短。这可是你最好的三年，你真的等他？也许他拿到绿卡，就不会回来了。"

这是我反复想了好几个来回的问题。他的绿卡，也许是毕业的时候便会顺理成章到手的。然后那个时候，他如若再回来，那代价和牺牲恐怕已经不是一时冲动便可以做得出的。时隔那么久，还有什么爱情能经得起理智的衡量？

"没等，我们说好，各过各的。"我拿起杯子，咕咚咕咚地喝起了橙汁。

"得了吧，我妈都给你介绍两个相亲对象了，你一个也没看上。"乔乐直截了当地拆穿我，"那根本不是不合适，是你压根就没想找。"

"怎么没想找？你没看见第一个男的坐在那里就一直在抖腿吗？我最烦这个毛病了。"

头儿这个时候赶忙把支出去的腿收了回来，稳当地坐好。女人之间关于相亲问题的争论，通常最后的结局都是把战火烧到男人身上。他可不想这个时候成为我或者是乔乐拿来举例的对象。

"那第二个呢？第二个可是我妈的压箱底人选，琢磨了好一阵子才介绍给你的呢！"

"那个吃饭的时候总吧唧嘴。你不知道吧，我们头儿以前也有这毛病，那是去北京以后装小资装惯了硬扳过来的。不信你让他给你还原一下现场，要多烦人有多烦人。"

头儿被我们拉进来当靶子使已经不是第一次了，尤其是被我。如果我不说点他的坏话，乔乐是不会罢休的。

乔乐果然不乐意了，打住了话题："行了行了，我还不知道你，反正我妈是不给你介绍了，你就单着吧，看你爸妈急不急。"

自打我毕业回来，每过一次生日，家里人便叮嘱我一次，平日里也是忙前忙后地为我张罗，说是再不嫁，以后就挑不到好的了。而周蓦，我没有不想等他，只是感性的思维过后，理智地站在他的角度分析，也许我应该在他毕业之前找到一份我能接受的归宿，然后把这个"等我"的魔咒替他解了禁，毕竟那里的世界对于他来说无限宽广。可是偏偏的，走马观花的相亲，一个周蓦也没遇来。不是说，一见钟情不是针对某一个人，而是某一类人吗？

夜色起了，从华府出来，一阵凉意直钻进出租车里。一路上回想着乔乐的话，他会拿到绿卡的。骤然间，刚刚路过的那个是——红塔集团？

"师傅，刚刚那个是红塔山的烟厂吗？"

"是啊，都多少年了，你不知道？唉，这个厂子效益好啊，到啥时候也黄不了，哪个男的还不抽两根烟啊，抽上也就断不了了。"出租车司机的话匣子一旦打开，总是要说上一阵儿的。

只是，我想知道的不是这些。我只是想起了他的那盒红塔山经典100，淡淡的烟草香，是我对香烟唯一的记忆。

七

有一天我收到乔乐发给我的一个网址，那是他们之前欢送留学生晚会的视频，是乔乐主持的。大学四年的时光将她打磨得自信而又美丽，透着一种通透的成熟，像她一贯的姿态。我看着，直到那个在脑海里不断回放的身影出现在了画面里，抱着吉他坐在舞台上，一首再熟悉不过的旋律悠悠地响起了，是那首谭咏麟的《讲不出再见》。

乔乐的对话框在我的电脑桌面下方闪着，我愣了一阵子才点开。

她说周蓦的性格从来都不是这么张扬的，大学四年从没抢过风头，可那次自弹自唱属实让大家眼前一亮。因为是粤语歌，当时只是觉得有点伤感，但也没觉出有什么特别。可是这视频现在被同学做出来又配上歌词字幕才发现，这首歌像是要特别送给某一个人的。

"……是进是退也好/有若狂潮/是痛是爱/也好不须发表/曾为你愿意/我梦想都不要/流言自此心知不会少/这段情越是浪漫越美妙/离别最是吃不消……"

我的记忆又一次被拽了出来，眼泪不由自主地流下来，竟一发不可收拾，仿佛要从头至尾把所有情感一次性宣泄出来一样，直至屏幕都彻底模糊掉了。

他一早就知道自己会走的，从第一次见面起。其实他心里也不是那么坚定的吧？可是一年多之后的今天，这犹豫的成分还会留存多少？

尔后乔乐叮嘱我：放了吧。

"你设计的那个挂件我替你送去参赛了。"头儿走进办公室对我说。

我们公司的规模扩大了，然后依据各人的设计喜好重新制定了产品线。现在，我开始独立地撑起一个部门了，总是加班，倒也觉得自在。后来有了独立的办公室，偶尔累了就抬头看看窗外。我们搬了地方，写字间换到了万象城这里的华润大厦，15层的高度，正对着彩电塔的旋转餐厅。从白天到夜晚，它的变化像一个少女的成长过程，早上晨曦从云缝里透出来，薄薄地覆在它身上，有点扭捏的娇羞；然后随着太阳升起，它开始逐渐变得亭亭玉立起来；再后，黄昏里，金黄色的夕阳漫开来，把它的面颊映得绯红；直到晚上，它才算开始真正绽放，塔尖射出来的光束活泼地挑逗着，像开屏的孔雀，不耀眼不罢休；再然后，我偶尔会通宵陪着它把所有的灯光都暗下去，就那么一瞬，瞬间停歇……我会常常站在窗前没有目的地观赏，在加班到很晚的夜里。

"我不想把它变成商品，而且这个奖项从来没有颁给过新人。"在周蓦走了之后，也或者他在的时候我就已经养成这个习惯了，每每开始起草设计稿，僵住了的时候手就会不由自主地在草稿上面随意画点什么，然后不知不觉的，这个随意的几笔，后来居然固定成了彩电塔的线描图。一次，无意间被头儿撞见，径直拿去找了相熟的工厂做成了吊坠，全琉璃的塔身，镂空的旋转大厅，然后里面站着两个彼此凝望的小人儿，现在这个样品挂在了我的脖子上。其实设计得很简单，它总不会有埃菲尔铁塔那么著名吧，只是比较特别的是，它能牵动起我的神经。可这未必会博得评委的好感，因为这些对他们而言，什么都不是。

"那就换一个，你自己选，这次参赛的设计师是可以公费去澳洲观礼的。"头儿说完洋洋自得地看着我，像是等我惊讶地赞美他以表示感激之情。

　　我知道他在等我感激他什么。

　　我的表情有点凝住了。我怎么去？告诉他我还在等他？那他呢，如若已经做好了永居的准备，那又怎么面对我的千里迢迢？一年半了，他连假期都没有回来过呢。

　　"我不去。"我悠悠地回了头儿。

　　他悻悻地离开我面前的椅子，可还没走到门口就又转了回来，冲着我一脸谄笑，"那个什么，我媳妇儿，啊不，是你好朋友想逛万象城。"

　　我乐了，他俩每天在一起像两个活宝，活跃在我的生活里。"是你先约的吧？现在想放人家鸽子，又抓我填空呢？哪天你请我去金碧辉煌，我就去。"

　　"我说您这儿可是越宰越狠啊！也行，那我媳妇儿今天下午的费用你得全包了。"

　　"吃喝全包，购物不管。你也不看看你约的是什么地儿。"

　　"行行，只要她给我假，怎么都行。"

　　三年，不长不短，不知道到底可以改变多少事。流年的侵蚀里，还有什么能完好地保存下来呢？就像你儿时一定特别喜欢玩捉迷藏，而现在，几个大人聚在一起，纵使有兴致再重温一遍旧时光，也未必能找寻得到旧时光里的欢乐。

　　有一些事，大概只能交付给时间去解决，你不能在中途以任何形式去干扰，那样的结果才会获取得纯粹而牢固。

八

　　我喜欢把幸福淹没在人潮，让它平淡地细水长流，
　　在纠缠的十指间，开出一朵朵温暖如春的花蕾。
　　让所有的快乐，慢慢地爬上你的容颜，修饰岁月留下的那些小细纹，

然后我们从小小孩,变成老小孩,

坐在藤椅里晒太阳,看院落里孙儿绕膝玩耍。

然后在你不断地回忆从前那些过往的时候,我也翻出那么一个旧情人,

然后我们吵架,然后我们互相吃醋,然后冷战,

然后我们叫回了所有的孩子,对彼此进行惨痛的控诉,

然后莫名其妙地又和好,虚惊一场又一场。

偶尔翻看日记本——

70岁那年的你的生日上,孙儿送你的礼物,是一张爷爷奶奶的简笔画,那里面奶奶貌美如花,爷爷牙齿掉光。

60岁那年你把事业交到孩子手上、我陪你度过的那一段闲暇时光,爬山钓鱼赏海边日落,看你教小朋友弹理查德,我开始学画画,画你年轻时的容颜。

50岁那年我陪你站在顶峰状态时,你的自信从容和我的温暖淡定,我们从人潮里退出,做最普通的伴侣,关心身体健康、孩子前程,以及彼此心里是否温暖。我开始阻止你长时间的超负荷工作,我开始干预你无止境的应酬与事业上不断膨胀的野心,我开始变得啰唆无聊被你排斥……

40岁那年,我去美容院修掉了你说你喜欢的鱼尾纹,然后去健身房试图挽回我丢失的花样年华,然后追着你问是不是还爱我……

30岁那年,我们吵架,那是吵得最凶最凶的一次,不记得因为什么,但是牵扯到了日常里每一点抱怨,你说我不再体贴,我说你开始厌倦,然而最后都没能抵得过我们长时间对彼此的深刻眷恋。我们和好,继续对彼此依赖。

28岁那年,你上街偷看别的女人,我说我给你犯错误的机会,然后你惶恐得把头摇得像个拨浪鼓。

26岁那年,有了小朋友以后你开始变得成熟稳重,开始体谅爸爸妈妈,开始矛盾地选择教育方式。

25岁那年，我又一次等你回来的时候在沙发上睡着，然后你帮我关电视，盖被子，熄掉我为你点着的那盏挂在阳台上的灯。

　　24岁那年，我们在海边疯跑，追逐时我崴伤了脚，你背我回去的时候大汗淋漓，然后我开始立志减肥，幻想身轻如燕，你继续说这件事情很难……

　　23岁这一年，我在日记本上写下的密密麻麻的思念……然后你开始追问我是从什么时候开始喜欢你，我说从你喜欢我的那时候开始。

　　然后我问你要玫瑰，像你第一次送我时那样，要有卡片要有表白，然后你说你很累，不想回忆我煮煳的饭。

　　我24周岁了。

　　而以上的那些我想要的生活，就要失去实现的可能了。

　　在临近的日子里，我提不起任何兴致。可乔乐和头儿两个人兴致勃勃地要给我办一个生日PARTY，地点又如出一辙地选在了彩电塔。

　　应该算是庆功宴吧，我的参赛作品获奖了，但不是彩电塔的这个吊坠。我并不希望这个吊坠能够获取任何意义的褒奖。它只要安静地挂在我的脖颈上，沉默着就好。你看，它的长度刚刚好坠在了我的心口上。

　　走近彩电塔的时候，心里渐渐平复的涟漪还是固执地漾了开来，层层叠叠地密集起来，逐步地堵在心里面。有一些片段还是不由自主地冒了出来。11月26日，他还记不记得？在他出国两年后。

　　一点点地近了，直到彩电塔脚下，急性子的乔乐又把电话打了进来。

　　"你在哪儿？我们人都到齐了！"

　　呵，这回不会再有人接我了吧？赶着回答："已经在彩电塔下了，马上就进去。"

　　电梯门关上了，时隔多久以后再一次乘坐……我看着高度显示器和计时表，不自觉地憋起气来。没有愿望了，我只是想体会一下两年前那个幼稚的心情。

　　所有的等待，就终结在这40秒里吧。

　　门开了，皱着的眉来不及舒展便赶忙冲了出去。我叉着腰在电梯门口喘着粗气，稍一抬眼，看见了一双大头皮鞋，和两年前的那一双一模一样！

当我站起的时候，沉默先生的嘴角漾着微笑，捧着一个黑森林蛋糕站在我面前。

我一时错愕地站在那里，这个时间，他还没毕业；742天，距离他出国的日子。

"我回来赔你蛋糕，11月26日，黑森林，没记错吧？"

"用两年的时间修完三年的课程，可把我累死了。"

如果我给你的爱，

是这个世界上再平凡不过的事物，

那么，

我就用一生的长度，

赋予它不平凡的意义。